後宮の毒《どく》華《か》

太田紫織

角川文庫
23470

◉目次

後宮の毒華人物紹介

高《こう》玉《ぎょく》蘭《らん》

高家の庶子ながらも、未来を嘱望されて育った少年。うり二つの姉・翠麗が後宮で失踪し、不本意だが女装し身代わりとして後宮に入る。

ドゥドゥ

正四品『美人』の位を持つ妃だが、実際に皇帝の寵を得たことはない。毒味役として皇帝を守り、死した女官の娘。古今東西の毒に通じる。

翠麗《すいれい》
玉蘭の姉。
正一品『華妃』
の位に
あったが失踪。

高力士《こうりきし》
玉蘭と翠麗の叔父で、
玄宗の側近の宦官。

玄宗《げんそう》
唐の皇帝。乱れた世に
平穏を取り戻した英雄。
今は楊貴妃のみを
寵愛している。

楊貴妃《ようきひ》
たぐいまれな美貌と
才の持ち主。
皇帝が他の者に心を
移さぬよう心を砕いている。

イラスト／千景

早く流れる雲が、ちらちらと月を隠した。

けれど再び顔を出す月はくっきり明るく、地上に光の影を残している。

『彼女』は、その中にいた。


まるで人のようには思えなかったのは、彼女には多くの人が持つであろう『色』が少なかったからだ。

風に靡《なび》く少女のような下ろし髪は銀糸、肌は真珠のように白く、月の下で輝いていた。玉や真珠や月影、この世で冴《さ》え冴《ざ》えと美しく輝くものを、すべて混ぜ合わせてこね上げたら、彼女のようになるだろう――不意に友人・仲満《ちゅうまん》の言葉が頭を過《よぎ》る。

僕は詩人じゃない。けれど今初めて、僕はその言葉の意味を知った。

目の前にいた人は、まさにあえかで美しく、この世の淡く輝くものを、すべて混ぜ合わせたような、そんな姿をしている。

何歳だろう？　翠麗《すいれい》と同じか、それより少し下か――いや、逆に上かもしれない。年齢すらもはっきりしない。

庭園の花に向かって伸ばされた指は細く、まるで骨のようだ。

ゆうらりと動く姿は、まるで人とは思えない。

歌声は低く、掠《かす》れた音は柔らかい――けれど、それでも彼女の纏《まと》う空気は冬の月のように寒々としている。

彼女の美しさは冷気を感じる。いや、もしかしたら恐怖なのかもしれない。

僕には目の前にいる人が、本当に生きている存在には思えなかったからだ。

「…………」

目の前の幽玄な人を見て、呆然《ぼうぜん》としていたのは僕だけではなかったようで、不意に我に返ったように、慌てて近侍の絶牙《ぜつが》が僕の腕を引いた。

「あ……」

けれど足を痛めていた僕は、急に引っ張られてぐらりと体勢を崩してしまった。

幸い傍に木があったお陰で事なきを得たが、僕の小さな呟《つぶや》きに気がついて、美しい幽鬼がこちらを見た。

ぱっちりと開かれたその目は、日暮れ前と日の入り後のわずかな時間の、朱と紫が混じったような、不思議な夕陽の色をしている。

胸に抱く、手折った花の淡い桃色と、その瞳《ひとみ》の色だけが、彼女のもつ『色』だった。

そしてそのどれもが静謐《せいひつ》で美しく、恐ろしかった。

「あ……あの……」

沈黙に耐えきれずに、そう切りだしたのは正しい事だったのか、間違いだったのか。

彼女はその美しい顔をぎゅっと歪《ゆが》めると、僕を睨《にら》んだ。

「触れるな」

夜に響く、その声はまるで毒のように無慈悲で、僕の全身は凍り付いた。

第一集

玉蘭、華清宮にて毒妃に出逢う

一

玄宗《げんそう》皇帝の第十二皇子の下で今日の仕事を終え、大好きな熱々のお茶を一口啜《すす》ろうとした時、同僚の仲満《ちゅうまん》が大慌てで部屋に飛び込んできた。

「玉蘭《ぎょくらん》！」

倭国《わこく》の生まれでありながらここ唐《とう》へ渡り、科挙を経て官職についたという、異色の経歴を持つこの同僚が、こんなにも慌てている所を見たのは初めてで、僕はうっかり茶碗を落としかけてしまった。

「どうしたんですか？ 仲満」

「た、大変だ！ 外に高力士《こうりきし》様がいらっしゃっている！ お前に会いに来たそうだ、今、門の所にいらっしゃる!!」

「ああ……」

「ああって、玉蘭、お前、高力士様だぞ!? あ、あの、高力士様なんだぞ!?」

彼が驚くのも無理はない。高力士様は皇帝の近侍の宦官《かんがん》なのだ。

玄宗皇帝は、この唐を混乱に陥れた女禍・武則天《ぶそくてん》公から国を取り戻した英雄王。

麻の如く乱れた国に平穏を齎《もたら》し、現在の大唐を作り上げられた方だ。

そんな皇帝のお傍でこの国を支えた、もう一人の立役者ともいえるのが他でもない高力士様だ。

元は女禍・武則天公に寵愛《ちょうあい》された宦官で、その後紆余曲折《うよきょくせつ》あって玄宗皇帝にお仕えし、皇帝が強国大唐を作り上げるその傍らで、皇帝の身の回りの世話だけでなく、直接政治に関わってきた。

皇帝自身が『我が半身』と呼び、高力士様を通してからでなければ、何事も耳を傾けられないし、些細《ささい》な事は全て高力士様が対処する。この大唐にあって、陛下の代わりに国を政《まつり》ごち、宰相達ですら機嫌を伺う宦官が、高力士様なのだ。

そしてそのような人が、どうして僕を訪ねてきたかと言えば理由は簡単で、彼は僕の叔父《おじ》なのであった。

とはいえ実際に、血のつながりはない。

武則天公の怒りを買い、一度後宮を追い出された彼を養子に迎え、新しい名でまた皇宮に戻した人物が、僕の祖父にあたる人物だというだけだ。

とはいえ高力士様は祖父に、そして我が高一族に深い恩義を抱いてくださっているし、父と高力士様は、兄弟の杯を交わしている。

僕も幼い頃から肉親同様に慕わせて貰《もら》っているし、叔父上も僕を特別買ってくださっているのだ。

宦官は子を生《な》せない。故に富める宦官は、養子を迎え入れるのが慣習になっている。

科挙も受けていない僕が、こうして皇子にお仕えできるのは、周囲が僕を高力士様の養子候補だと考えているからだろう。

もっとも、実際の所はわからない。

何故なら僕は高家の庶子で、僕の上に嫡子の息子が二人いる——どちらも科挙に落ち、父の脛《すね》をかじり尽くすように、賭博《とばく》に溺《おぼ》れ、問題ばかり起こしているのだが。

熱いお茶を仲満に譲って門に向かうと、馬車が待っていた。

馬車の周りに従僕はなく、御者が一人。

すぐに、それがどういうことなのか、僕は理解した。

「乗りなさい」

馬車の扉を叩《たた》くと、叔父上の声がした。

中を覗《のぞ》くと、そこにいるのは彼だけだ。周囲を気にしながら乗り込むと、馬車は静かに走り出す。

「息災そうでなによりだ」

「それよりも……人払いとは何かあったのですか？」

走り出して数分経っただろうか。やっと叔父上がそう言ったので、僕は少し身を乗り出し、声を潜めた。

その問いに、彼は苦々しく息を吐いた。また二人の兄のどちらかが問題を起こしたか……もしくはその両方か——僕は高力士様の表情に、身体を強《こわ》ばらせる。

「……玉蘭、お前は自分の出生をよく知っているね？」

「え？　あ、はい……それは、叔父上――高力士様のお陰です」

「そうか？」

「勿論《もちろん》です。日々感謝しております」

僕はそう言って頭《こうべ》を垂れた。この言葉に嘘はない。

「だが今聞きたいのは、そういう事ではないのだ。お前がどうやって生まれてきたか」

「それは……父上が心より愛した奥様が亡くなって、悲嘆に暮れているのを心配した高力士様が、せめてと奥様によく似た妓女《ぎじょ》を、父上と引き合わせたから……ですか？」

僕の父は、女性を何人も囲う事を好まない人で、唯一の妻であった女性を大変大事にしていた。

けれど兄二人と姐《あね》の翠麗《すいれい》の母であるその人は、翠麗が幼いうちに、流行病《はやり》であっけなく逝《い》ってしまったのだ。

それからというもの父はすっかり塞《ふさ》ぎ込んでしまって、その失意は床から起き上がれないほどだった。それを案じた高力士様が、せめて彼女によく似た女性を……と探してきたのが、彼女にうり二つの妓女で――つまりその人が、僕の母だ。

そうして僕の母もまた、産後の肥立ちが悪く、僕が赤子のうちに逝き、以後、父は新しい女性を迎えずに、子供達に随分と甘い父親として生きている。

そんな父に、いまだに甘えて脛をかじっているのは兄達で、二人とも何度問題を起こしたかわからない。

その度に文官である父に恥をかかせ、高力士様の手を煩わせ、翠麗を心配させる兄には、僕もいつも神経をすり減らされているのだが……。

「………」

「あの、それがどうかされましたか？」

そっと頭を上げて高力士様を見たが、彼は僕の答えをあまり気に入っていなかったか——もしくは考え事をしているようだった。

「叔父上様？」

「ああ……すまない。もっとよく顔を見せてくれ、小翠麗」

小翠麗——幼い頃の渾名《あだな》は、今の僕には少しこそばゆいが、僕は言われるまま高力士様をまっすぐに見た。

「幾つになった？」

「春で十六に」

「ふむ、髭《ひげ》もまだか。声もまだ小鳥のように高いままだ」

「それは……まもなく、だと思いますが……でも背は伸びたんですよ。やっと姐《ねえ》さんに追いついたんです」

声も高く、髭も揃わぬ子供だと言われているようで、僕は少し悄気《しょげ》そうになった。これぼかりは自分ではどうしようもないことだし。

「確かに背は伸びたな。翠麗と同じ五尺二寸——だが、お前の方が肩幅もあるし、手足も少し長いだろうか」

「そうですか？」

まあ確かに、言われてみればそうかもしれないと、僕は自分の肩に触れた。

「ふむ」

と、高力士様がまた唸《うな》った。

「……な、なんでしょうか」

妙な空気だ。なんだか段々、嫌な予感がしてきた。

今でこそ、陛下に親愛を込めて『将軍』と呼ばれているが、陛下は高力士様に、彼の為に作った位を与えたのだ。

本来は宦官。つまりは後宮や陛下の身の回りのお世話をする、内方の役割だ。

とても、内側の――。

「……もしかして、どなたか高貴な方が、僕を傍にとお考えなのですか？」

僕が慌てて言うと、高力士様は溜息《ためいき》を洩《も》らした。

陛下ではないだろう。彼は充分に傍に宦官達がいるし、後宮には望めば侍らせられる女性達が三千人もいる。

だったら、他の高位の武官か文官か、もしかしたら公主様のどなたかかもしれない。

そうなると、『男のまま』では仕えられない――なるほど。だから髭か！

宦官は完全に大人になってしまってからよりも、まだ幼いうちに陽物を取り払う方が良いと聞いた事がある。そちらの方が柔肉《やわじし》になって良いのだと。

　幸か不幸か――いや、この場合は確実に不幸なことに、僕はまだ髭もなく、面差しも翠麗によく似た女顔だ。

　つまり、高力士様は、僕を、僕を、僕を――。

「い、嫌です！」

「玉蘭？」

「お、お、叔父上様の事は大変尊敬しておりますし、宦官《かんがん》達の事を悪しく思っている訳ではけっしてありません！　で、ですが嫌です！　どうか何卒《なにとぞ》、宦官にだけは――」

「ははははは！」

　慌ててひれ伏して赦《ゆる》しを乞《こ》う僕を見て、高力士様が笑った。

「え？」

「何を言う。そなたを宦官になどするものか」

「あ……ほ、本当ですか？」

「勿論だ。その予定であれば、赤子のうちに宝抜き婆に託しただろう。それは私もそなたの父も望まなかった。そなたは男として、名を揚げさせたいと思っているよ」

　高力士様が言いながら笑いをかみ殺した。

　宝抜き婆《ばば》とは、赤子のうちに子供を宦官にしてしまう処置をする乳母で、そうすると高力士様のように、陽物を切り落とさずに宦官になることが出来るのだ。

「じゃ、じゃあ……いったい？」

「うむ……宦官になって貰う訳ではないが、高貴な方に仕えるというのは誤りではない」

そう言うと、高力士様は僕を手招いた。香の佳《よ》い香りがする。

高力士様は近寄った僕を更に手招きし、そして耳元でひっそり囁《ささや》いた。


『翠麗が後宮から姿を消した』


「え⁉　翠……」

翠麗が？　と大きく声を上げそうになって、けれどすぐに高力士様の険しい表情を見て、口を噤《つぐ》む。

翠麗は僕の腹違いの姐《あね》だ。母親同士がよく似ているためか、僕と翠麗は昔からそっくりだと言われてきた。

『玉や真珠や月の影、この世で冴《さ》え冴《ざ》えと美しく輝くものを、すべて混ぜ合わせてこね上げたら、きっと華妃《かひ》様になるだろう』——と、詩人の気がある仲満がそんな風に讃《たた》える人と似ているのは、くすぐったいような、誇らしいような気にもなる。

が、僕にとって翠麗はやはり姐だ。僕の事を『小翠麗』と呼んで、可愛がってくれた人だ。そして今は皇帝の妃——しかも、後宮において三番目に高い地位を得ている。

幼い頃から大変優秀で、父や高力士様が、「翠麗が男であったなら、高家は安泰だったのになあ」と何度もボヤくのを聞いた。

けれども女性である彼女は家を継ぎ、父のような文官や宰相になることはできない。

その代わり、彼女は皇帝の妃として召されたのだ。

姐さんは大変美しく、賢く、なんでも巧みにこなす人だったが、本当は昔から随分とお転婆で、詩を読むより快活に歌い、品良く舞うより木登りが好きだった。

晴れ空より雷雨や嵐を好み、恋の話よりも歴史を好み、静かに微笑むより声を上げて笑い、おしゃべりな小鳥のように歌う可愛い人——そんな人が、本当に後宮でやっていけるのか？　と、心配してはいたのだが……。

「だからってまさか……逃げ出すなんて、いくらなんでもそんな筈《はず》ありませんよ！」

「私もそう思いたいが、事実なのだ」

そう言って高力士様が胸から文を出した。

『危険はありません、どうか捜さないで。ごめんなさい、必ず戻ります』

そこにはよく見慣れた、翠麗の文字でそう綴《つづ》られていた。

「誰かに攫《さら》われて、無理やり書かされたのでは？」

「私も考えた。だがおそらくは自分の意志だ。赤い花が添えられていた。小翠麗と呼ばれたお前なら、その意味がわかるだろう？」

「それは……」

それは悪戯《いたずら》好きの翠麗が好んだ『花言葉』──つまりは暗号だ。白い花ならば『否《いいえ》』『嘘』、そして赤い花は『是《はい》』『本当』の意味。

であれば、これは本当に翠麗が自分の意志で書き、僕達に残したものなのか……。

「だったら……いったい何故？」

文を見下ろし、僕は絞り出した。

「わからぬ。祭りの朝に見かけたときは、いつもと変わらないあの子だったのだ」

高力士様も消沈した表情で言った。

祭りとは三月三日の上巳節《じょうしせつ》の祭りのことだ。

誰しもが心待ちにしたうららかな春、長安《ちょうあん》の東南、曲江池《きょっこうち》で行われる。

古くは御祓《みそぎ》としての水浴びが、六朝《りくちょう》時代に『曲水の宴』となって、この唐代まで伝わったというが、後宮の女達もぞろぞろと曲江池に向かうだけでなく、女官達も年に一度、家族と会う事を許される。つまり後宮の人の出入りの多い日なのだ。

翠麗は幼いうちから高力士様にその美しさや才覚を見出《みいだ》され、陛下の妃になるようにと育てられた。

確かに今は、陛下のお召しがない状況だと聞くけれど……だからといって高家にあった頃よりも裕福に、穏やかに暮らせているはずだ。

少なくとも、僕の送った文の返事には、毎日書を楽しみ、歌い、踊り、小犬をからかって楽しく暮らしていると書かれていたのに。

「本当に、何故……？」

「何故かは不明だ。だが問題はここからだ、玉蘭」

「ここから？」

「ああそうだ。後宮の、しかも華妃ともあろう者が後宮から逃げ出すなど、到底許される話ではない」

「そ、それは……」

確かにそうだ。華妃が後宮から逃げ出すなんて事は大罪だ。

後宮はけっして、陛下が女性と戯れる為だけの場所ではなく、本来は正統な陛下の御《み》子《こ》を妃に宿すための場所であり、そこで仕えるのが女官と男を失った宦官だけであるのも、女達が自由に後宮の外には出られないのも、全ては陛下以外の子が生まれることを防ぐため、そして後宮の外に血が零《こぼ》れてしまわない為なのだ。

国の未来のためにある、その厳重な規則は、たとえ高力士様とて変えられない。

「あの子の後見人は私だ。翠麗を後宮に上がらせ、陛下に献上したのは私であり、私の後ろ盾があるからこそ、陛下はあの子を華妃に封じてくださったのだ」

陛下は父と同しく、一人の女性を大切にする方だという。当時、最愛の武恵妃《ぶけいひ》様を亡くしたばかりだった陛下は、翠麗をすぐに気に入ったと聞いている。

でもそれは勿論《もちろん》、高力士様の後見があったからなのは間違いないだろう。

「私の失脚を望む者は多い。あの子の逃亡を許す者はいないだろう。そしてその罪は、そのまま高家が背負うことになる」

「姐上……」

つまりは大罪だ。これが明るみに出れば、翠麗だけでなく、僕や、高一族そのものが罰せられることになるだろう。

どうして……それがわからぬ人ではない筈なのに。

「だがとにかくあの子は、必ず戻ると記している。私は翠麗が嘘をつくとは思わない」

「それはそうです。姐上は必ず約束を守られる方です」

「だから……玉蘭。お前に頼みがあるのだ」

「はい。翠麗を捜して、連れ戻せば良いのですね？」

勿論どこにだって捜しに行こう。たとえ大食《アラビア》、大秦《ローマ》までだって――けれど高力士様は、首を横に振った。

「え？」

「いいや。捜索は勿論するが、お前にしか務められぬ役割があるのだ」

「僕に？」

「ああそうだ。あの子は必ず戻ってくる。だからそれまでの間、お前があの子の身代わりになって欲しいのだ」

「……は？」

一瞬、何を言われているのかわからなかった。

「翠麗が不在の間、そなたが後宮で高華妃になるのだ、玉蘭」

「僕が身代わりって、僕がですか？　僕が華妃になれと!?」

「ああそうだ。小翠麗」

「そ、そ、そんな！　正気ですか!?」

思わず声が上擦る。高力士様が険しい表情で僕を見た。

「正気だとも。そなた達二人は本当によく似ている。今では顔立ちだけでなく、背格好もそっくりだ。何よりお前は翠麗の事を誰より良く知っている。弁も立つそなたならば短い間であれば、あの子の代わりを務められよう」

「そんな……」

「幼い頃、よくそうやって入れ替わって、家の者をからかっていたではないか」

「そんなの、うんと子供の頃じゃないですか！　叔父《おじ》上様のお気持ちはわかりますが、無理な物は無理です！　不可能ですよ！」

「いいや、わかっていない。やらなければ私も高家も、みな破滅するのだ」

「そうですが、そんな……」

「陛下は今、楊貴妃《ようきひ》のみを寵愛《ちょうあい》している。嫉妬《しっと》深い彼女は、陛下が他の妃と親しげに口を利こうものなら、それだけで機嫌を損ねてしまう、気性の荒い女性だ。故にここ数年、他の妃は一切召されてはいない。ただの一人もだ。だからそなたは華妃のフリをして、あの子の帰りを待ってくれれば良いだけだ」

「だからって……」

仰《おっしゃ》りたいことはわかる。だけど、本当にそれ以外方法はないのだろうか？　もし身代わりがバレてしまったら、僕も高力士様もその時点で終わりだろう。

「その代わりという訳ではないが、身代わりの役目を無事こなせた暁には――そなたを正式に引き取れないか、そなたの父に掛け合ってみるつもりだ」

「う……」

「そして私の息子として、科挙を受けなさい。任子（※特権階級による世襲制度）でお役目に就ける事も出来るが、周囲にとやかく言われるのは嫌だろう？　だがとにかく今は翠麗の事だ。そしてそなたの献身には、私も報いよう……どうだ？」

「それは……勿論《もちろん》嬉《うれ》しいですが……」

父にとって、妻はただ一人。僕の母を愛さなかったわけではないけれど、彼はそれでも翠麗の母親以外を妻に迎えたくなかった。

故に僕は庶子のままだ。父は僕を嫌っている訳ではないけれど、だからといって上の息子二人を溺愛《できあい》している以上、彼らより僕を優遇する事はない。

別に名を揚げたいという野心がある訳ではないけれど、今は良くても父が亡くなった後、あの兄の下で高家が安泰とは思えないのである。

だからこの申し出が、嬉しくない訳がない。

でもそもそも翠麗が消えてしまった今、そちらをなんとかしない事には、高家に未来はないのだ。

それに、僕が翠麗のフリをして、しっかり華妃の役目を全うするという事は、一族を守るという事だけでなく、再び戻ってきた彼女の居場所を守れるという事でもある。

翠麗は僕にとって姐《あね》であり、母親の代わりに大切に愛して育ててくださった人だ。粗暴な兄達から僕を守り、父とも上手《うま》く行くように、常に気を配って守ってくださった人なのだ。

「……わかりました。命をかけて務めさせていただきます」

床板に付くほど頭《こうべ》を深く垂れて、僕は答えた。

とはいえ、胸の中には不安しかなかった。いったい翠麗は何を考えて、どこにいるのだろうか？

あの賢くて優しい人が、どうしてこんな大変な事をしでかしたのだろうか。

姐の身を心配しながらも、それでも僕は少しだけ翠麗に、心の中で恨み言を吐いた。

二

……と、高力士《こうりきし》様と馬車で密談（？）を交わしたのが一週間前。

僕は今、長安の都より東郊にある温泉地・華清宮《かせいきゅう》にあった。

始皇帝《しこうてい》の遊び相手だった神女が、腫れ物治しの為に湧かせたという伝説のある風光明媚《ふうこうめいび》なこの場所は、玄宗《げんそう》陛下のお気に入りの保養地で、彼は毎年冬の間ここで、楊貴妃《ようきひ》様と過ごされるという。

陛下のお膝元《ひざもと》とあって人気も高く、いくつもの楼閣と、官吏や王侯達の邸第が並んでおり、温泉以外に馬球場などの遊興施設も沢山建っている。

元々花の多い美しい場所だったが、陛下がさらに貴妃様の為に、沢山花を植えたというだけあって、目に映る全てが美しい場所だ。

その中でも、陛下が冬場に楊貴妃様と過ごすのに使われる飛霜殿《ひそうでん》。

僕は毎日、その豪華な寝室で朝を迎えるようになった。

理由は僕——いや、華妃の高翠麗《すいれい》は、『急な病に倒れて数日生死を彷徨《さまよ》い、やっと意識を取り戻したものの、しばらくは保養地での静養が必要になった』からだ。

それは勿論高力士様が考え出した筋書きだ。いくら外見が似ているとはいえ、後宮のことを何も知らない僕を、いきなり後宮に放りこむのはさすがに無謀であるし、もしかしたら静養中に翠麗本人が帰ってくるかもしれない。

だから高力士様が陛下に静養を願いいれたところ、陛下は快く、今は自分の使っていない飛霜殿で、ゆっくり過ごすようお許しくださったのだった。

二ヶ月間皇帝の温泉宮で静養なんて、こんな優雅な話はないけれど、実際はそんな甘い話ではない。

翠麗の失踪《しっそう》を知るのは、僕と高力士様を除いて、翠麗の近侍の三人だけだった。

一人は翠麗が信頼を寄せるお付きの侍女、翠麗の部屋の筆頭女官の桜雪《おうせつ》。

今は翠麗に仕えているが、以前は尚儀《しょうぎ》局の首席女官でもあった人だ。公主達の教育係を務めていたし、翠麗に後宮の作法やしきたりを仕込んだのも彼女だという。

そしてもう一人は尚服《しょうふく》女官の茴香《ういか》。

元々ただの針子であった彼女の才能に惚《ほ》れ込んで、翠麗が衣装係にと取り立てた人で、翠麗の服を僕用に縫い直してくれたり、僕を翠麗そっくりに変装させてくれたりする。

最後の一人は宦官《かんがん》の絶牙《ぜつが》で、彼は武官の一族の末子であったが、父と兄が陛下のお怒りを買い、一族は彼以外を残し全て処刑されてしまった。

ただ一人死は免れたものの、宦官としてしか生きる術《すべ》を残されなかった彼は、少年の身に降りかかったあまりの苦しみから、その声を失ってしまったという。

寡黙で忠実な彼を、高力士様が翠麗に仕える宦官であり、同時に護衛として、その傍を守らせていたという。

高力士様は最初、その三人だけ連れて僕を華清宮に二ヶ月間行かせ、その間に貴婦人としての立ち振る舞いを身につけさせるつもりだった。

けれどそれを否、と言ったのは陛下で、病身の高華妃が不自由することがないようにと、もう数人の女官に加え、華清宮での生活に困らないよう、貴妃様がいつも一緒に連れて行く女官を数人、お供につけてくれたのだった。

正直ありがた迷惑な話だったが、陛下のお心遣いを無下にも出来ず、結果僕はここで非常にきゅうくつな生活を強いられることになってしまったのだった。

僕の華清宮での生活はこうだ。

朝目が覚めると、絶牙と桜雪か茴香かがやってきて、僕に朝の身支度を整えさせる。

僕は病気で、身体にいくつか痣《あざ》のようなものができてしまった事になっており、そのため肌はごく限られた女官にしか見せたくない——ので、肌を晒《さら》す段階では、他の女官の手は借りない。

その後、尚食《しょうしょく》女官の一人——〈元々〉翠麗付きで薬の担当の秋明《しゅうめい》と、本来は貴妃様付きの食事の配膳《はいぜん》係の杏々《あんあん》がやってくる。

朝食はお粥《かゆ》と決まっている。それと薬湯を飲んだ後は、茴香と尚服女官である巧鈴《こうりん》と緑榮《りょくえい》の二人がやってきて、更に衣装や化粧などを、より華美に飾ってくれる。

それから後は特に予定はないのだが、僕はあくまで病人なので、一日中できるだけ寝ていなければならない。

実際は動き回ったり、ヘタにしゃべったりしてボロが出てしまうのが怖いからだ。

飛霜殿には生活を支えてくれる尚寝《しょうしん》女官が、さらにもう三人いる。

僕の正体を知らない七人の女官に、入れ替わりを気づかれないよう、日が沈むまでは大人しく過ごすのだ。

そして夜、高華妃は早くお休みになるからと、近侍の三人だけ残して他の女官達は用意された部屋のある、長湯に引き上げる。

飛霜殿にいるのが四人だけになると、やっと自由か……と思いきや、今度は桜雪から後宮の妃としての、礼儀作法をみっちりと学ぶ時間がやってくる。

それも中途半端ではなく、数年間後宮で暮らした翠麗が身につけた、最高級に優雅な身のこなしを。

歩き方から、女性らしいお辞儀、跪《ひざまず》いての拝、飲食の作法、言葉遣い、笑い方から扇の使い方まで。

その合間に待っているのは、茴香からの女性らしい衣装の選び方についての指導だ。

翠麗はいつも自分で、今日はこの色を纏《まと》うとか、こういう風に着てみたいといった希望を、しっかりと口にする人だったという。

故に僕も、女性の華やかな装いを学ばなければならない。

それでもそれとなく茴香と桜雪が助け船を出してくれるお陰で、今の所は何とかなっているし、少なくとも言葉遣いはまだマシな方だ。

高力士様も仰っていたように、僕は子供の頃、よく翠麗のマネをしていたからだ。

顔だちが似ているだけでなく、僕達は声もなんとなく似ている。姿さえ隠れていれば、女官達は僕と姉《ねえ》さんの区別をつけられずに、まんまと僕らの悪戯《いたずら》の餌食《えじき》になっていた。

だから問題は、やはり麗人らしい立ち振る舞いだ。

期限は二ヶ月――たった二ヶ月で、僕は周囲が騙《だま》されるほど完璧《かんぺき》に、女性らしい動き方を身につけなければならない。

それだけではなく、日中僕の正体を知らない女官達を、騙せなければならないのだ。日中だって絶対に、気を抜いてはいけない。

だのに、朝が来て目を開ける度、一瞬自分が何処にいるのか混乱した。

見覚えのない天井と、豪華な調度品。窓から吹き込む風と、身体を包む布団から、甘い花の香りがする。

「……ああ、そうだ」

布団を目元まで引き上げ、その香りを吸い込んで、やっと思い出す。

翠麗がいつも自分の馨《かお》りにしている香だ。そして今は僕が使っている、『高華妃』の月下美人の香。

「高華妃様、薬湯の時間にございます。お着替えの前でも宜《よろ》しいですか？」

その時、僕の目覚めた気配を逃さずに、女官の一人が扉を叩《たた》いた。

「あ……う、うん。そうね、入って良いわ」

つい地声で返事をしかけて、こほん、と咳払《せきばら》いを一つ。少し高い声で答えると、すぐに秋明と宦官の絶牙が、恭しく茶碗《ちゃわん》を掲げて入って来た。

どうやら今朝は寝過ごしてしまったらしい。普段ならもう朝の支度が済んでいる時間なんだろう。

秋明は女性の中でもほっそりと背が高く——つまり、僕よりも高く、けれどその細い眉《まゆ》はいつも八の字になっていて、やたらと気を遣ってくれるという印象だ。

いわゆるお薬係なので、普段健康が取り柄だった翠麗とは、あまり交流がないらしい。その分やりとりは気が楽だけれど、とはいえ、運んで来てくれる薬湯は毎回嬉《うれ》しくない。

大の苦手な枸杞《くこ》の実から始まって、どうにも好きになれない薬湯は、実際は治療のためではなく滋養強壮という効果に加え、体内の陰の気を増やし、陽の気を抑えることで、男としての成長を止まらせる効果があるという。

飲むのを止めれば、また育つので心配はないと言われたけれど……そもそも、そんなに長く僕は翠麗のフリをしなければならないのか？　と不安が拭《ぬぐ》えない。

とはいえ翠麗がいつ戻るのかもわからなければ、他に身代わりが見つかるかどうかもわからないのだから、当面は僕がここで踏みとどまらなければならないのだろう。

仕方なく、僕は嫌々ながらも茶碗に手を伸ばした。

朝起き抜けに、うすら甘い泥みたいなものを飲まなければならないのは辛《つら》いけれど。

と、そうして茶碗を持ち上げたその時だ。

「あ」

今日は薬が普段より茶碗にたっぷり注がれていたらしい。取ろうと僅《わず》かに傾けた拍子に、指にたぷんとかかってしまった。

「ぁ熱っ!!」

お湯よりは粘度のあるそれは、一瞬の時間差の後、適温というには攻撃的な熱さで、僕の指を包み込んだ。

思わず手を引いた拍子に、さらに茶碗が倒れ、中身が盆を伝って寝台やら布団やらに飛び散ってしまった。

「高華妃様！」

秋明が驚いて叫んだ。

それでも幸い、寝衣の裾《すそ》は汚したものの、指以外の皮膚にはかからなかった。布団にかかった分も、僕の肌まで染みこむ前に、咄嗟《とっさ》に絶牙がはねのけてくれたのだった。

「大変！　急いでお着替えを！」

慌てた秋明が僕の身体から寝衣を剥《は》ぎ取ろうとして、僕も焦った。

「だ、大丈夫です！　ほとんどかかってませんから！」

「ですが！」

薄い着物一枚を引っ張り合う形で、僕達は互いに悲鳴のように叫んだ。

彼女の心配はわかるが、ここで衣を取られたら、一発で入れ替わりがバレてしまう。

僕は指の痛みよりも、そちらの方に必死だった。

けれどそんな僕達の攻防を遮る様に、絶牙が秋明の腕を摑《つか》んだ。

「あ……」

「…………」

言葉の話せない絶牙が、秋明を、そして何か言いたげに僕を見る。

無言の訴え——或《ある》いは威圧。そこではっとして、僕は少し冷静になった。

「だ……大丈夫です——着替えは絶牙に手伝わせます。秋明、申し訳ないけれど、お前はもう一度薬を貰《もら》いに行ってくれるかしら」

話し出すと、幸いすぐに必要な言葉が出た。

「ですが……」

秋明はそれでも何か言いたそうだったので、仕方なく僕は、なよなよと自分で自分の体を抱いてみせた。

「何度も言っているはずです。この痣は、これ以上誰にも見られたくはないの」

「は……はい、失礼しました！　すぐにお薬を戴《いただ》いて参ります！」

慌てて秋明が部屋から出て行った。

痕のことは少々強引だと思ったものの、そこは美しさで陛下を魅了する後宮の華妃の言う事だ。女官達は意外とすんなり信じてくれている。

大病を患い数日前まで明日をも知れない命だった華妃が悲しそうな顔で「身体のあちこちに痣ができてしまった」——と言えば、女官達はもう無理強いなど出来るはずがないのだ。

「…………」

秋明がぱたぱたと出て行くと、絶牙は安堵《あんど》の息を洩《も》らす僕の手を取り、指先と、他に火傷《やけど》をしていないか素早く調べた後、着替えを持ってきてくれた。

「火傷はしていないと思うけれど……」

そう言った僕に絶牙は頷《うなず》き、そして衣を着替えるのを手伝ってくれる。

普段は自分一人で着替えていたのだから、こんな風に人の手を借りるのは慣れない。出来れば一人でやらせて欲しいけれど、そういう訳にもいかないらしい。

絶牙は少年時代に宦官《かんがん》になったという。立派な体躯《たいく》をしていて、宦官と言われなければ普通の武人と違わない。

実際に痣《あざ》はないし、僕は女性ではなく男だが、宦官服の上からでも鍛えられた身体がわかる絶牙に、この薄っぺらい身体を見られることは、正直恥ずかしい。

お湯を使ったりして、着替え前に身体を綺麗《きれい》にしながら、なんとなく間が持てずに言った。

「宦官になると、身体が鍛えにくくなると聞いた事があります。肉が柔いまま堅くなりにくいって。それでも強そうなのは、やっぱりものすごく鍛えられているからですか？」

思わず問うてしまうと、彼は少し困ったように眉を寄せ、それでも頷いて見せてから、扉の方を指差した。

「あ……」

女官達に聞かれてしまうと言いたいのだ。そこまで聞かれて困る話の内容ではなかったものの、翠麗にしてはきっと違和感のある質問だっただろう。

「……わたくしも病が癒《い》えたら、もっと運動がしたいわ。今は、まるで葦《あし》のように弱いんですもの。貴方《あなた》が何か指導してくれたら嬉しいのだけれど」

改めてそう言い直すと、彼はゆっくりと頷いてから、そしてもう一度僕の指先を確認するように見た。

直接茶碗の薬がかかってしまった所は、やはり少し赤くなっているようで、ヒリヒリする。

彼は僕の手を、そっと置いて、とんとん、と手の甲を叩いてから、部屋の外に行くと動作で示して見せた。

どうやら冷やすものを取りにいってくれようとしているらしい。

「え？　ああ、大丈夫ですよ。冷やすほどではないと思うのだけれど……」

けれど彼は首を横に振り、そのまま部屋の外に消えていく。そして――。

「……うん？」

（……、…………！）

（…………、…………、……）

一人になると、風の音に混じって、隣の部屋の会話が聞こえてくる事に気がついた。

窓を開け放しているせいだろう。貴人《あてびと》の寝室は、窓が大きいものなのだ。

確かに絶牙の言う通り、会話には気を付けなければ……そう思い直しながら、寝台のすぐ横の窓に頬杖《ほおづえ》をつき、聞き耳を立てる。

かさかさと花の揺れる音、甘い香りに混じって、女官達の声が届いてくる。

(高華妃様、どうして私達ではなく、宦官に手伝わせるのかしら。なんだか変よね……怪しいわ、顔の良い宦官に任せるだなんて)

(高華妃様もお若いのに、ずっと陛下のお召しがないのだから。顔のいい宦官を侍《はべ》らせるぐらいいいじゃないの)

(だけど……陛下のお耳に入ったら大変よ)

(ここでなら平気じゃない？　それより陛下は、貴妃様の事で頭がいっぱいでしょ。私達が黙ってればいいだけよ)

(そうね……もしかしたら、華清宮に来たのも、その為だったりして？)

う……。

茴香に任せるのが恥ずかしくて、結局いつも絶牙に頼んでしまっていたけれど、考えてみたら翠麗は女性なのだ。

宦官だから……と思っていたけれど、確かにおかしな噂の原因にはなりえるのか。

「はぁ……」

苦労するとわかってきたつもりだったけれど、それでもやっぱり溜息《ためいき》が洩れてしまった。

本当は他に女官を連れて来たくはなかった。

でも陛下がこんな風に気配りしてくださった事には感謝すべきだし、もう翠麗に寵《ちょう》を与えはしないまでも、翠麗の病を案じ、また快復することを望んでくださっているのだ。

とはいえ、そのせいで華清宮での生活が、格段に難易度を増した事には違いないのだ。

絶牙も、新しい薬湯もなかなか来ないので、そのまま女官達の雑談に耳を傾ける。

悪趣味だけど、万が一入れ替わりの事がばれていたら？と気が気じゃない。

実際彼女達は、高華妃の事を――僕の話をしているみたいで、胸がザワザワする。

（そもそも、いったいなんのご病気なのかしら？）

（それよ！　やっぱりあの脅迫状の噂、本当なんじゃない？　華妃様はご病気ではなく、毒を盛られたっていう話）

（毒のせいで、身体に痣が出来たりすることもあるのかしら？）

（だけど、知ってる？　今ね、この華清宮には華妃様だけでなく、毒妃《どくひ》様も滞在されてるっていうのよ。もうそれって怪しいじゃない！）

（いやだ、怖いわ。こんな所まで付いてきて、私達も大丈夫かしら……）

「……毒妃様？」

聞き慣れない名前だと思った。

けれど、よほどの理由がなければ、後宮の妃が療養とはいえここに来る事は難しいと聞いたし、そもそも怪しいってなんだろう？

毒の噂はまあ、正直都合良く判断してくれるなら、そう思われるのもそれはそれでいいかもしれない。でも脅迫状ってなんだろう……。

そんな事を考えていると、絶牙が戻ってきた。

どうやらわざわざ井戸まで行って、冷たい水を桶《おけ》に汲《く》んできてくれたらしい。

指を浸《つ》けて冷やしながら、さっきの『毒妃』という人の事を聞いてみようかとも思ったけれど、彼は口がきけないのだ。

日常生活のだいたいは身振り手振りで伝わるし、彼は文字の読み書きもできるので、いざとなれば筆談という手はある。

でも今ここでそれをやるのは……なんて考えているうちに、手の痛みが引いてきたように思う。

「……ありがとうございます。そうだ、そろそろ着替えた方が良いと思うので、桜雪と茴香に、支度の準備をと伝えてくれますか？」

「…………」

そうお願いすると、彼はまた眉間《みけん》に少し皺《しわ》を刻んだ。

「ああ」

そうだった。女官達の噂話が聞こえたように、ここでの会話が筒抜けの可能性があるのだった。

いけない、いけない、と思い直して頭を振る。ええと……。

「絶牙。そろそろ起きるから、支度をと茴香に伝えて」

慌ててそう言い直すと、彼は恭しく頭を下げて、また部屋から出て行った。

「……はあ」

僕の口から盛大に溜息が漏れた。

こんな調子でやっていけるのだろうか？　正直毎日自信が萎《しぼ》んでいくのを感じる。

それでも茴香と桜雪がやってきて、僕の着替えをさせてくれると、気持ちが落ち着いてくるのが不思議だ。

柔らかくてすべすべした生地の感触、焚《た》かれる香や、施されていく化粧――少しずつ、『僕』が翠麗になっていく様を、自分の身体で感じていく度、心まで何かに覆われてゆく気がする。

肌を覆い隠した後は、他の女官も入って来て、髪を結ってくれたり、見せる特別な相手どころか、部屋から出る予定もないのに、それでもきらびやかに飾るのだ。

茴香は本当にまだ若い――二十を少し過ぎたくらいの女性で、柔らかそうな体軀《たいく》に、ぽってりとした唇と、頬のそばかすが愛らしい人だ。

腰は低いが、太めの眉《まゆ》は彼女の隠れた意志を表しているのだろう。

普段はおっとりとして、内気そうな人なのに、着替えのこととなると途端に表情が変わる。

「ああ、今日もなんときめ細かな肌でしょう！　紅をいれるのが勿体《もったい》ないぐらい！　そうですわ、じゃあ今日はいっそ控えめに……額に花鈿《かでん》だけにしましょう。だったら衣はこちらの色にして――」

興奮気味に茴香が言った。声は弾んでいるけれど、目は全然笑っていない。

そうして、テキパキと筆や手を動かしながらも、「まあ！」「これはこれは」「なんということですか！」……と、ずっと一人で何かしら呟《つぶや》いている。

そんな彼女に最初こそ驚いたけれど、どうやらこれが『いつも通り』らしいのだ。

衣を着替え終わり、髪や装飾を施す頃には、残りの尚服女官・巧鈴達二人も呼ばれる。

そうして彼女が満足げに筆を下ろし、彼女に柔らかな生地の金色の室内履きを履かせて貰《もら》うと、僕はもうすっかり、どこからどうみても、『高華妃』になっているのだった。

「今日もたいへんお綺麗《きれい》ですわ」

茴香がとても満足げに言った。

「髢《かもじ》と簪《かんざし》が重いわ……屈《かが》んだら首が取れてしまいそう」

「とれませんよ、嫌ですわ、高華妃様」

けらけらと明るく朗らかな緑榮が笑ったけれど、僕は半分以上本気だった。

複雑に高く結われた髪の、あちこちにじゃらじゃらした金だの玉だの簪が挿さっているのだ。

翠麗ほど髪も長くないから仕方ないとはいえ、さらに髱がたっぷりと編み込まれているので、頭の上に鉛を載せているような気になるし、ちょっと傾けるだけで、首がグラグラしてしまう。

「お気に召されないのであれば、すぐにお直しいたします」

そう真剣な表情で言ったのは巧鈴で、感情表現豊かな緑榮とは対照的に、いつも静かで真面目そうな人だ。

そこまで誰かの手を煩わせる事でもないと思うし、もう大丈夫だと二人を下がらせる。

「でも日中は、ほとんどこの寝台の上で過ごすのに……」

思わず小さく呟いてしまうと、桜雪が首を横に振った。

「寝台の上であっても、華妃様は美しく装われるものです」

「そうですか……」

正直ここまでする必要はないのでは……と思うけれど、装っている方が確かに見た目も翠麗に見える。これも慣れるしかないのだろう。

仕方なく溜息を飲み込むと、若い尚食女官の杏々が扉を叩《たた》いた。

見ると、お膳《ぜん》には薬湯とお粥《かゆ》、そしてお茶と小皿に杏仁餅《きょうにんぺい》があった。小麦粉を油で練り、杏仁や果物をくるんで焼いたお菓子だ。

「そろそろお支度が終わられた頃だと思ったんです。華妃様、昨日すごいお顔でお薬を飲まれていらっしゃったから、お口直しもあった方がいいかと思って」

確かに昨日、僕は死にそうな顔で薬を飲んだ。何度か飲めば慣れると思ったけれど、日増しに辛《つら》くなっていくから。

「秋明はどうしました？」

そんな気の利く杏々に、桜雪が問うた。

「お茶を用意しにいったら、ちょうどお薬を持っている秋明さんと会ったので、一緒に預かってきたんです」

そうはきはきと言って、杏々はまず僕に薬湯を、お盆ごと差し出してきてくれた。

けれど僕が碗《わん》を手に取るより先に、絶牙が碗に手を伸ばした。

「え？」

驚く僕が何か言うより先に、絶牙は薬を空いた茶碗に少しだけ移し、それを呷《あお》る。

杏々も戸惑いを顔に浮かべていた。

「杏々、華妃様にお出しするものは、全て毒見をしなければいけないの」

桜雪が言った。

「毒見ですか？　秋明さんがされたんじゃないかと思うんですけど……」

そこまで言いかけて、「薬ですよ？」と杏々は少しだけ眉を顰《ひそ》めたものの、すぐに表情を戻して「わかりました」と答えた。

「……じゃあ、お茶とお菓子も確認されますか？」

「はい……気を悪くしないでね。そういう決まりなの。事前に聞いていない物は、高華妃様には差しあげちゃいけないのよ」

茴香が言い訳するように言い添える。

「わかってます。貴妃様もお毒見の方がいらっしゃるし、私、元々華妃様の部屋付きじゃありませんから」

警戒されて当然です、と杏々は言うと、気にしていないと笑って見せた。

絶牙が両方毒見して、問題ないと言うように頷《うなず》く。

こういう時、本当に毒が入っていたらどうしよう？　とても不安になる。

毒でも入っていて、飲まないで済んだら良かったと思うほど、飲みたくないのがこの薬湯だ。でも飲まないわけにはいかないのだ。

「う……うぷっ」

覚悟を決めて楽を呷って――えずきかけてから、慌てて杏々の淹《い》れてくれたお茶を、流し込むように飲んで口直しする。

さらにすかさず桜雪が、杏仁餅を差し出してくれた。

それを口に放りこんで、やっとその甘さで僕は生き返った。

「ああ……ありがとう杏々。あなたのお陰でこの薬を乗り越えられそうよ」

しみじみとお礼を言うと、杏々は驚いたように僕を見た。

「なあに？」

「いえ……ただ貴妃様はそんな風に仰《おつしや》ってくださらないので、恐れ多いです」

確かに高貴な人であれば、そう易々と女官に礼など言わないものか。

とはいえ、翠麗は家でも使用人達に親切にしていたし、昔から『善意への感謝に身分はない』と言っていたのを覚えている。

それでも杏々は恐縮そうに部屋を出て行ったので、僕は間違ってしまったのかと不安になって桜雪を見た。だけど彼女は首を横に振って、『大丈夫です』と視線で答えてくれたのでほっとする。

でもこうやって翠麗を思い出して、些細《ささい》な部分で彼女を装う事は出来るのに、一番肝心な部分はこんなにもわからない。

どうして翠麗が消えてしまったのかは。

幸い周囲はまだ入れ替わりに気がついていないみたいだし、僕も、そして桜雪達も気がつかれないよう努力はしているけれど、こんな生活がいったいいつまで続けられるんだろうか？

先の見えない不安に、急に寒気のようなものを感じて、僕は温かいお茶でそれを無理やり流し込んだ。

「こちらはまだ翠麗《すいれい》様の片鱗《へんりん》もございませんよ！　さあもう一度！　お立ちになられませ！」

「ううう……」

三

屋敷の廊下に、桜雪《おうせつ》の鋭い言葉が響いた。

年齢は三十よりもうすこしいったくらいだろうか？　桜雪は質素ながらも綺麗に編まれた黒髪が美しく、濃く細い眉《まゆ》が印象的で凜とした女性だ。

尚儀首席女官というのは、公主や皇子を躾《しつけ》のためであれば鞭《むち》で打つことすら許される立場だ。かつてその地位を得ていたというのがにじみ出るような、纏《まと》う空気すら少し怖いような、圧迫感というか、威圧感がある。

「宜《よろ》しいですか？　このままではお散歩にもお連れできませんよ！　さあ立って！」

「だってこんなに踵《かかと》も高いのに？　鈴も鳴らさずに歩けなんて、不可能ですよ!!」

「皆さんそうされています。お立ちなさい！」

『翠麗』がずっと部屋から出られないのは、病身……を演じているというだけでなく、単純に僕は翠麗のような所作で動き回ることが出来ないからだ。

僕は毎日、ぽっくりとして踵のとても高い木靴を履かされ、両腕と頭に鈴を、更には足首に綿を弱く紡いだ糸に鈴を通し、しゃなりしゃなりと歩く練習をさせられた。足を広げすぎると、綿はすぐに切れて鈴が床に落ちてしまう。

そもそも肩や頭、腕を大きく揺らして鈴を鳴らすのもだめなのだ。聞こえて良いのは衣擦《きぬず》れのみ。

「背中を丸めてはいけません、しっかり胸を張って！　下を見ない！」

「ひえっ」

不幸中の幸いは、彼女が鞭を使って指導をする人ではなかった事か。

でも充分厳しいし、普段のもの静かな雰囲気に反して、ものすごく怖い。

「わっ」

あんまり怖すぎて、身体が余計ぎくしゃくとしてしまうし、そもそもそんな歩き方、今までした事がないし、この靴すごい怖い。

結局またころりと転びそうになって、横に控えてくれている絶牙《ぜつが》が支えてくれた。

「す、すみません……」

謝ると、彼は少し苦笑いを返してきた。きっと僕の事を、さぞ物覚えが悪いと思っているだろう。

「でも……いきなりこんなの無理ですよ」

「いきなりではありません、練習を始めてもう三日です」

「そうですけど、この靴、本当に怖いんです」

「そうですか。でも翠麗様は、これでも上手に歩かれますよ？」

そんな事言われたって、翠麗はなんでも器用にこなす人だった。彼女ならこんな靴だって、そりゃ上手に履き慣らしてしまうだろうけれど……。

「うう……」

別に僕だって、上手に歩けるようになりたくないわけではないけれど、上手《うま》くいかないんだから仕方ないじゃないか。

「良いですか、小翠麗様は歩く時、身体のあちこちを揺らしていらっしゃいます。それは即《すなわ》ち、体中に気を配られていないからです」

足に集中すると鈴が鳴り、胸を張れと叱られ、胸を張れば鈴が鳴り、転んでしまう。

「爪先《つまさき》、足首、腿《もも》に腰、背中に肩、頭の先から指先まで、全てに気を配って歩くのです」

「だから、そんなの無理ですって！」

「無理ではございません、さあもう一度！」

一生懸命やっていないわけじゃないのに、出来ないことが悔しいし、恥ずかしい。

「……………」

ぎゅっと奥歯を噛《か》みしめると、それでも悔し涙がこみ上げてきそうになったので、僕は堪《こら》えるように上を向いた。

その拍子にまたしゃらんと頭の鈴が鳴り、桜雪が僕をギロリと睨《にら》む。

慌てて顎《あご》を引こうとして、また体勢を崩した。

「うわわっ」

しかも慌てて絶牙が支えようとしてくれたけれど、その手を掴《つか》みそこね、足首がグキッとなってしまって、僕は無様に廊下にひっくり返った。

「あいたたた……」

起き上がろうとすると、足首に痛みが走る。

「絶牙」

桜雪に命じられ、絶牙は僕の足首を診た。勿論《もちろん》仮病なんかじゃなく、本当に痛い。

それでも絶牙が少し曲げたりして、傷の具合を調べてくれたところ、どうやら少しひねっただけで、そこまで大変な怪我ではなさそうだ。

良かったような、悪かったような……。

「困りましたわね。では、歩く練習はここまでにしましょうか。足がよくなるまで、お辞儀の練習です」

「お……お辞儀ですか」

「ええ。女人拝から空首《くうしゅ》、頓首《とんしゅ》、稽首《けいしゅ》——どれも美しく出来るようになられませんと」

にっこり笑って、桜雪がお辞儀した。

せめて今日はもう解放してくれても良いのに。僕はとぼとぼと足を引きずりながら、部屋へと向かった。

女人拝は、立ったまま女性がする簡易的で一般的なお辞儀。空首、頓首、稽首は、公式な場での跪拝《きはい》だ。

「宜しいですか？　武則天《ぶそくてん》公が、女性は頭の飾りが多く、高貴になればなるほど、跪拝が無様になると申されました。小翠麗様が仰ったように頭が重いですし、髪も乱れます。飾りも落ちて、公式の場であればあるほど、確かに跪拝が難しくなるのです」

「それは確かに」

朝のような髪型で跪いて頭《こうべ》を垂れたら、本当に首が取れてしまう。

「ですから、武則天公は女の拝は立ったまま膝を軽く折り、頭を下げる『女人拝』を公式な物に変えられました。とはいえ、陛下との謁見や、本当にごくごく公式な場では、そういう訳にはいかないのです」

「ですよね」

それはまぁ……そうだとはわかっていたけれど、でもあの頭でか……。

「はい。高《こう》華妃様もやはり、跪く稽首や頓首などの礼拝をなされます。従って、着飾った姿でも、美しい跪拝を覚えて戴《いただ》かなくてはなりません」

「はぁ……」

……どうせそうだと思いましたけどね。

「お辞儀する時は、簡素な頭にする……という訳にもいかないんですか？」

「公式な席ですよ？　むしろ普段より盛らないと」

横で聞いていた茴香《ういか》が言った。

「ええ……」

「当たり前ですよ。とはいえ、崩れないようにしっかりと結って、飾りも最大限とれないようにしますから」

「はぁ……」

まあ、ここで嫌だと言ったところで始まらないのはわかっている。できないではなく、やらなければならないことも。

それでもさすがに、髪を結って練習するのは無理だと思ったのか、髢《かもじ》も外した頭で跪拝の練習が始まった。

僕は空首といえば腕を頭の位置で揃えていた。こちらは男性として一般的な空首の形だが、女性は胸よりもやや上、顎の辺りで手を揃え、甲に額をそっと乗せるように拝するそうだ。

カチッとした機敏な腕の動きではなく、女性特有のなめらかな動き。なめらかな指の動き、衣の袖捌《そでさば》き、肘《ひじ》の角度、微妙な高さ、頭を下げる速度まで――まるで隙間なく木箱に収めるように、全てがきっちりと決められているようだ。

高さや角度はすぐに覚えた。でも問題はもっと抽象的な「なめらかに」とか「美しく」とか「淑《しと》やかに」という駄目出しだ。

時々桜雪や茴香がお手本を見せてくれたけれど、正直自分がどうして「もう一度」と言われてしまうのかがわからない。

そんなに動きが硬いのだろうか……と、己の指をじっと見てみると、確かに翠麗の方がしなやかでほっそりとした指だったような気もする。

かといって、言われたように意識してみると、そうではないと注意される。

「動きは鞭《むち》のように、嫋《しな》やかに、なめらかにですわ。なよなよしない！」

「なよなよ……と嫋やかの違いがよくわかりません」

「そのようなふにゃふにゃと、嫋やかさは別なのです。貴方《あなた》には芯《しん》がありません、芯が」

「芯……ですか」

「そうです、さあもう一度！」

でも、『もう一度』と簡単に言うけれど、もう二の腕はパンパンで疲れているし、何度も頭を上げ下げしているうちに、段々気分が悪くなってきた。

「すみません、なんだか頭がくらくらと……」

空腹感と相まって、本当に目眩《めまい》がするし、胸がムカムカしてきた。

「そうですか……仕方がありません。拝の練習は終わりにしましょう」

桜雪が短く息を吐いて言った。

拝の練習は、だ。わかっている。この後は飲食の作法の練習になる。

今、日中は毎日お粥《かゆ》ばかりだ。

僕の苦手な香りのする、精の付くお粥だけ。

表向きは翠麗が病身だからで、それでなくとも彼女は日頃随分食が細く、また素食を好んでいたからという理由だ。

でも一番は、僕がまだ後宮の貴人のお作法で、食事を出来ない事が原因だった。

だから夜の食事は、そのまま食事の作法の練習になるのだが。

「…………」

冷えて固くべとついた胡餅《こべい》も、羊の肉とはらわたに豆の粉をまぶして炒《いた》めた格食も、丁子油をかけたなまぬるい魚の鱠《なます》も、なんというか……全てが冷えていて、どうにも食が進まないのだ。

飛霜殿から夕刻以降の人払いをした結果、料理人すら置けないから仕方がないのだとは思う。

とはいえ訓練でへとへとの身体に、この冷えて固まった油物や、臭いのある肉や魚は、正直辛《つら》い。

我儘《わがまま》なのかもしれないが、僕は家を出てから、儀王《ぎおう》皇子の所で働かせて貰《もら》っていた。

科挙に受かった仲満《ちゅうまん》や、高力士《りきし》様の跡取り候補と噂されていた僕が就いている役職だから、必然的にその待遇はそう悪い物ではなかった。

宴《うたげ》の席にも呼ばれたし、よく儀王様と共に食事をする事だってあったのだ。

儀王様は慎ましい方で、贅沢《ぜいたく》を好む方ではなかったし、食事ものすごく豪華だったわけではないけれど。

でも食事は温かい物、汁物、冷たいものと品数も豊富だった。

毎晩今日のように冷えていて、固くボソボソしていて、生臭く、全体的に油が固まり、茶色っぽい料理だけなのは、正直辛い。

でも他に食べる物はないのだ。日中のあの苦手なお粥以外には。

お茶菓子は色々あるけれど、病気で寝込んでいる手前、そうむしゃむしゃと欲しがるわけにはいかないだろう。

それに食の作法の練習をしなければ、夜の生活は変えて貰えないし、昼間の粥生活も脱せないだろう——だから食べるしかないのだ。

でもわかっていても、箸《はし》の上げ下げから、碗《わん》の触れ方に至るまで、こと細かに注意されながらいただく食事は、もうそれだけで食欲が萎《な》えてくる。

結局毎晩半分も喉《のど》を通らないまま下げてもらい、それでも胸の辺りで、脂が固まっているような、そんな不快感がしばらく続く。

それでいてずっと空腹感がくすぶっていた。

今すぐここを抜け出して、炉から出したばかりのパリパリで、あつあつの胡餅にかぶりつけたら、どんなに幸せだろう。

汁たっぷりの湯餅《小餃子》でもいい。貴人の食べる物ではありません、と怒られるかもしれないが、肉餡《にくあん》たっぷりなつるつるした湯餅を、肉汁ごとあふあふと頬張りたい。

「お顔です」

そんな事を考えながら、鱠を口に運んでいると、桜雪の注意が飛んだ。

「はい？」

「高華妃様は、何を召し上がる時も、微笑んでいらっしゃいました」

「それは……そもそも翠麗はあまり好き嫌いのない人でしたから」

「……そうでしょうか？」

「え？」

「お言葉ですが……高華妃様はいつでも、努力されていらっしゃいましたよ」

僕の反論に、桜雪が少しだけ眉《まゆ》を顰《ひそ》めた。

「でも翠麗は、僕よりも何だって上手《うま》くこなす人でしたよね。桜雪だってここまで大変じゃなかったですよね……すみません、不出来な弟子で。どうせ僕は努力の色が見えないでしょうね」

思わず言葉に毒が混じる。

けれど嫌いな物だけ食べさせられ、日中は部屋に閉じ込められ、夜はずっと叱られ続ける毎日に、僕はすっかり辟易《へきえき》としていたのだ。

それに努力を惜しんでいるつもりもない。好きでここに来たわけでもない。

なのにそんな風に、どれだけ翠麗が優れていたか……なんて話を聞きたくはなかった。

「そういう意味ではございません。ただ……翠麗様もきちんと努力されておいでだったという事を、お伝えしたかっただけです。小翠麗様の努力が足りないと、そういう事を言いたいわけではございません」

思わず怒気を含んだ僕の声に驚いてか、桜雪が慌ててそう言い訳した。

「そうですよ、小翠麗様は毎日頑張ってらっしゃるじゃありませんか」

茴香も態《わざ》とらしく僕を褒めてくれたけれど、別に僕は、煽《おだ》てて欲しいわけじゃなかった。ただ怒られたり、否定されたりすることに心が萎《しぼ》んでしまっただけだ。

勿論《もちろん》、苦労するんだろうなとは思っていたし、僕だってやるしかないのだと覚悟をしてここに来たつもりだった。

けれど翠麗の服を着て、華清宮で彼女の帰りを待つだけなんだろうなと、そんな風に甘く考えていたのも確かだったし、麗人がこんなに苦労をしているという事も気がついていなかった。

自分の考えが甘かったといえばそれまでかもしれないけれど、だからといって他の選択肢があっただろうか？　断って、一族郎党が陛下に罰せられれば良かったのか？

近侍の彼女達だって無罪では済まされないはずなのに。

それなのに……！　どうしてこんな風に、たくさん否定されなきゃいけないんだろう。

翠麗は、とにかく全てに恵まれた人だった。

僕と同じ顔をしていても、正妻の娘で、父上が誰より信頼を寄せた子供で、高力士様も翠麗には幼い頃から一目置いていた。

身のこなしも美しく、誰より巧みに舞い、歌い、政治や歴史についての学があり、父の客人達と、この大唐のあり方について議論する――本来女であるならば、いかに文官の娘とはいえ、そんな会話に加わることなど、許されはしなかったが。

けれど彼女が後宮に上がる事は、暗黙の了解だったのだろう。

玄宗《げんそう》陛下は聡明《そうめい》で自分の意見を持った強い女性を好む。妖艶《ようえん》なだけの女性が長い寵《ちょう》を得たためしがない。

学があり、同じ位芸術を好み、中でも陛下は曲を作るのを得意としていたから、陛下の曲で美しく舞える事も大事だった。

つまり翠麗は、陛下が好まれるよう、その通りに育てられた人だったのだと思う。

それを困難に感じているようには見えなかった。彼女がなんでも易々とこなしているように見えたからだ。

そうして後宮に上がり、そればかりか数回の寵ですぐに華妃に冊された。

陛下には所謂《いわゆる》正妻・皇后が不在だったため、いずれは翠麗がその座に納まるだろうとみな噂したのだ――陛下が息子の妻だった楊玉環《ようぎょくかん》に出会うまで。

以来、全ての寵愛《ちょうあい》は、陛下の妃になった楊貴妃様にだけ注がれているけれど、翠麗の華妃の座は安泰だろうし、再び陛下の寵が翠麗に戻ってこないとも限らない。

そんな何もかもを手にした人――彼女を僕はずっと大好きだった。

翠麗は僕の誇りだったし、自慢の姐《あね》だったから、小翠麗と呼ばれるのは嬉《うれ》しかったし、彼女と比べられることすら嫌じゃなかったのに。

「……いったい、どこに行っちゃったんですか、翠麗」

寝台で布団をかぶり、呟《つぶや》く。

あんなにも大好きだった姐の事を、僕は初めて憎いと思った。

四

食事の後、気がつけば泣き寝入りしていたみたいだ。

眠ったお陰で胸焼けの方は幾分落ち着いた気がする——その分空腹が勝っていたけれど。

こればっかりはしかたない。明日《あした》また朝、どろっとした薬湯と、お粥《かゆ》と、お茶で胃袋を満たそう……冷えて脂っこい料理よりはマシだ。

でも今は泣いたせいか、喉が渇いてしまった。

寝台からもそもそ這《は》い出して、お茶が残っていないか寝台横の卓に手を伸ばすと、その気配に気がついたように、すぐに絶牙《ぜつが》が部屋に来て、お茶の用意をしてくれる。

茶器にお湯を注ぐと、甘い蓮《はす》の香りがぱっと空気の中に咲いた。

その香りに、心の棘《とげ》がぽとり、ぽとりと落ちていく気がした。

「ありがとうございます……」

お茶を啜《すす》りながらお礼を言うと、彼は頷《うなず》いただけで、僕の寝衣の準備に取りかかっていた。眠る時は翠麗に戻り、翠麗として目覚めなければならないのだ。

でも、出来る事なら寝る前に汗だけでも流したい。

「あの……先に温泉に浸かってきても良いでしょうか？」

おずおずとお願いして、そもそもこんな事すら自分の意思で、自分だけで済ませられない事に憂鬱《ゆううつ》を覚えた。

実家にも使用人はいたけれど、こんな身の丈六尺五寸もある、立派な体軀《たいく》の青年に傅《かしず》かれるのは、まだ緊張する。頼もしくもあるが。

彼は勿論ですという風に頷いて、快諾してくれたようだったけれど、「一人で行って来たいんですけど……」という僕の要望には困った顔で首を横に振った。

「ですよね……」

まあ、わかってはいたんですが……。

そうして温泉で、一日分の疲れと心のコリをほぐし、帰り道の廊下で満月と半月の間の美しい張弦月を見上げると、無性に心がザワザワした。

このまま部屋に戻って寝てしまうのが、なんだか嫌だったのだ。

「……少しだけ散歩をしたら駄目ですか？　この時間なら誰にも会わないでしょうし、温まったお陰か、足の痛みも和らぎましたし」

「…………」

僕のお願いは、本当はあまり許されないことなのはわかっていた。

多分桜雪《おうせつ》だったら、絶対に駄目だと言っただろう。でも絶牙はちょっと悩み唸《うな》るようにして、そして湯殿から少し離れた、中庭の方を指差した。

陛下は特に楊《よう》貴妃様の目につくところ、視界に入るところ全てを美しく作り上げただけでなく、園庭を挟むことで人払いをしているのだろう。

中庭もその一つで、花をつける低木や、花樹が植えられており、美しいだけでなく、ちょっとした目隠しになっているのだろうなと思った。

陛下と貴妃様の逢瀬《おうせ》のためのそれは、人目を避けたい僕にも丁度良い。

僕の我儘《わがまま》を聞いて、彼は僕を中庭まで連れて行ってくれた。

正直言うと、平気だと思った足首は、数歩歩き出すとまた痛み始めた。でも、それでも普段と違う空気が吸いたくて、僕は少し足を引きずりながら庭へと踏み入れ——そこで、先客がいることに気がついた。

……歌が聞こえた。

透明だけれど、少し擦《かす》れた優しい歌声だ。

女性が庭にいる。

咄嗟《とっさ》に隠れなければ、と思った。

「…………」

そうできなかったのは、そこにいた人が、まるで仙女のようだったからだ。

早く流れる雲か、ちらちらと月を隠した。

けれど再び顔を出す月はくっきり明るく、地上に光の影を残している。

『彼女』は、その中にいた。

美しい人だ。色彩を欠いたその姿ですら、僕の持つ言葉を尽くしても表せないような美しさを前に、僕は立ちすくんだ。

それは美しいだけではなく、妖《あや》しさだとか、冷たさを孕《はら》んでいたからだ。

最初は仙女なのかと思った。

けれど夜にひっそりと佇《たたず》む姿は幽鬼だ――ああそうだ、きっとそうだ。隠世の存在だ。現世《うつしよ》の乙女が、こんなに淡く美しいはずがない。

目の前の幽玄な人を見て、呆然《ぼうぜん》としていたのは僕だけではなかったようで、不意に我に返ったように近侍の絶牙が僕の腕を引いた。

「あ……」

痛い足では踏ん張りきれず、ぐらりと上体を崩した僕は、咄嗟にすぐ横の木にしがみつく。だけど僕の呟きで、幽鬼はハッとしたように僕を振り返った。

「あ……あの……」

「触れるな」

「え……」

幽鬼が僕を睨《にら》んで言った。ひどく怖い顔だ。

「触れるな、駄日じゃと申しておる」

「ふ、触れる？」

彼女に何を言われているのか理解出来なかった。

だって彼女と僕の間には距離があって、たとえ手を伸ばしたところで、彼女に触れることも出来ないのに。

すると彼女はしびれを切らしたように、或《あ》るいは怒りに耐えかねたように、白くて太い眉《まゆ》をより険しく顰《ひそ》め、ずんずんとこちらに歩いてくる。

咄嗟に絶牙が間に入ろうとしたが、それを幽鬼は振り払った。

「だから手じゃ！　木から手を離せ！　毒蟻がいる！」

そう幽鬼が叫ぶのとほとんど同時に動いたのは絶牙だった。

彼はすぐさま彼女の言葉を理解して、手をついた木から、僕を無理やり引き剥《は》がした。

はっとした。そこには確かに無数の蟻がいた。

「ひっ」

絶牙は大慌てで、怯《おび》えた僕の衣や肌を手でぱたぱたと払い、毒蟻を落とす。

「ほ、本当に毒があるんですか？」

逃げるように木から距離を取ると、彼女は僕の腕に手を伸ばし、「もう居ぬかえ？」と言った。

その手はどこかおぼつかず、僕はそこで初めて、彼女があまり目がよく見えていないことに気がついた。

「こんな小さくとも、嚙《か》まれると腫《は》れるし、痛みで一晩二晩は寝られなくなるし、一度に幾度も嚙まれれば、痛いではすまずに死ぬ事だってある」

「ひぇ……」

怖いことを、女性は何故だか微笑みながら言う。全然笑えないことなのに。だけどぉ陰で酷《ひど》い目に遭わずにすんだみたいだ。

この上毒蟻に嚙まれたなんて事になれば、僕はすっかり心が折れていただろうから。

「それは大変な事になるところでした……ありがとうございます。でもよく気がつかれましたね」

そんな……不自由な視界なのに。

「臭いじゃ。蟻共は酸っぱい匂いがするゆえ」

「臭い……？　蟻のですか？」

臭い？　そんなに匂うのだろうか？

思わず蟻に顔を近づけそうになり、「離れよ！」と再び叱られてしまった。

「小さなものと侮ってはならぬ――それにしてもそなた、いったい――」

フンフンとまたにおいを嗅《か》ぐように鼻を鳴らして、女性が言いかけた、が。

「ドゥドゥ？」

その時、肩布を手にした女官がやってきて、怪訝《けげん》そうにこちらに声を掛けてきた。

幽鬼のような女性が振り返る。

女官は慌ててこちらに駆けてきたので、僕達もそそくさと中庭から逃げ出した。

僕の足下があまりにおぼつかなさすぎて、結局絶牙は僕を抱き上げ、部屋まで連れて行ってしまった。これ以上寄り道をされたくなかったのかもしれない。

「今の方……後宮に関わる方でしょうか？　いくら庭とはいえ、ここは一般の方が入る事は許されていないはずですよね？」

その質問に、絶牙はまた困った顔をするだけで、何も教えて貰《もら》えなかった。

でも桜雪達に聞こうにも、逆に中庭に行ったことを咎《とが》められてしまうだろう。

美しいけれど、まるで人間ではない……そんな幽玄の人。

そういえば日中、女官達がこの華清宮に、もう一人妃が来ていると、そんな風に言っていた気がする。

着ていた衣は、確かに上質だったと思う。だから良家の子女か、陛下のご縁戚《えんせき》、公主……或いは誰かの妃か。

「………妃」

独りごちてなんとなく、一瞬残念な気がしたのは、彼女があまりに幽玄で、俗世と繋《つな》がっている人であって欲しくないような、そんな気がしたからだ。

月が誰の物でもないように。

ドゥドゥというのが彼女の名前なのだろうか？

人に会ってしまって、大変な事になるかもしれないと焦ったけれど、彼女は僕の顔を見ていないようだったし、僕が高華妃だという事は気がつかれていないだろう……。

そんなことを考えているうち、いつの間にか僕は眠りに落ちていた。

ここ数日、慣れない寝台と緊張の連続で、毎日朝方までなかなか眠れないでいたのに。散歩の効果か、奇妙な出会いのお陰か、その日僕は久しぶりに深い眠りに包まれ、朝まで目覚めなかった。

五

眠りすぎると余計に眠たくなるものなのか、それとも疲れが一気に出てしまったのか。今朝も結局すぐには起きられなかった。

だらだらと朝の寝台でまどろむ。起きようと思っても瞼《まぶた》が重くて仕方がない。普段ここでは明確に起きる時間が決まっているわけじゃないけれど。

それでも自分一人だらだら眠っているのは申し訳なかったし、翠麗《すいれい》はいつも朝の早い人だったので、僕もしっかり起きるようにしたかった。

とはいえどうせ早く起きたところで、午前中は何かしなければいけない訳じゃない。

今日は日中は少しのんびりしよう……どうせ『翠麗』は病人なのだから。

そう思って、僕はとろとろと眠り続けた。朝の気配を感じながら。

女官達が何人か心配そうにのぞきに来たけれど、気がつかないふりをする。

朝の支度が出来なくて困っているようだったけれど、今日だけは我儘《わがまま》を許して貰おうと思った。

絶牙《ぜつが》もだ。彼は僕が本当に体調を崩していないか心配だったのだろう。僕の顔をのぞき込み、そっと手を取って気の道が乱れていないか確認した後、額に触れて熱がないか調べたようだった。

勿論《もちろん》なんの問題も見つからなかっただろう。僕は眠いだけなのだから。

よほどぐっすりと眠っていると思ったのだろうか、彼はほっとしたように息を吐き、そして僕が起きても困らないように、簡単な着替えを用意してくれていた。

宦官《かんがん》という人達は、後宮や王宮で、貴人に仕えるために存在する人達だとはいえ、武人の家系であるならば、僕のような者に傅《かしず》く事を、不満に思っても仕方がないはずなのに。

絶牙は本当にいい人だ……そんな事を考えながら、目を閉じて彼の気配だけ追っていると、ふと彼が僕の肌着の前で立ち止まっているのを感じた。

なんだろう？　と薄目を開けて見た。

彼はどうやら、僕の布の部屋履きを手にして、何かしているようだった。

緑地に朱と金の糸で刺繍《ししゅう》された、柔らかくて気持ちの良い靴だけど、ほんの少し小指の所が痛いんだよなぁ……なんて考えながら、いつまでも寝たふりをするのも申し訳なくなって、僕はわざと寝返りをうってみせた。

「…………」

そんな僕にやけに驚いたようにして、絶牙は部屋履きを床に置き直す。

「あ……おはようございます……」

そう挨拶《あいさつ》をすると、彼はお辞儀をしてから、逃げるように部屋を出て行った。

なんだろう？　なんだか変だな、と思っていると、すぐに朝の薬を女官の秋明《しゅうめい》が運んで来てくれる。

後にはお茶やお粥《かゆ》の膳《ぜん》を持った杏々《あんあん》も続く。

「今朝はもう、ちゃんと毒見してあるので大丈夫ですよ」

杏々がにこやかに笑うと、秋明も「今朝は薬湯も少し冷ましてきました」と言った。

なんだかとても気を遣わせて申し訳ない。しかも今朝は随分寝坊してしまったのに。

だから今日は、我儘を言わずに薬を飲もう。そう考えて従順に頑張った。

必死に薬を流し込んでいると、茴香《ういか》と桜雪《おうせつ》が、朝の支度にやってきた。

普段なら先に、絶牙が身体を洗うお湯などを用意してくれるんだけど……まあ、今日は仕方がない。僕が寝坊したから悪いのだ。

そんな事を思いながら、いつも通り着替えを済ませ、そうして柔らかい布履きを履いた――その時だった。

「うっ」

ゴリ、と、足の裏に痛みが走った。

昨日痛めた足の反対側、左足の裏に強い痛みを感じて、慌てて足を上げたけれど、靴の下には何もない。でも靴を脱ぐと、ころん、と小石が転がり落ちた。

「まあ大変！」

と茴香が慌てて、僕の足を調べた。少し赤い痕《あと》にはなってしまったようだけれど、大騒ぎするほどの事ではなさそうだ。

「何かありましたか？」

ざわついた空気を心配してか、巧鈴《こうりん》が慌ててやってきた。

「巧鈴、申し訳ないけれど、足を冷やす水を持ってきて」

「足を？」

「ええ。高《こう》華妃様の靴の中に、石が入っていたの」

「そんな……きちんと確認なさらなかったんですか？」

巧鈴と呼ばれた女官が少し怒ったように言った。

「それは……」

「わ、わたくしがさっさと履いてしまったからいけないのよ巧鈴。冷やす程でもないから大丈夫、行かなくてもいいわ」

巧鈴が茴香を責めようとしたので、僕は慌てて間に入った。

「いいえ、すぐに水を持って参ります」

巧鈴が険しい顔で首を振り、急ぎ足で部屋を出る。

ふう、と茴香が安堵《あんど》の息を洩《も》らした。

「……怖い方なんですか？」

と、こっそり耳打ちすると、茴香は苦笑いした。

「私よりも年上で、長く後宮にお勤めなのですが、今この部屋の尚服女官の筆頭は私です。あまりよく思ってくださらないのは仕方ないと思います」

しゅんとしながら茴香が言う。

彼女は元々、尚服女官ではなく尚功《しょうこう》局の針子の一人でしかなかったのだという。

それが今は、華妃の衣装や祭祀《さいし》用品の一切合切を管理しているのだ。

「貴女《あなた》を選んだのは他でもない華妃様です。胸を張って働きなさい」

そんな茴香に、桜雪がきっぱりと言った。

そうして僕を長椅子に座らせ、痛む足をもう一度確認したあと、茴香にわざわざ新しい靴を用意するよう申しつける。

別に新しい靴にしなくても良かったのに……と思ったけれど、また何かあったら更に手間を取らせることになるだろうし、ここは任せておくことにした。

ややあって、茴香より先に巧鈴が冷たい水を持ってやってきた。

「お可哀想に、赤くなっていらっしゃいますわ」

冷たい水で布を濡《ぬ》らし、それで赤くなった部分を冷やしてくれながら、巧鈴が痛々しそうに言う。

「……靴の確認を怠ってしまったのは、私の罪です。どうぞ罰してくださいませ」

そう言って桜雪が床に跪《ひざまず》いた。

「小石を踏むなんて珍しい事じゃないし、気がつかないで履いたわたくしが悪いのよ」

慌てて僕が言うけれど、桜雪の表情は硬い。本当に気にして貰《もら》うほどの怪我じゃないし、こんな事で桜雪の協力を失うのはやっぱり怖い。

仕方がない――。

「頭を上げて桜雪。ここで座っているよりも、貴女には他に仕事があるのではなくて？それとも忙しい貴女が、朝のお茶の相手をしてくれるの？」

僕が……『翠麗が』、努めてにっこり笑うと、桜雪はそこでやっと、はっとしたようにもう一度一拝してから立ち上がった。

「いいえ……お茶はまたの機会にさせてくださいまし」

「そう？　残念だわ。お茶菓子は貴妃紅《きひこう》をおねだりしようと思ったのに」

貴妃紅は、酥油《バター》たっぷりのサクサクとした辛口の酥餅《すべい》だ。僕の大好物の一つでもある。

高華妃にここまで言われて反論する訳にもいかないと、桜雪は苦笑いを浮かべて、部屋を後にする。

僕は思わず安堵の息を吐いた。他の女官達の目がある手前、謝らないわけにもいかなかったんだろうけれど、なんだかんだで彼女が居てくれなきゃ困るのだ。

「……華妃様らしくありませんわ」

「え？」

そんな僕を見て、巧鈴がぽつりと言った。

瞬間、心臓が爆発するほど跳ね上がった。

しまった、僕はごくごく翠麗らしい態度のつもりだったけど、違ったのか？　もしかしてバレている？

――い、いやそんな筈《はず》ない。そこまでおかしいことは言わなかったはずだ。でも、もし怪しまれていたらどうしよう？　どうしたら巻き返せる？　なんて言えばいい？

「そ……そんな事ないわ。それに、わたくしはわたくしよ」

思わず指先だけでなく、声が震えかけたけれど、僕はなんとか最後までそう発声した。

「そうですね……ですが、私の知っている高貴な妃嬪は、みなさん翠麗様のように寛容じゃありませんでしたわ……本当にお優しくていらっしゃいます」

「は……そ、そんなことないわ。でもありがとう、巧鈴は褒めるのが上手なのね」

しみじみと巧鈴が言うのを聞いて、僕は一気に脱力し、それでもまだドクドクいう心臓の音を耳の中に聞きながら、そう答えた。

そうか、なんだ、僕の事ではなく、『一般的な華妃』とは違うと言ったのか。

びっくりした。あんまりびっくりしすぎて、少し気分が悪くなってしまった。

「そろそろ髪をお結いしても宜《よろ》しいですか？」

そんな僕の一喜一憂を知らない巧鈴が問うた。

「そうね……でもなんだか疲れてしまったから、先に少しだけ横になっても良いかしら？」

「勿論《もちろん》ですわ。ごゆるりとお休みくださいませ」

下ろしたままの髪は、だらしがないのはわかっていたけれど、でも本当になんだか具合が悪かったのだ。それに——。

「……そうだわ、巧鈴。絶牙を見なかった？」

「絶牙ですか？　彼でしたら、先ほど茴香と何か話しているようでしたが」

「……茴香と？」

「はい」

「……そう」

「何か？」

「いいえ……なんでもないわ、ありがとう」

部屋から出て行く巧鈴を見送って、寝台に横になる。

桜雪にはああ言ったけれど、今朝の靴は昨日の金色の靴とは別の物だ。

そもそもあの布の靴で、部屋の外に出ることはない。朝、これから履く僕の室内履きに、小石が偶然紛れ込む事はそうそうないと思う。

だとしたならば、誰かが意図的に、あの靴の中に入れたのだ。

それが可能なのは尚服女官達、つまり茴香達、衣装や装飾品などの準備や管理を行う女官達だ。

でも――ふと、朝の光景が頭を過《よぎ》る。

僕がまどろんでいる時、絶牙は何をしていたんだろう？

彼は僕の靴を手にしていた。そして僕に声をかけられ驚いていた――多分。

あの時彼はいったい何を？

「…………」

宦官《かんがん》として『翠麗』に仕える彼は忠実で、親切だ。でも僕は本当の翠麗じゃない。

彼は武官の家系、僕は妾腹《しょうふく》といえども文官の家系。政治の上でいつも反目し合っている武と文だ。そんな彼が僕のようなものに傅《かしず》く事に、何も感じないとは思いがたい。

とはいえ彼には役目がある。

それはきちんとこなしているのだろう。現に僕にも彼は頼もしい人だった。

だけど――それ以外では？

それに翠麗だ。彼女が逃げたせいで、今僕も彼らも窮地に立たされているのだ。

僕ですら、彼女を憎いと思った。だったら彼だってそう思わないとは限らない。

茴香だって石を仕込む事が出来ただろうし、朝着替えの時に、あの布靴を僕に差し出してきたのは彼女だ。

持ち上げた時に、中で転げ回る小石に本当に気がつかなかったのだろうか？

「……こんな所、来るんじゃなかった」

思わず恨み言が洩れた。

翠麗の為だけでなく、勿論自分達の為でもあった。彼らも今は僕に縋《すが》るしか方法はないだろう。

でもそれはそれとして、翠麗の事は憎いだろうし、僕の事だってそんな好意的に受け止められるはずがないじゃないか。

あの厳しすぎる指導も、酷《ひど》い食事も、小石のような陰湿な悪戯《いたずら》も、そう考えたらつじつまが合うような気がした。

いっそ僕も逃げてしまえば良いのだろうか？　翠麗のように。

高力士《りきし》様や父は困るだろうし、僕達は罪人として追われることになるだろう。

ただみんなが不幸になるだけだ。自分だって。

そうやって悶々《もんもん》と、寝台の上で昏《くら》い思考に囚《とら》われているうちに、いつの間にか僕はまたうとうとと眠りについていたようだ。

夢の中で、僕は翠麗と迷蔵戯《かくれんぼ》をして遊んでいた。不思議と途中で夢だと気がついた。

夢だとわかっていても、僕は悲しい。だっていつも迷蔵戯の時、僕は翠麗を見つけられなかったから。

どんなに必死に探しても、いつだって翠麗は誰より隠れるのが上手《うま》かった。

そうやって見つからない翠麗に、鬼の僕が毎回最後にわんわんと泣き出して、漸《ようや》く翠麗は僕の前に姿を現すのだ。

『ごめんね、小翠麗』

そう言って僕を優しく慰めながら、彼女は微笑んでいた。

「……何処にいっていたのさ、姐《ねえ》さん」

そう囁《ささや》くと、彼女の笑みは更に深まった。

『ごめんね』

謝りながら、彼女は嗤《わら》った。

——デモ、アナタニ、ワタシハミツケラレナイワ。

くすくす、くすくすと彼女は嗤う。

綺麗《きれい》で優しい、僕の姐さん。彼女だけが僕の唯一の家族のように思っていた。

でも本当は違ったんだろうか？　いったい誰を信じたら良いんだろう？

僕はもしかしたら、誰にも愛されていなかったのかもしれないと、自分の価値すら見失ってしまったような、そんな気持ちになっていた。

六

人の気配に慌てて飛び起きると、そこにいたのは杏々《あんあん》だった。

「わっ」

僕があんまり焦っていたので、彼女も驚いてしまったんだろう。用意していたお茶を零《こぼ》しそうになっていた。

「あ……貴女《あなた》だったの、杏々」

「すみません、起こしてしまいましたか？」

申し訳なさそうに彼女は言った。

「いいえ……もう起きなければと思っていた所よ……ありがとう。お茶はうんと熱くしてね」

「わかってます。うんと熱くですね？　でも良かった。もし起きて喉《のど》がカラカラに渇いていたら、お苦しいだろうなって思ったんです」

そこまで言うと、彼女は「それに」と小さく言った。

「これです、華妃様」

そう言って杏々はそっと声を潜めると、自分の懐から、何やら包みを取り出した。

「林檎《りんご》の蒸餅《むしもち》です。海松子《松の実》や胡桃《くるみ》肉も入っているから、お体にも良いと思うんです」

そう言って彼女が差し出してきたのは、林檎や胡桃肉などと米粉を一緒に蒸したお菓子だった。

「今、女官達の間ですごく流行《はや》ってるんですよ。屋台で人気のお菓子なんです」

みんなで食べるようにと、各自に供されたものだったが、それを食べずに我慢して持ってきてくれたらしい。

「そんなに美味《おい》しいの？」

「ええ。それが秋明《しゅうめい》さん、西の長湯の屋台の男性の事が気になってるみたいで、沢山頼んで彼の気を惹《ひ》こうとしたみたいなんですよ」

「秋明が？」

「あ、も、勿論秋明さんだって、その方とどうこう……って事はないでしょうけど、でもその方に会いたくて、沢山お菓子を買ってみたら、それがあんまり美味しくて。だからみんなに配ってくれてるんです」

「でも……じゃあこれは貴女のお菓子だったのではないの？」

「いいんです。華妃様、今日は薬湯以外何も召し上がっていらっしゃらないし、少しでも喜んでいただきたくて」

年齢は多分、僕とほとんど変わらないだろう。

まだあどけなさの残る顔で、にっこり笑う杏々に、胸がきゅっとなった。

ここで年齢の近い人は少ないというのは勿論だけれど、こんな風に話をしてくれる人もいない。みんな華妃には、楽しげに話しかけてはくれない。

でもせっかくのお菓子も、今はなんとなく食欲がなかった。

「食後にいただいてもいいかしら？　苦手なお粥《かゆ》の口直しにしたいわ」

「ええ是非！　でも華妃様、お粥も苦手なんですか？」

「そうね、薬湯もだけれど、枸杞《くこ》が苦手なの」

「ああ、両方に入ってますもんね……でもそれ、言えば抜いて貰《もら》えるんじゃないですか？　お薬は無理かもしれませんけれど、お粥だったらなくてもいいと思うんですけど」

「……え？」

「え？」

僕達は互いに不思議な表情で顔を見合わせた。

「楊《よう》貴妃様なんて嫌いな物をお出ししたら、それだけで怒ってしまわれるのに、高《こう》華妃様は我慢されるんですね。でも嫌だってちゃんと言えば、抜いて貰えると思いますよ？」

どうして言わないんですか？　と、杏々はさも不思議そうに言った。

「確かにお体を気遣ったお粥ではありますけれど、食べて苦しい物を無理に食べられなくて大丈夫ですよ。ちゃんと厨房《ちゅうぼう》や太医《たいい》が、他の食材を考えてくださいますから、我慢しないで仰《おっしゃ》ったらいいと思います」

「そうね……そうよね」

言われてみたらそうだ。なんだか我慢しなきゃってずっと思っていた。

でも同時に、そんな我儘《わがまま》を言って良いものかという、自信のなさが僕の心でくすぶる。

「ではそのように、厨房と太医にお伝えしておきます」

そんな戸惑う僕の後押しをするように言ってくれた。

「あ……お願い、します」

おずおずと頷《うなず》くと、杏々はまたにっこり笑った。花が咲いたみたいだと思った。

そうして杏々が淹《い》れてくれたお茶を飲み、僕は外を見た。今日も天気が良い。

もうすぐ夏が始まると、途端にぐずぐずした天気になってしまうけれど、今は春の優しい日差しが庭に差し込んでいる。

僕は不意に、あの中庭で会った麗人の事を思いだした。

「ねえ杏々……『ドゥドゥ』さんという方を知っていますか？」

何気ない問いに、杏々がびっくりしたように僕を見た。

「え、あ、だ、大丈夫ですよ！　お茶にも、お菓子にも、毒なんて入ってませんから！」

「毒？」

「え？」

慌てる杏々と、また不思議に顔を見合わせる。

「あの……だって、『ドゥドゥ様』って……つまり毒妃様の事ですよね？」

「毒妃……」

「……もしかしてご存じありません？」

「あの……あまり……」

そう困り顔で言う僕に、杏々はちょっと首を傾げて見せた。

しまった、高華妃なら当然知っているべき人だったのだろうか。

「でも確かに不思議な方ですよね。私もそんなに知ってるわけじゃないですし。多分高華妃様と同じくらいですよ」

内心慌てた僕を尻目《しりめ》に、どうやらそれはそれで納得してくれたらしく、杏々は「うーん」と小さく唸《うな》った。

「確か毒妃様は、後宮の――掖庭宮《えきていきゅう》の外れにお住まいのお妃で、位は、正四品《しょうしほん》の『美人《びじん》』。元々陛下のお毒見役だった女性が、陛下の代わりに毒を飲んで亡くなられたので、遺《のこ》された幼い毒妃様を哀れと思って、後宮にお妃として招き入れられたんです」

やはり妃の一人だったのか――僕は何故だか少しだけガッカリした。

「でも、お毒見役のお腹の中で、赤ちゃんの頃にたくさん毒を浴びて生まれてきたせいで、傍に行くと空気まで毒に変わってしまうって聞きました。触った物も全部毒に変えてしまうって」

「毒に？　触れただけで？」

「はい。だから当然陛下の寵《ちょう》もなければ、他のお妃のところにいらっしゃるのも稀《まれ》なことなので、実際にお会いした事のある方は少ないかと思います――現に高華妃様もよくお知りにならないわけですから」

「ええ……そうね」

でもあの時、彼女は花を抱いていたし、僕も普通に息をした。

布越しではあるものの、彼女は僕に触れたはずだ。

「でも……その毒妃様、今は同じく華清宮で療養中っていう噂を聞きました。高華妃様が直接お会いになるような事はないと思いますけれど、よく気を付けてくださいね」

「え、ええ！　そうね……気を付けるわ」

でももう、既に会ってしまっているんだけど……それにもう一度会えるなら、会ってみたいと思う。

「あ！」

その時、丁度部屋に入って来た茴香《ういか》が声を上げたので、杏々が咄嗟《とっさ》に林檎の蒸餅を隠そうとした。

でもそれを見逃さずに、茴香は杏々から蒸餅を取り上げてしまった。

「だから、お毒見をちゃんと通さないものは駄目だって言ってるじゃないですか！」

「このくらい良いと思うのだけれど……」と言ったものの、茴香は「駄目です」の一点張りだ。

「きまりはきまりです。これはその中でも、絶対に破ってはいけないきまりの方です」

そう言うと、茴香はさっさと杏々を追いだしてしまった。

表情がクルクル変わる、小犬のように愛らしい杏々。せっかく話が出来て楽しかったのに……。

「お目覚めでしたら、新しい部屋履きをお履きください……ですが、それよりもお加減が宜《よろ》しければ、久しぶりに庭を散歩するのはいかがかと、桜雪《おうせつ》さんが」

「散歩？　え……良いんですか？」

「あ——ええと……高華妃様は朝、足を痛められてしまったので、いつものように歩くのは無理でしょうが、そのかわり絶牙がお供してお支えしますので」

わざわざ周囲に聞こえるように、若干芝居がかった口調で、茴香が言った。

つまり、翠麗《すいれい》のようにしゃなりしゃなり歩けない事は、足の怪我を理由にしたらいいという事なのか。

「それは……確かに……気分転換に嬉《うれ》しいです……わ」

ついつい翠麗である事を忘れかけて、慌てて口調を正す。

散歩は嬉しくないと言えば嘘になる。とはいえ、朝のことを思うと、素直に絶牙を頼りにくいし、それは茴香もだ。

「足が痛いなら、やめてもいいと思いますけど……でもせっかくだから、息抜きをされた方が宜しいんじゃないかって」

もしかしたら、遅めの朝の罪滅ぼしとか、そういう事なのだろうかと、ふと思ったりもした。もしくは夕べからずっと塞《ふさ》ぎ込んでいる僕を心配してくれているのかもしれない。

桜雪も、茴香も、絶牙《ぜつが》も、こうなったらどこまで信用していいかわからないけれど。

とはいえ、何か出来るとしても、また些細《ささい》な嫌がらせ程度だろう。

「……わかりました。では、そのように」

そう僕が言って頭を下げると、茴香は「わかりました！　すぐ用意します！」と急に嬉しそうに言った。

ああそうか、外に散歩に出るという事は、つまり『着替え』が待っているのか……。


準備しているうちに、日が暮れてしまうのではないかと心配した着替えだった、とはいえ『翠麗』は本調子ではない。

簡単に衣を足して、髪を結って終わりの予定だ。

巧鈴《こうりん》だけでなく、杏々や秋明などの女官まで動員し、いつも以上に大騒ぎで僕の身支度は整えられた。

「ンンンン――！　やっぱりここは高華妃様のお顔が明るく見えるように、淡い桃色を……いや逆にもう少し濃い色を……ぐぬぬぬ……」

我を忘れたような調子で言う茴香だったが、驚いているのは杏々だけで、翠麗の女官達は慣れたものなんだろう。（僕はまだ当分慣れる気がしない）

「駄目だわ、色が足りない！　足りないのよ！　ちょっと衣装箱を見てくるから、他のお支度を整えていて！」

そう言って茴香が部屋を飛び出す。とはいえ、支度はもうほとんど終わっているし、後は髪を装飾で飾り、肩布を纏《まと》うだけだ。

「他の者達は、白分の仕事に戻って大丈夫ですよ」と巧鈴が言う。

僕の隣から離れる時、こそっと杏々が「伝えておきました」と囁《ささや》いた。

そうして部屋を出る前に、また僕ににっこり笑ってみせた――本当に可愛い人だ。

「…………」

「高華妃様……少しお痩《や》せになったせいか、肩の位置が上がったような気がいたしますね」

「え？」

ついつい杏々の余韻に浸っていると、巧鈴が不思議そうに言う。

「気のせいかしら……どうです？　脇の辺りなど、窮屈なところはありませんか？」

幾ら似ているといっても、やはり僕は男の身体だ。普段から着替えを手伝う巧鈴は、どうやらその違和感を覚えているようだ。

「そんな事はないと思うけれど……」

どうにかして誤魔化さなければと、必死に言葉を考えながら、言われるままに腕を大きく動かしてみた。

言われてみると、確かにはっきり言って肩や脇の部分が少し窮屈な気が――。

「痛っ」

その時、脇のすぐ下に痛みが走った。

「華妃様？」

「な、何か刺さって……っ！」

慌ててもがく僕に驚きながらも、巧鈴が衣を探る。

「……華妃様」

蒼白《そうはく》になった顔で、僕を見る。

彼女がそっと掌《てのひら》を開くと、そこには折れた針が載せられていた。

「こんな……こんな事、あってはならないことです。万が一にもこんな事があって、妃嬪様達を傷つけないように、針は厳重に管理されています。なのにこんな……」

「…………」

僕の衣は、全て茴香が縫い直してくれているはずだ。だからこの針の主が誰かと言えば、きっと恐らく彼女だろう。

不意に頭痛がした。

勿論《もちろん》ミスはあるだろう。大急ぎでお直しの作業をしてくれているのだから。でもそうじゃなかったら？　だとしたら……やり方があんまり陰険すぎるじゃないか……。

「……いかがされますか」

「いいわ……後で桜雪に伝えておきましょう」

「それで本当に宜しいのですか？　これは許される事ではありませんよ」

「そうね……そうなんだけれど」

　でもどうしようもない。せめて高力士《りきし》様が会いに来てくださったら良いのに――。

「……ねえ、巧鈴」

「はい？」

「貴女《あなた》は真面目な方だと聞いたから、少しだけお願いをしても良いかしら？」

　僕が言うと、巧鈴はすぐに「なんなりとお申し付けください！」と床に額をつけた。

　僕はすぐさま文机《ふづくえ》に向かい、茴香が戻ってきては困るからと、急いで高力士様にお会いしたいこと、窮地にある事をしたため、そして机に挿してあった、赤い花を一輪添える。

「一つは、この針のことはわたくし達だけの秘密にしておくこと。そしてどうにかこの手紙と花を、できるだけ人に――特に桜雪達には知られないように、高力士様にお届けできないかしら」

　それを聞いて巧鈴は真剣な面持ちで頷《うなず》くと「わかりました」と言った。

「お忘れですか？　私の一族が馬を扱っている事を？」

「え？　あ……そうだったわね。そういえば……」

　すみません、知りません――なんて言えるわけもないので、そう言ってごめんなさいと謝ると、ちょっと寂しそうに笑った。

　これでは女官に興味のない主《あるじ》になってしまう……。

　とはいえ彼女は、そこまで気にしない様子で、少し思案するように宙を見た。

「丁度ここの馬丁に甥《おい》がおります。真面目で私の言う事をよく聞く子です。頼めば理由も聞かずに動いてくれるでしょう。宦官様に確実に届けてもらう事にいたします」

それでいかがでしょうか？　と言われ、僕は何度も頷いた。

丁度そのとき、ぱたぱたと茴香が戻ってくる気配がした。どうやら絶牙と桜雪も一緒みたいだ。

目配せを一つだけ交わして、巧鈴が部屋を後にする。不安で全身から汗が噴き出た。

それでもあの手紙が高力士様の所に届けば、後は確実に彼が僕を救ってくれるだろう。

そうして僕は遅い昼食のお粥《かゆ》を胃袋に流し込み（今日はまだ、残念ながら苦手な味のままだった）、絶牙と庭に向かった。

午後の僅《わず》かな時間、庭の花達が金色の光を浴びて揺れるのを、つかの間楽しんだ――フリをした。

翠麗は、僕が幼い頃から、夕暮れ前のこの時間が好きだった。

こんな風に庭をぼんやり、一人で眺めるのを何度も見ていた。

その時の姐《ねえ》さんは、何故だか声をかけてはいけないような、そんな雰囲気だった事を覚えている。

生家とは違う庭を、翠麗の姿で、彼女と同じようにぼんやりと眺める。

綺麗《きれい》な景色と裏腹に、今僕の心の中にあるのは、今日一日であったことだとか、これからの不安だとか、不満だとか、あまりよくない濁ったものだ。

翠麗はいつも何を考えていたんだろう。もしかしたら、時々泣いていたのかもしれないと、何故だかふと思った。

だけど実際に涙を流したり、悲しい事を翠麗は口にしたりした事は一度だってなかった。

きっとこの場所に立つには、やはり強くなきゃいけないのだろう。

勿論高力士様は手紙を読めば、きっと助けてくださる。

でもせめてそれまで、不条理な事に心折れていないで、僕も耐えようと改めて思った。

たとえ誰を、何を本当に信じて良いかわからないとしても。

部屋に戻ると、程なくして杏々がお茶の用意を持って現われた。

「今日はもう下がってしまうので、高華妃様に最後のお茶をと思って……嬉《うれ》しかったですか？」

無邪気に笑う杏々の声を聞くと無性に安心して、思わず僕も微笑んでしまうと、杏々は僕の表情に、更に笑みを深めた。

「ええ、お茶はうんと熱くしてね、ゆっくり飲めるように。貴女のお茶は美味《おい》しいし、弟妹が遊びに来てくれたような、そんな気持ちになるわ」

「本当ですか？　でも実は私も、なんだか姐《あね》のことを思い出すんですよ」

姐も身体があまり丈夫じゃないので、と杏々は言った。

よく寝台から起きられない姐にお茶を淹《い》れ、話し相手になったりしていたそうだ。

「だったら、少しだけわたくしの話し相手になってくれるかしら」

咄嗟《とっさ》にそう言うと、杏々は少し恥ずかしげに頷いた。

「やっぱり……高華妃様、なんだかお寂しそうだったから、私で宜《よろ》しければ、そうして差し上げたいなって思ってたんです」

杏々は僕の分だけでなく、もう一杯、自分の分のお茶を淹れた。それから僕達は少しだけ、他愛ない雑談を楽しんだ。

それにしても、穏やかな空気や感情を共有する相手がいるだけで、こんなにも心が軽くなる物なのか。

なんだか急に、仲満《ちゅうまん》が恋しくなって、彼とくだらない話で笑い合いたいなと、そう思った。次に彼に会えるのは一体いつになるだろう……。

気がつけばあっという間に時間が経って、暗にそろそろお開きにしてくださいというように、絶牙が部屋に入ってきた。

なんとなく邪魔されたような気分だ。だけどこの後も、夜の訓練が待っている。

杏々を部屋から見送り、残ったお茶を飲んでいると、絶牙は僕が今夜着る寝衣に香を焚《た》きしめていた。

「……この香りがするのに、翠麗がいないのは、いつも不思議な気持ちになります」

思わずポツリと呟《つぶや》くと、振り返った絶牙が静かに頷いた。

手慣れた所作の中に、彼が長く翠麗に仕えていたことが窺《うかが》える。

せめてもう少し、彼と会話が出来たならいいのにと思ったけれど、もしかしたら物言わぬ彼だからこそ、翠麗は彼を重用したのかもしれない。

少なくとも、伇の手前のこの静けさは、翠麗の好んだものだと思う。

最も、僕にとってこの時間は嵐の前の静けさで、それじゃあそろそろ動きやすい服に着替え、あの恐ろしい修業に身を捧《ささ》げようか——なんて思った、その時だった。

がたん、と騒々しく扉が開いたかと思うと、そのまま倒れ込むように茴香が現われた。

「小翠麗……さま」

真っ青な顔は苦悶《くもん》の表情で、彼女は荒く息をつきながら、床を這《は》うように僕に手を伸ばしてきた。

「茴香⁉」

慌てて駆け寄った絶牙が彼女を抱き起こすと、茴香は震える手で僕の袖《そで》を摑《つか》んだ。

「どうしたんです⁉　大丈夫ですか⁉」

その明らかに異常な姿に恐怖を覚えた。彼女は幾分焦点の合わない目で僕を見て、そして安堵《あんど》したように「良かった」と言った。

「良かった⁉　どうしたんですか⁉」

「茴香！」

ほとんど同時に桜雪の悲鳴のような声がした。

扉の所で彼女は驚いた表情で、そしてやっぱり茴香ではなく、僕を見た。

「翠麗様はご無事なのですか⁉」

「僕は、どこも、どうにもなってないですよ！　それより、茴香が！」

「わかっています。絶牙、あの方をお呼びして頂戴《ちょうだい》」

茴香は、脂汗をかきながら、身を丸めて苦しんでいる。

「寝台に寝かせましょう」

『あの方』が気になりつつも、絶牙は急いで部屋を出て行ったので、僕は桜雪に言って、二人で抱えるようにして、なんとか茴香を寝台に横たわらせた。

「本当に、翠麗様は大丈夫でいらっしゃいますのね？」

明らかに大変なのは茴香なのに、また桜雪は僕を心配した。

「だから、なんで僕なんですか！」

思わず苛立《いらだ》ってしまって、語気が強くなってしまった。桜雪は一瞬きゅっと眉《まゆ》を寄せると、茴香を見た。

「茴香……毒ですね。何が原因ですか？」

「毒？」

思わず復唱する僕に、桜雪は頷く。

「たぶん……蒸餅《むしもち》です……」

茴香が擦《かす》れた声を絞り出した。

「え？　蒸餅……？　まさか、僕が貰《もら》ったお菓子ですか……？」

弱々しく彼女が頷《うなず》く。背筋がザワッとした。

「そ、そんな、あのお菓子に毒が入っていたって言うんですか⁉　でも他の物の可能性だってあるじゃないですか！」

そうだ、茴香を疑うわけではない。とはいえ僕が貰ったお菓子が原因だなんて言い切れないはずだ。だのに、桜雪が首を横に振った。

「……翠麗様。私と茴香は、口にする物を決めております。万が一のために――そして、貴方《あなた》の口にする物は、全て私達が確認しています」

「え……」

「私が平気で、茴香だけが倒れたという事は、この子だけが飲食した物があるという事ですわ」

寝台の横に膝《ひざ》を突き、茴香の汗を拭《ぬぐ》ってやりながら、桜雪が険しい表情で答える。

「じゃあ、それが蒸餅だったって……」

でもそんな筈《はず》ない。だってあれは、杏々が……杏々が僕にくれたお菓子だったのに。

「それに毒と決めるには早すぎませんか？　病という可能性だってあります」

とにかく太医に診て貰った方が良いのではないだろうか？

でももし本当に毒だったら……と考えると、恐怖に指先が震えだした。

毎日世話を焼いてくれる人が、毒で死んでしまうかもしれないのだ。しかもその毒は、本当は僕が食べるはずだったかもしれないなんて。

そもそも……そうだ、なんで桜雪達は、こんなに毒に備えているんだろう？　儀王《ぎおう》様の所でも勿論《もちろん》お毒見役はいたし、備えていなかったわけではないけれど。でもここまでじゃなかった。

これじゃあまるで、本当にいつ毒を使われてもおかしくないみたいに……。

「まさか……翠麗はそんなに、常に毒に怯《おび》えていたと言うんですか？　そんな危険な目に遭っていたと言うんですか？」

「……それは、少し違います。まったく考えないでいらっしゃったとは思いませんが、そうではなかったと――」

言いかけて、けれどそこで話を強引に終わらせるように、桜雪が立ち上がって、扉の方を見た。

「わざわざご足労くださり、ありがとうございます――毒妃様」

恭しく女人拝した桜雪が言った。

そこには月の下で見た、幽玄な貴人が立っていた。

七

絶牙《ぜつが》に連れられてやってきたのは、間違いなく昨日、僕を毒蛾から守ってくれた、あの美しい貴人だった。

「あ……」

杏々《あんあん》が教えてくれた、皇帝の命を救ったお毒見役の忘れ形見で、触れた物を全て毒に変えるという後宮の『美人』。月下の幽鬼。

「挨拶《あいさつ》は不要。診て欲しいのは誰じゃ？」

『ドゥドゥ』さんは、凜とした声で言いながら僕を押しのけ、茴香《ういか》の横たわる寝台の前に来た。

「原因はわかるかえ？」

茴香の目や、手首を触ったりしながら言った。彼女は特に、茴香の肌を気にしているようだった。

「林檎《りんご》の蒸餅と聞いています。他の物は私も一緒に食しておりますので、恐らく間違いはないかと」

茴香の代わりに、桜雪《おうせつ》が答える。

「蒸餅か。苦みなどはなかったか？　食べた時に違和感は？」

「い……いえ……！」

その質問には、茴香が自分で答えた。

「なるほど……だが嘔吐《おうと》や下痢はしていないし、脱水もないようじゃ……ふぅん、呼気にあの特有の臭みもない。まずは一安心。どうやらヒ素ではなさそうじゃ」

茴香のぜいぜい吐く呼気を確かめ、ドゥドゥさんが言った。

それを聞いて、桜雪はほっとしたように息を吐いた。ヒ素は猛毒だし、僅《わず》かな量で人の命を奪ってしまうのだ。

安堵したのもつかの間、それまで苦しそうにしていた茴香が、がくりと脱力する。

「茴香!?」

「案ずるな。痛みで意識を失っただけじゃ」

寝台の横にだらりと腕が垂れ下がって、僕はひどく慌てたけれど、「静かにせよ」と窘《たしな》められてしまった。

「だが痙攣《けいれん》も麻痺《まひ》も重度ではないし、心の臓も弱った音をしていない。一晩は苦しいだろうが、これならば恐らく死ぬことはないだろう。であればいっそ、眠っている方が良い。痛まないで済むし、回復も早かろう」

そこまで言うと、彼女は「炭だな」と言った。

「炭、ですか?」

「そうじゃ。目を覚ましたら炭を湯にといて薄め、少しずつ飲ませるとよい……とはいえ高《こう》華妃の所は人手も少なかろう。今宵《こよい》は吾《われ》の部屋で診よう――それで良いか?」

「勿論でございます。宜《よろ》しくお願いいたします」

桜雪が床に額をつけて拝した。

「後は本人次第じゃな。吾の見立てでは、二晩もすれば動けるようになるであろう」

「じゃあ……茴香は助かるんですね……」

あんまりほっとして、僕は軽い目眩《めまい》を覚え、そのまま床に座り込んだ。

小石だとか、針だとか、もしかしたら陰湿な嫌がらせをされていたかもしれない。でも僕は自分で思っていた以上に、茴香の事を好ましく思っていたらしい。

「……本当に、蒸餅が原因なんでしょうか？　食べ物以外という事は？」

それでもやっぱり信じられないのは、毒が杏々の蒸餅に入っていたという事実だ。

「後は調べねばわからぬ。毒によっては、症状が遅れて出る物もあるゆえ。じゃが、はらわたが痛んでいるなら、やはり毒は腹の中に入ったのだろうね。吸い込んだのであれば鼻と喉《のど》に、触れたなら皮膚に症状が現われる」

「…………」

でも時間差だとしたら、他は同じ物を食べているという桜雪が、平気である筈がないのか。

じゃあ……本当に杏々が、僕に毒を――。

ショックで思わず顔を覆うと、桜雪が優しく僕の肩に触れてきた。

「でも……貴方様が召し上がらなくて、倒れたのが茴香で本当にようございました」

彼女がしみじみと言った。なんて酷《ひど》い事を言うのかと思った。

「そんな……そんな！　ちっとも良くなんかないですよ！」

「いいえ、良いのです！　高力士《りきし》様は、高華妃様をお守りする為だけに、私達をここに配しているのです！」

「だけど……」

だけど僕は翠麗じゃない。僕は——。

「なに？　どういうことだ？　この部屋に高華妃はおらぬであろう？」

そんな僕達のやりとりを遮る様に、茴香を診ていたドゥドゥさんが眉間《みけん》に皺《しわ》を刻んで顔を上げた。

「高華妃……あの方は本当に芳《かぐわ》しい馨《かお》りゆえ、一度嗅《か》げば吾は違《たが》わぬ。だが部屋に居るのは二人とも高華妃の女官。そしてそこなるは宦官《かんがん》——これも香は纏《まと》っているが、宦官の臭いは隠せまい。後はもう一人、確かに華妃の香を焚《た》きしめているが……」

そう言ってドゥドゥさんは、鼻を鳴らしながら、僕の胸元から首筋を嗅いだ。

「え？　あ、ちょ、ちょっと——」

「ふぅむ？　なんじゃこれは。発達した汗腺《かんせん》の臭い……きっと脂肪より筋肉の多い身体なのだろう。あまり嗅いだことのない臭いだが……おそらくは若くて代謝の良い……けれど宦官ではない、これは……？」

恥ずかしくて逃げたい僕を、両手で押さえつけるようにして嗅いで——そして彼女は唐突に僕を突き飛ばすようにして離れた。

「あ、あの……？」

「まさか……男⁉」

ぞっとした。まさか、本当に臭いでバレたりするのか？　慌てて自分で自分の臭いを嗅いだけれど、僕の身体は今、翠麗の香の匂いしかしないのに。

「そなた……この前の蟻の男ではないか。何故ここに？　華妃様は何処《いずこ》ぞ」

「蟻の男？」

はっと気がついたドゥドゥさんが言ったので、桜雪が怪訝《けげん》そうに眉《まゆ》を顰《ひそ》めた。

さっと絶牙が目をそらしたので、桜雪は更に眉間に深い皺を刻む。

「……ドゥドゥ様、これには事情があるのです」

と慌てて桜雪が説明しようとした。けれど彼女はさっと手を挙げてそれを制する。

「ああ、言わなくて良い。わざわざ吾までここに呼びつけて、訳ありなのは百も承知。ただ知りたいのは、この『男』が、本当に安全かどうかじゃ……そなた、まさか高華妃の……その……情――」

「弟です!!」

「翠麗様……」

結局全て言ってしまうのか……というように、桜雪が額を押さえた。

でももうバレてしまっているんだから、下手な言い訳は意味が無いだろう。

「僕は高玉蘭《ぎょくらん》……高華妃、翠麗は僕の姐《あね》です。彼女は姐であると同時に、母親のように僕を慈しんでくださったのです」

僕は幼い頃から姐によく似ていたこと、今は姐と同じ背丈になった事を彼女に伝えた。

「そして姐は──姐は……」

「成程、失《う》せたか──それはご本人の意志なのか？」

皆まで言わなくても良いと遮る様にドゥドゥさんが言う。

「おそらくは……」

残念ながらと言うべきか、幸運にもと言うべきか。

「姐の手紙には危険はないと。そして必ず戻ると書き記されておりました。だから僕は、姐の名誉を守るために、一時的に翠麗としてここにいるのです。ですから、万が一にも姐の不名誉に繋《つな》がるような事はいたしません」

そもそもいくらまわりが女性ばかりの後宮とはいえ、姐の格好で不埒《ふらち》なことなど出来る訳がない。

「………………」

そうしっかり断言すると、ドゥドゥさんは真顔のまま、また僕のにおいを嗅ぐように鼻を鳴らした。

「……知っておるか？　人間は嘘をつくと、身体の匂いが変わるのだ」

「え？　ほ、本当ですか？」

「人の心にも毒がある。嘘をつくと、汗と共にそれが染み出してくるのであろう」

でも僕は本当に嘘は言っていないし、彼女のこの話も、もしかしたら僕を試していたのかもしれない。

彼女はフンフン、と鼻を鳴らしてから、身体を離した。

「嘘は申し上げておりません」

もう一度きっぱりと告げると、彼女は「そうじゃな」と頷《うなず》いた。

「ですが毒妃様。どうか何卒《なにとぞ》、この事はご内密に……」

桜雪が頭を深く深く下げる。

「案ずるな。そもそも吾の話など、聞く者も、信じる者もおらぬ。吾は後宮の毒そのものじゃ」

僕はふと、杏々が『毒妃』を畏《おそ》れていた事を思いだした。

まるで彼女の存在を、腫《は》れ物のように怯《おび》えていた。

でも彼女は、確かにひやりとした容姿をしている上に、少し怖そうな雰囲気がある。

「……女官の話では、貴女《あなた》は吐く息に毒を持ち、触れるだけで物を毒に変えてしまうと」

それを聞いて、ドゥドゥさんは一瞬軽蔑《けいべつ》するような目で僕を見た。

「吾が？　まさかそのような事を真に受けるとは！　だが吾は確かに毒に賢《さか》しく、また大抵の毒は吾を害さぬ。母の胎《はら》の中で、髪の先までたっぷりと毒を浴びたがゆえにな」

「そんな……毒が平気なのですか？」

「ですから後宮内で毒に倒れる者があると、こうやって毒妃様にお力をお借りする事があるのです」

驚く僕に、桜雪が言い添えた。

だけれどもそこで、さっきからずっと僕の中で渦を巻いていた疑念が、くっきりと形を見せた。

「こうやって……って、どういう事ですか？」

僕が——華妃翠麗が、後宮の外である華清宮で療養できるのは、ごく特例の事だと聞いている。

それが許されたのは、翠麗の後見人が高力士様であること、そして華妃という、仮にも一時陛下の寵愛《ちょうあい》を賜った正一品の妃だからだ。

でもここにもう一人、後宮の外で過ごすことを許されている『毒妃』という女性は、療養が必要そうには見えず、未《いま》だ陛下の寵なく、位も正四品。

翠麗にですら特別な恩寵《おんちょう》を、どうしてドゥドゥさんも許されているのか。

何故桜雪達はこんなにも毒に念入りに備えていたのか、毒かもしれないと気がついて、すぐにドゥドゥさんを呼びに行ったのか——。

「……もしかして、翠麗は誰かに命を狙われていたのですか？」

「小翠麗様……」

桜雪の顔に緊張が走ったのがわかった。

「だから姐《ねえ》さんは後宮から失踪《しっそう》を!?　そもそも、どうしてそんな大切な事を、僕に聞かせてくれなかったんですか!!」

思わず声に怒気が溢《あふ》れ、桜雪に詰め寄りそうになった僕を、絶牙が後ろから押しとどめた。

「つまり今は僕が、狙われているんですね。本当は僕は身代わりではなく、生贄《いけにえ》ですか？　囮《おとり》だったんですか⁉」

「そうではございません」

「じゃあ何だって言うんですか！」

ただ、姐のフリをして、彼女が帰るのを待つだけだと言われた。

後宮ではなく、陛下も他の妃嬪もいない華清宮で。

だけど実際は女官達に怯え、最低限の自由もなく、そして毒で殺されそうになっているのだ。何が『そうではございません』だっていうのだろう？

「離してください！　こんな……こんなの、もう沢山ですよ！」

絶牙を振り払って、僕は部屋を出ようとした。どこに行けるかもわからなかったけれど、それでも今すぐここから逃げ出したかった。


「嘘ではない」

けれど、そんな僕に言い聞かせ、遮るように、静かにドゥドゥさんが言った。

「……え？」

「桜雪じゃ。この者は嘘はついていない。話を聞くが良かろうよ。何故か聞いて怒るのは道理じゃが、理由も聞かずに喚《わめ》くはただの一方的な蛮行であろう。それは誰かに毒を盛るのと変わらぬ」

「毒……ですか？」

「そうじゃ。毒は一方的に誰かを壊す為のもの。誰ぞを傷つけるために放つ言葉も変わらぬ――そして偽華妃。そなたに毒が似合うようには思わぬ」

「…………」

冬の湖の水底《みなそこ》のような、昏《くら》く静かな――そして優しい声。

「口は毒を飲み、毒を吐く為だけにあるわけではない。今宵《こよい》はまだ浅く、月も沈まぬよ。まずは話を聞くが良かろう」

「……はい」

彼女のその低い声に、僕は毒気を吸われてしまったように頷いた。

どこも似ている部分はない筈《はず》なのに、不意に姐に叱られた時のような、そんな気持ちになった。

八

茴香《ういか》は、ドゥドゥさん自身の部屋で手当てをしてもらうことになった。

彼女の侍女も毒の知識に長《た》けているし、ある程度必要な薬も整えてあるそうだ。

まだ正確になんの毒なのかは判別できていないそうなので、何かあってもすぐに対応出来るように、やはり彼女達に任せる方が良いだろう。

絶牙《ぜつが》とドゥドゥさんは用意されたドゥドゥさんの自室に茴香を運んでいった。

僕は桜雪《おうせつ》と二人、焚《た》き込めた翠麗《すいれい》の香がまだ強く薫る部屋に残された。

「…………」

お互いに気まずいというか、何を言えばいいのか、どんな態度であればいいのか、そんな風に迷う沈黙だった。

「……お茶を、淹《い》れましょうか」

仕方ないので僕からそう言うと、「そうですね、私が」と桜雪が役目をかわってくれようとしたが、僕は首を横に振った。

僕は翠麗ではないし、場合によってはこの先だって翠麗でいたくはないかもしれないからだ。

お湯が沸き、茶碗《ちゃわん》に香りよいお茶が満たされるまでの時間、僕はずっと黙っていた。

そうして淹れたお茶は――久しぶりに自分で淹れたお茶は、一口飲んでびっくりするほど美味《おい》しくなかった。

「う……」

えぐみやにがみ……多分茶葉の量が多いとか、お湯を入れておいた時間が長いとか、そういう事だとは思うけれど。

でもそれ以上に、ここ数日は美味しいお茶ばかりいただいていたせいだと思う。単純に僕は、美味しいお茶をすっかり飲み慣れてしまっただけなのだ。

「む、無理に飲んでくれなくて良いですから」

「いいえ、これが小翠麗様のお心のままと思い、頂戴《ちょうだい》いたします」

数口飲んで、あんまり苦すぎて慌ててそう言うと、彼女は微笑んで、それでも恭しく僕の淹れたお茶を飲んだ。

……僕の思いか。今確かに、僕の心は苦かった。

それでも、そんな苦いお茶でも、喉《のど》と唇を湿らせる効果はあったみたいだ。

「……私達は、貴方《あなた》を生贄にするつもりは、毛頭ございませんでした」

長い沈黙の後、お茶の湯気の中、漸《ようや》く桜雪が切りだした。

「……どういう事、ですか」

「翠麗様が身をお隠しになられた事と、この毒に関係があるかはわかっておりません。ですが華妃様がいなくなられた、二日後の朝、奇妙な手紙が届けられたのです」

「手紙？」

「はい」

「死んだネズミを添えて、『次は高《こう》翠麗を狙う』と書かれてあったのです」

「……それだけですか？　誘拐したとか、そういう事ではなく？」

「警告ではなく、わざわざ予告をしてくるとは、犯人はよほどの派手好きのようじゃな」

その時、背後から声がした。部屋に戻ってきたドゥドゥさんだった。

「派手好き、ですか？」

「命を奪うなら、本人に知られない方が容易《たやす》いにきまっている。知られれば警戒され、備えられてしまうであろう。だのにわざわざ自ら明かすとは、言わずにいられない性格か、よほど騒ぎを起こしたかったのか——どちらにせよ注目されたいのであろう」

言われてみると確かにそうだ。

現に今回だって、毒は僕の口には入らなかった。

「そして……これだけでは、翠麗様の失踪に、どれだけ関係があるのかわからなかったのです。偶然同じタイミングという事も考えられます」

桜雪がお茶を一口飲み、苦々しい表情のまま言った。

「つまり、無関係かもしれないと？　でもそれは少し都合が良すぎませんか？」

「便乗したのかもしれない。華妃が毒を盛られたかもしれないという噂は、吾《われ》の下にも届いていた故」

ドゥドゥさんが言うと、桜雪は頷《うなず》いた。

上巳節の祭りに、翠麗の姿が無いことはすぐに噂になったそうだ。

失踪を知られるわけにいかない桜雪や高力士《りきし》様は、すぐに翠麗が病で倒れ、人前に出られない状態だと周囲に告げ、うつるかもしれない事を理由に人払いした。

けれどその事が余計に周囲の疑惑を生んだんだろう。

それまで元気だった高華妃が突然倒れ、信頼する者以外全て遠ざけたのだから、確かに「毒を盛られた」と噂がたってもおかしくない。

そしてその騒ぎに便乗し、ここぞとばかりに翠麗に危害を加えようとしている人間がいるかもしれないと、そういう事であれば、確かにそのタイミングで脅迫状が届くのも納得は出来る。

「脅迫状を受け取る前から、私達は小翠麗様に身代わりを務めていただけるよう、準備を進めておりました。貴方《あなた》にできるだけ負担が無いように、滞在場所を華清宮に定めたのも勿論《もちろん》その為でした——ですが」

「……ですが？」

「脅迫状の送り主が、後宮の人間である事に間違いはないでしょう。結果的に……犯人をおびき出す形になってしまったのは事実ですし、私達にもその可能性への自覚はありました」

「つまり……犯人がここで『翠麗』に危害を加えてくる可能性があるとわかっていたって事ですか？」

「可能性はありますし……むしろ人数が限られることで、犯人が見つかりやすくなるだろうとも思っておりました——ですが、けして貴方を何かの犠牲にするつもりで選んだ訳ではございません！」

そこまで言うと、桜雪は僕に深く頭を下げた。

「それは……」

確かに、最初はそのつもりでなかったとしても、そうなるとわかって僕をそのまま迎え入れたなら、結局同じ事じゃないか。

だけどそもそもの原因は逃げた翠麗にある。一番悪いのは、誰にも何も話さずに逃げた翠麗だ。この人達だって、他に方法がなかったのだろう。

それに……もし翠麗に逃げる前に相談されたとして、僕はどこまで彼女に協力しただろうか？

自ら身代わりを申し出たりはしなかっただろうし、必死に止めただろう——姐《ねえ》さんも、『そうするしかなかった』のだろうか。

「くそ……」

結局みんなそうなんだ。選べるほど選択肢があった訳じゃなかった。僕だってそうだ。今ここにいるのは、それ以外の結果を選ぶことが出来なかったからだ。

「だけど……ちゃんと話してくれたなら、僕だって受け入れて、それでも協力しましたよ！」

仕方ないと納得は出来ても、やっぱり騙《だま》されていたことが嫌だった。僕だけ蚊帳《かや》の外で、何も知らないままだったのが。

その時、また気がつけば昂《たか》ぶっていた僕を抑えるように、或《ある》いは宥《なだ》めるように、ドゥドゥさんが後ろから、そっと僕の首筋に触れた。ぎょっとして振り返ってしまった。

お陰で一瞬怒りが萎《しぼ》んだ。そのくらいひっそりと冷たい手だった。

「ドゥドゥさん……」

「胡《こ》より西には古く、年に一度、山羊《やぎ》を野に放つ風習があるという。その山羊は人間の罪を背負わされ、代わりに死に至らしめられるのだ。それを贖罪羊《すけぇぷごぉと》と呼ぶらしい」

「……それが僕だというのですか」

「そうじゃな。そうすることも出来たということだ。消えた華妃の所在がわからぬのであれば、身代わりとして連れてきたそなたを死に至らしめ、華妃は死んだと知らしめれば良い。そうすれば誰も罪には問われぬ」

それは確かにそうだ。本来そうすれば、全てが容易く、丸く収まっただろう。

「僕が、贖罪羊……」

「いいや逆じゃ。そなたは哀れな山羊にされてはおらぬ。それは即《すなわ》ちそなたの女官達が、そなたが犠牲になる事を好まぬという事の証明ではないかえ？」

「…………」

もう一度振り返ると、僕が苦くて飲めなかったお茶を、桜雪は全て飲み干していた。

彼女と、そして戻って来た絶牙は、二人とも深く頭《こうべ》を垂れ、跪《ひざまず》いていた。

それは高貴な人に赦《ゆる》しを乞《こ》う時の拝だ――僕は高貴な人ではないのに。

「……小翠麗様のお怒りはごもっともです。けれども私達は、何があっても貴方をお守りするつもりでありました」

伏したまま、桜雪が静かに声を絞り出した。

「翠麗様の代わりを務めていただく以上、小翠麗様に麗人としての訓練が必要なのも事実でした。沢山のご苦労や不自由を、小翠麗様に耐えていただかなければなりませぬ。それだけで充分すぎるほどご負担だというのに、どうしてお命まで狙われているなどと、お話しすることが出来ましょうか」

「でも……あらかじめ知っていたら、僕だってもっと上手《うま》く立ち回れたはずです。少なくとも、茴香に毒を飲ませずに済んだかもしれない」

ひとまず頭を上げてくださいと付け加え、僕は二人に言った。僕は貴人ではない。でも二人は頭を上げてはくれなかった。

「私達が犠牲になるのは覚悟の上です。小翠麗様は自らのお命を懸けて、翠麗様になることを選んでくださった。であれば、貴方に報いるために、命を懸けて小翠麗様をお守りするのが、我らの務めでございます」

「…………」

悔しいけれど、そんな二人の姿に、僕の怒りが急速に解けた。

結局僕は、不自由や苦痛ではなくて、姐《あね》の罪を一人で償う『贖罪羊』になるのが嫌だったのだろうか。

「……わかりました。でも、今後は僕にもきちんと全部話してください。貴女《あなた》たちにもし何かあったら、僕は誰を頼れば良いんですか」

たとえ根っこの部分で信用出来なくとも、僕は彼らを頼るしかない。

姐の不在が明るみに出れば罰せられ、僕が彼女に化けて後宮にいることが知れても斬首《ざんしゅ》だろう。

「お気遣いは感謝します。ですが、状況は容易くありません。僕達が協力しあい、冷静に賢く立ち回らなければならないと思います——少なくとも、まだ誰が僕に毒を盛ったのかすら、わかっていない状況なんですから」

茴香を危うく死なせかけてしまった。そしてその罪悪感は、自分も死ぬかもしれなかったという、鮮やかな恐怖に直結している。

「そうじゃ、檻《おり》に入った山羊の事より、今はまずその話が必要ではないかえ？」

ドゥドゥさんが待ちかねていたというように言った。

桜雪は頭を上げ、何か言いかけた。けれど思い直したように、結局もう一度僕達に頭を下げてから、「確かに、仰《おっしゃ》る通りでございます」と言った。

「それで……毒について何かわかりましたか？」

そう言いながら僕は、ドゥドゥさんに椅子を勧めた。そうして、今度は美味《おい》しいお茶を絶牙にお願いしようとしたら、彼は既に用意を始めていた。

「毒を飲んだ者の意識がないので、確実とは言いがたいが——おそらくあまり後宮では使われぬ毒じゃな、ふふふ」

椅子に腰を落ち着けるやいなや、彼女は第一声でそう言った。嬉《うれ》しそうに。

「珍しい毒という事ですか？」

「希少価値というよりも、味などの問題で、相手を毒殺するのは少々難しいと思う」

「もしかしたら、茴香があの程度で済んだのは、飲みにくい毒だったから……という事でしょうか？」

「そうかもしれぬ。そもそも毒と言っても、口にすれば直ちにみな逝《い》くとは限らない。殺すには死に至らしめる為の量が必要だ。その量を飲み下せないような毒は好まれない――何故この後宮、王宮で『ヒ素』が横行しているのかといえば、それは多くが無味無臭で食べ物の中に潜ませやすく、比較的少量で命を奪う事が出来るからだ」

　確かにヒ素については、儀王宮でもいつも警戒されていた。

「毒というのは諸刃《もろは》の剣。一度に仕留めねば警戒されるし、己の罪が暴かれやすくなる。故に毒は、少量で強いものが好まれる――こと、この後宮においてはな」

「つまり茴香が飲んでしまった毒は、そうではないという事ですわね」

　絶牙が淹《い》れてくれたお茶を、桜雪はまず自分で一口飲んで見せてから、僕達に勧めた。

　それはつまり、このお茶に毒は入っていないという証明だったんだろう。

　そこで僕は思った。もし杏々が僕に毒を盛るつもりなら、蒸餅《むしもち》に仕込まないでも、いくらでも飲ませるタイミングがあった筈《はず》だ。

「では、事故……という可能性は？　うっかり蒸餅の中に、毒になるような物が混ざってしまったとか……」

　僕がそう問うと、ドゥドゥさんは露骨に顔を顰《しか》めた。

「そなたの人生で、うっかり毒を盛った経験があるというなら話は別じゃが、実際にそういう事はあまりないのではあるまいか？」

　と、ドゥドゥさんが首をひねると、桜雪も怪訝《けげん》そうに僕を見た。僕は首を横に振った。

「でも確か近くの屋台で売られているものだと聞きました。女官達に人気のお店だとか……尚食女官の杏々《あんあん》がくれたんです」

「杏々ですか？　あの気立ての良い娘が？」

　桜雪も驚いたように顔を顰めた。僕も正直言いたくなかったし、いまだに杏々が毒を盛るようにも思えないのだが。

「はい……でも他の部屋付き女官であれば、真っ先に疑われてもおかしくないでしょう？　そんなすぐバレるような方法で毒など盛るでしょうか？　それならこうやって、直接お茶に入れても良かった筈なのに」

「確かに……わざわざ毒など使わずとも、剣で斬りかかったとて同じじゃの」

　ドゥドゥさんも頷《うなず》いた。そうなのだ、結局杏々の仕業と思える状況である以上、刃《やいば》でなく、お茶でもなく、蒸餅に仕込む必要があるようには思えない。

「人が何故毒を使うか知っておるか？」

　不意にドゥドゥさんが僕に問うた。

「それは……相手を殺す為では？」

「いいや、刃や暴力ではなく、何故『毒』なのか聞いている」

「何故と言われても……」

それは相手が憎いからとか、邪魔だからとか、沢山の理由があるはずだ。でも明確には答えられなくて、僕は困惑した。

ドゥドゥさんはお茶を一口飲んで薄く笑うと、「弱いからだ」と言った。

「……弱いから？」

「そうじゃ。毒は弱さと、殺意が全て。毒で殺すというのは、紛う事なき殺意よ。怒りや憎悪から生まれる暴力よりもなお強い。そして己の弱さの象徴でもある。いいか？　富める者、強い者、優れた者であるならば、毒だなんて回りくどい物を使う必要はない。殴れば良い、刺せば良い、『あの者を殺せ』と誰かに命じるだけで良い――でも毒はそうではない。毒は力のない者が、己を守るために使う武器じゃ」

低く擦《かす》れた声か、淡々と、冷たく響く。僕はひっそりと恐怖を感じた。

そうして気がついた――彼女は笑っている。冷たい言葉、禍々《まがまが》しい毒について語りながらも、彼女は口元に笑みを刻んでいた。あの夜会った時と同じだ。

この人は――ああ、この美しい人は、毒の話をする時だけ嗤《わら》うのか。

「毒とは弱い生物たちが、己を護《まも》り、種をつなげるために作り出したもの。それを何故人間が使うかと言えば、やはりその者が弱いからだ」

「では……毒を盛ったのは、僕より弱い者の仕業と、そう仰りたいのですか？　つまり、高華妃より事実上立場が上である楊《よう》貴妃様が、姐を毒殺などしないと？」

「そうだな。本当に強い者ならば、わざわざ殺す必要もない。ひれ伏させ、服従させればいい。でもわざわざ殺すというのは、それが危険な存在だからだ。だから毒を使う者は、その相手を恐れている。弱いから、生きる為に、身を守るために毒を使う」

「生きる為……ですか」

そもそも貴妃様も、元々高力士様の後ろ盾のある女性だった。

貴妃様の前に陛下が寵愛《ちょうあい》していたのは、武則天《ぶそくてん》公の血を引いてなお、玄宗《げんそう》皇帝の愛を一身に集め、我が子寿王《じゅおう》を次期皇帝に望んだ武恵妃様。

そんな彼女の独擅《どくせん》場を防ぐため、楊家がどこからか連れてきた美しい養女・楊玉環《ぎょくかん》を寿王妃にしたのだ。

高力士様の中では、どれだけ武恵妃様が望もうとも、寿王様は皇帝候補ではなかった。そのため寿玉の妻には多少素性が怪しくとも、美しく、賢い女性であれば、出自は問わなかったのだ。

目的は寿王様が彼女に溺《おぼ》れ、腑《ふ》抜《ぬ》けとなる事だったのだから。が――武恵妃様の急逝が、高力士様の計画を壊した。愛する妃を失った陛下が、まさか我が子の伴侶《はんりょ》を奪い去り、自分の後宮に召し上げるとは……。

武恵妃様の不在をお慰めするのは、他でもなく翠麗の務めであり、そのまま皇后に上り詰めるはずが――今、陛下の隣にいるのは、楊貴妃様なのだ。

寵愛に寵愛を重ねても、元は息子の妻であった女性を、皇后の座に据える事は、周囲の反発があまりにも強すぎる。

よって長らく皇后不在のまま、陛下は後宮の一角で、ただただ楊貴妃様を盲愛している。そのため、楊貴妃様も翠麗も派閥で言うなら同じ高力士派で、楊貴妃様が非常に嫉《しっ》妬《と》深《ぶか》く、独占欲が強い事を考慮しても、二人は敵対関係にはないはずだった。

勿論《もちろん》高力士様の望みは翠麗が皇后になることだったが、なんだかんだ言っても高力士様は玄宗皇帝の忠犬である。

皇帝が楊貴妃様を寵愛するのであれば、それが最良となるように周囲を動かすだろう。だから私怨《しえん》はあろうとも、楊貴妃様が翠麗を害することはない筈だ。

高力士様にとって、翠麗は娘も同然。いくら陛下の寵があっても、高力士様に背いて、この後宮で暮らすのが楽ではない立場だという事ぐらい、楊貴妃様だってわかっているだろう。桜雪もまた同じ考えのようだった。

「楊貴妃様が、そこまで愚かなお振る舞いをするとは思えませんし、お立場で言うならば、やはり高華妃様より楊貴妃様の方が上です」

「そうですね。弱い者……というならば尚更《なおさら》、貴妃様の部屋子である杏々が犯人とは思えません」

「でもまあ、女官の独断という可能性がない訳でもない。もしくは彼女が別の部屋の細作というのも考えられる。断言するのは早かろう。だが答えは決まっている。高華妃よりも弱く、今彼女を憎む者を捜せば良い。しかもわざわざこの温泉宮まで同行している人物だ——簡単じゃろう？」

確かにそう言われれば、簡単なようにも聞こえるが……実際はどうだろう？　少なくとも候補が絞られた気がしない——けれど、見つけないわけにはいかない。

結局脅迫状の存在を知ってしまった以上、僕だって今まで通りになんて暮らせない。

「これ以上待つのではなく、犯人を捜しましょう」

そう僕がきっぱり言うと、桜雪は渋々というように頷いた。

とはいえ、犯人捜しは気になるものの、茴香の意識が戻らないことや、彼女の容態がもう少し安定してから、改めて行動した方が良いという事になったのだが。

ドゥドゥさんは、また明日《あした》も協力はしてくれるらしい。

「だが吾《われ》は日中は動けぬ」

「え？」

「陽光に当たると、皮膚が火傷《やけど》をしてしまう故」

「そ……そうなんですか!?」

なるほど、道理で確かに、女官達も彼女の存在をあまり知らないわけだと思った。

話によれば、日が出ている間は締め切った部屋の奥で眠り、日が沈んでから動き回っているという事だった。

日中は寝ているから、夜は別の場所に移動する女官達は、ドゥドゥさんに会う事もないのだろう。

「でも……それは、ご不便ですね」

「不便などないよ。毎日何も変わらぬ」

女官も普段からただ一人、彼女の母と義姉妹《ぎきょうだい》の杯を交わした女性が、毎日彼女を世話してくれていると言うから、気心知れた……という事なのだろうか。

「その代わり、明日の夜までには、茴香の毒が何か調べておくことにしよう」

そう言ってドゥドゥさんが微笑んだ。まるで毒という言葉が甘いように。

そうして絶牙に連れられて、自分の部屋に戻るドゥドゥさんの背中を見送る。気がつくと同じように彼女を見つめる桜雪の姿があった。

「彼女が『毒妃』ですか……不思議な方ですね」と、改めて桜雪に言うと、彼女は静かに頷いた。

「……翠麗様からお話を伺ったことがあります」

「翠麗から？」

「ええ、つまりは高力士様からの伝《つて》でしょうが……その昔、漢《かん》の時代に『華佗《かだ》』という神医がおりました。彼は様々な国の医術に精通し、中でも薬学に長《た》けていたと言いますが、その医術は我が国では異端。その術があまりに異質すぎた為に、やがては投獄され、死に至ったと言います」

「華佗、ですか……」

「彼は青囊書《せいのうしょ》という秘録を残して逝《い》きました。全ては燃やされてしまったと言われていましたが、実際は章ごとに分け、数人がそれを引き継いだと言われています──そしてその中で、『毒』の章を引き継がれたのが、毒妃様の一族であると」

だのに、それまでどの皇帝も、唐国だけでなく遠く倭《やまと》の国や大秦《ローマ》、大食《アラビア》といった大国の毒まで知悉《ちしつ》した彼女の一族の声に耳を貸す者はいなかったという。

「……けれど、玄宗陛下は別だった、という事ですか」

桜雪が静かに頷《うなず》いた。

玄宗陛下は、他国の風習を、さまざまな物を好んで取り入れる人だ。佳《よ》いと思えば国は関係ない。女性が胡服を纏《まと》い、男のように馬に乗ることすら咎《とが》められないお方だ。

それが医術であっても同じという事か。

「後宮を愛し、御子《みこ》に恵まれる皇帝はおられますが、陛下は飛び抜けて沢山の皇子・公主を授かられております。それは後宮の女達、そして国を操ろうとする男達が、嫉妬、憎悪、野心で妃を、赤子を毒で殺すのを、未然に防いだ者達がいたからです」

歴史の影、いつの時代も後宮という場所は、皇太子争いで血が流れるものだという。

だからこそ、玄宗陛下は絶対的な信頼をおいて、毒妃様の一族を優遇した。

誰かの野心が我が子を、愛する妃の命を脅かしたりなどしないように。

そうして彼女の父が、母が毒で倒れてしまったことを愁い、ドゥドゥさんを妃に封ずることで、彼女が不自由なく衣食住を得られるようにしたのだ。

そしてそれは他でもなく、彼女がその知識を継承していく為であり、同時に後宮をこの先も毒から守る為だろう。

毎晩のように陛下の寵を得ている楊貴妃様だが、いまだ御子には恵まれていない。とはいえ誰もが時間の問題だと思っているし、陛下はその時は誰より貴妃様と吾子《あこ》を守りたいのだろう。

「ですがあの通り、少し変わったお方です、女官達だけでなく、他のお妃達もみな怯《おび》えて噂をするばかりですわ」

「――でも、翠麗は違ったんですね？」

「……はい」

桜雪がどこか誇らしげに微笑んだ。

だってそうだ。姐《あね》はそういうくだらない噂に、安易に耳を貸す人ではない。それにドゥドゥさん本人も、翠麗の事は好ましく思っている口ぶりだった。

姐の優れた部分を垣間見《かいまみ》たようで、僕は嬉《うれ》しくなったし、まるで自分の事のように誇りに感じている桜雪に、親近感も湧いた。

「でも、だったらやっぱり、翠麗は毒が原因で後宮から逃げたわけではないのですね」

「私もそう思います」

もし本当に毒に怯えているのであれば、逃げるよりもドゥドゥさんを頼る方が安全だろう。後宮から逃げるより、彼女の協力を得る方が、翠麗には容易《たやす》かったはずだ。

「無事で、元気にしているといいんですが……」

翠麗のことは怒っているし、許せない部分だってある。

だけど、それでも翠麗は僕の姐で、大切な家族なのだ。

どこで何をしているのであれ、まずは息災であって欲しい。文句を言うのはその後、元気に戻って来てくれてからでいい。

今はそれより、僕と翠麗を傷つけるはずだった毒の事だ。

結局その夜は訓練をする事もなく、夕食も冷たい胡餅《こべい》と干した駱駝《らくだ》の肉を、熱いお茶で流し込んで終わらせ、すぐに眠りについた。明日は忙しくなるだろう。

九

そうして翌朝、茴香《ういか》が体調を崩したということで、素肌を晒《さら》す着替えの部分を桜雪《おうせつ》と絶牙《ぜつが》が手伝ってくれた後、他の準備は部屋の女官に任せることにした。

衣装係の筆頭である茴香の不在で、女官は少々手間取っているようだった。

別に僕は焦りもしないし、手際の悪さを叱るつもりもないけれど、翠麗はどうだったのだろう？　彼女も叱るとは思えないが。

それでも年かさの巧鈴《こうりん》は落ち着いていて、「焦らないで、丁寧に」と、緑榮《りょくえい》を上手に指導していた。

むしろいつも一人で興奮して、周囲に上手《うま》く伝えられない茴香より、彼女の方が指示を出すのが上手い気がする。

緑榮も落ち着いて、普段よりも丁寧に、華やかに仕上げてくれた。

「いつも通りにやればいいだけです。いえ、むしろこんな時こそ、華妃様を喜ばせて差し上げましょう」

巧鈴はそう言って、髪に挿す綺麗《きれい》な花を、庭から摘んでくるように緑榮に指示した。

わざわざそこまでしなくとも……と思ったけれど、どうやら一時的に彼女を部屋から遠ざけるためだったらしい。

「昨日の手紙ですが、確かに都まで届けさせました」

「――ああ」

緑榮が部屋を出ると、巧鈴はそっと声を忍ばせた。毒入り蒸餅の件ですっかり忘れてしまっていたが、高力士《こうりきし》様への手紙を頼んでいたのだった。

今になっては少しとんちんかんな内容だ、あらためて自分の誤解だった事をしたためて、彼に渡さなければ。

「ありがとう。面倒をかけてしまうけれど、もう一通お願いしても大丈夫かしら？」

「面倒だなんて！」

巧鈴が首を横に振る。

「私はずっと……高華妃様が後宮に上がられた時からお仕えしております。高華妃様の為ならなんでもいたします」

恭しく頭《こうべ》を垂れる巧鈴に、チリ、と胸が痛んだ。

「そうね、頼りにしているわ。いつもありがとう」

──でもごめんなさい。今貴女《あなた》の前にいるのは、翠麗《すいれい》ではなく弟の玉蘭《ぎょくらん》なんです……と、心の中で囁《ささや》いたけれど、それを声に出すわけにはいかず、その代わりに僕は行動で報いようとした。

可能なら、彼女をもう少し昇給させるとか、そういう事が出来たら良いのだけれど。

僕は急いで昨日の手紙は僕の杞憂《きゆう》であったことをしたため、また赤い花を添えて彼女に託す。そうこうしているうちに、花を探しに行った緑榮より早く、お茶と薬湯を持って、杏々《あんあん》と秋明《しゅうめい》がやってきた。

今日は僕の起きた時間がいつもより早かったので、着替えを先にしてしまったのだ。

「おはようございます、今日はお顔色が良いですね」

そう言って杏々がにこにこと笑う。やっぱりそんな彼女が、昨日僕に毒を盛ったとは思えない。でも、だとしたら、もしかしたら……。

「秋明、昨日貴女が買ったという蒸餅《むしもち》を頂いたのだけれど、絶牙に買いに行かせたいから、どこの店か教えて欲しいの」

「え？　蒸餅ですか⁉　高華妃様のお口にも入ってしまったんですか⁉」

秋明さんが驚いたように言った。

「ええ、杏々がわけてくれたのよ」

「そんな、高華妃様のお口に入れて良いものだったでしょうか？　だって屋台菓子ですよ？」

「あら、わたくしだって、子供の頃は屋台でお菓子くらい買いましたよ？」

「そうかもしれませんが……大丈夫ですか？　桜雪さまに怒られたりしませんでした？」

心配そうに秋明が声を潜めた。そういう仕草を見る限り、やっぱり彼女も、昨日僕に毒を盛ったようには思えない。

では、僕ではなく、杏々に盛られた毒だったらどうだろう？――いいや、だとすれば、もう少し焦っているだろう。毒入りのお菓子を主人に食べさせたのだから、大事になっているかもしれないのに、こんな平静ではいられないんじゃないだろうか。

だけど特におかしな風でもなく、絶牙に店の場所を説明する秋明と、お茶を用意してくれる杏々を見て、なんだかほっとした。

身の回りの世話をしてくれる人――しかも、直接口に入るものを管理してくれている人を信用出来ないっていうのは、こんなにも怖いことなのか。

そうして僕は無事身支度も済ませ、今日は一日書を読んで過ごした。

夜のために体力温存と考えたのもあるけれど、恐らく一晩何度も僕の部屋とドゥドゥさんの部屋を行き来していた絶牙は、夕べほとんど休んでいなかったと思ったからだ。

実際、お疲れでしょうと声をかけたら、彼は首を横に振ったものの、僕が寝台で静かに書を広げている間、うとうと船を漕《こ》いでいた。

勿論《もちろん》、休んでいても大丈夫だと、僕が言ってあったからであって、油断していた訳ではないことは、彼の名誉のためにも言っておきたいが。

でも靴の石の事もある。こうやって小さな恩を売る事で、彼に僕を好いてもらいたかった。翠麗が戻るまで、僕は彼を頼らざるを得ないのだから。


そうして夜が来た。

今日の役目を終えて、女官達は長湯の方の自分達の控え部屋に消えていく。

茴香の体調不良で、僕の不自由を心配した巧鈴だけが、今夜は自分もこちらに残りましょうか？　と心配してくれたけれど、丁寧にお断りした。

既に僕の秘密は、昨日ドゥドゥさんにもバレてしまったのだ。これ以上知っている人は増やしたくない。

女官達の足取りは軽く、みな元気そうだった。それとなく他の女官達の体調を聞いても、特に具合が悪いという者もいなかったので、やはり毒はあの蒸餅にだけ入っていたのだろう。

茴香の具合は、随分よくなったという話だけは聞いていたけれど、具体的な話は聞けないまま日中を過ごした僕は、夜を迎え絶牙と共にドゥドゥさんの部屋へと向かった。

先に訪れていた桜雪が、寝台に腰を下ろして茴香と話している横で、どうやらまだ身支度の途中だったらしいドゥドゥさんが、眠たそうな顔で女官の人に髪を結われている。
その幾分解けたというか——女性だけの空間に、邪魔するように入って行くことに、僕は一瞬躊躇《ちゅうちょ》した。

絶牙もなのだろうか？　中の女性達の誰かが気がつき、声を掛けてくれるまで入り口で静かに頭を下げて待っていた。

「小翠麗様！」

一番先に声を掛けてくれたのは茴香だった。

「良かった……随分顔色が戻られましたね」

顔色どころか彼女はすっかり体調が戻ったようで、にこにこと朗らかな表情だ。

「まだ食欲は戻らないようだから、明日《あした》までは起き上がってはいけないと言うているに、すぐに帰りたがって大変じゃった」

ドゥドゥさんが不満げに言った。

「だって、小翠麗様の事が心配で……ほらその衣、選んだのは巧鈴ですね。確かにその色は翠麗様にはお似合いでしょうけれど、小翠麗様のお肌と目の色には似合わないんですよ、まったくもう……」

「僕は翠麗なのだから、これはこれで良いと思うけれど……」

毒で死んでしまうかもしれない所だったのに、そんな心配をしている場合かと、少し呆《あき》れつつ答えると、彼女は「いいえ」と首を振った。

「そういう違和感が、『あれ、おかしいな？』に繋《つな》がるかもしれないじゃありませんか。お似合いだったらみんな『今日もお綺麗です』で終わりでしょうけれど、似合わないものにはみなさん厳しい事を思うんですよ。微妙にずれているものほど目を惹《ひ》くものです」

「似合わない事で僕が翠麗ではないと、バレてしまいやすい……そういう事ですか」

「巧鈴は少し頭が固いから……今のこの大唐向きじゃないんですよね。作業はとても丁寧なんですけど」

「でもそうね……彼女は同期なのですが、真面目すぎて出世を逃しているのです」と桜雪も頷《うなず》く。

「真面目すぎて？」

真面目なのは美徳ではないのだろうか？　少なくとも僕は、そこまで巧鈴に悪い印象はなかった。

けれどそういう疑問は、口に出さずとも通じてしまったようで、桜雪は「私達は……時には色々な事が見えない、聞こえない存在でいなければなりませんから」と答えた。

忠実であるのは勿論のことだが、主人の事で見ない振りをすることや、あえて伝えなくて良い事も、時にはあるのだと。

確かにそういう融通が利かない臣下が、扱いにくいのはわからなくもない。

「以前、同じ昭儀《しょうぎ》様にお仕えしていた頃、やたらとネズミの多い年がありました。そのせいでネズミが昭儀様のお気に入りのご衣装を齧《かじ》ってしまったんです。刺繍《ししゅう》などをして誤魔化せば良いものを、彼女はわざわざそれを昭儀様に報告し、許しを請うたんです」

これが翠麗であったなら、仕方がないと許しただろうが……昭儀は動物が大嫌いだったらしい。ネズミの存在に既に辟易《へきえき》としていた彼女は、お陰で大変怒ってしまって、巧鈴を部屋から追い出してしまったのだ。

「だとしても、今日はゆっくり休んでください。一日心配だったんですよ」

巧鈴が扱いにくいのはわかったけれど、これ以上胸がザワザワする話は聞きたくなくて、慌ててそう茴香に言う。彼女は「なんとお優しい！」と目を潤ませながら、「明日にはもう大丈夫ですから！」と言った。

いや……だからそうじゃなくて、無理はしないで欲しいと言っているのに……。

「それで、じゃ。やはり毒は、茴香の食した蒸餅《むしもち》にだけ仕込まれていたという事か」

そんな僕達のやりとりを、すっかり聞き飽きたように、髪を結い終えたドゥドゥさんが言った。

「あ、はい。どの女官も元気でしたし、僕に蒸餅をくれた杏々も、買って来たという秋明も、どちらも毒入りとは気がついていない様子でした」

「毒妃様」

僕が話し終わるのを待って、桜雪が僕とドゥドゥさんに、小さな包みを二つ差し出してきた。

「それは？」

「茴香が食べ残した蒸餅と、先ほど絶牙が同じ場所で購入してきたものです」

包みを開くと三分の一ほど減った蒸餅と、手つかずの一切れが並んでいた。両方同じ木型を作って作られた、複雑な模様が入っているから、同じ店の物で間違いないだろう。

「こういう時の為に、必ず残してあったんです。小翠麗様のお菓子を全部食べてしまうのも良くないなって思いましたし……」

茴香が苦笑いで言う。

僕は蒸餅を持って行かれて、機嫌を損ねていた自分を恥じた。

「後宮から招いている料理人に聞いた所、主な材料は茹《ゆ》でた林檎《りんご》と橄欖《かんらん》の仁、蜂蜜《はちみつ》と海松子《松の実》と胡桃肉《くるみ》、ひまわりの種だそうです。それを米の粉と一緒に蒸すそうですわ」

見るからに美味《おい》しそうなのに、桜雪の説明で更に蒸し菓子が魅力的に見える。

でもこの茴香が毒見した方には、確実に毒が仕込まれているし、一応今日買ってきた方だって、絶対に安全とまでは言い切れない。

「私がお毒見させて頂きます」

恐らく僕と同じ事を考えたのか、桜雪が恭しく言った。

けれど彼女が蒸餅を手に取るより先に、ドゥドゥさんがサッとそれを口に運んだ。

「ふむ。確かに美味じゃ」

もふもふと美味しそうに食べ、飲み込む彼女に一瞬呆然《ぼうぜん》として、すぐさま我に返る。

「な、もし毒が入っていたらどうす――ドゥドゥさん!?」

けれど彼女はあろうことか、今度は毒入りの方も、喜色満面に溢《あふ》れさせ、ひょいと半分ほどを口に放りこんだ。

毒が『入っているかもしれない』蒸餅ではなく、毒が『入っている』蒸餅をだ。

「なんという事を!! 吐き出してください! 今すぐ!」

けれど驚き、慌てる僕達とは逆に、ドゥドゥさんとその侍女は平然としていて、やがて毒菓子はごくんと飲み込まれてしまった。

「いったい何を考えてるんですか!」

信じられない! 夕べ一晩、茴香が苦しんでいたのも見て知っている筈《はず》なのに!

「案ずるな。このくらいは平気じゃ」

「平気なわけないでしょう!? だって――」

「いいや、平気なのじゃ。吾《われ》は母の胎《はら》で散々毒を浴びたゆえ。この程度の毒ならば、大事に至るほどではない――勿論《もちろん》吾に限ってのことじゃが、害といえる程のものではないよ」

「本当に、害がないのですか……?」

僕だけでなく、桜雪達も顔面が蒼白《そうはく》になっている。けれど当人はまったく動じていない。

「心配だというなら、後で火がつくほど強い酒を用意しておくれ」

「強いお酒で効果が弱まるんですか?」

「いや、ただ多少腹がいたくなっても、酒で寝ていれば覚えておらぬ」

そんな……そんな方法を聞いて、お酒が渡せるわけがない。

「本当に案ずるな、偽華妃。吾はこうやって、陛下の寵《ちょう》なく正八品から四品まで上がったのだ。その毒の味や、吾《わ》が身に起きる微細な変化――これがなくては、その毒の正体を探り当てることは難しい」

けれどよっぽど僕の顔が心配そうだったのか、彼女は一応そう言い直した。

「そうかもしれませんけれど……」

だとしても、『だったら良かったですね』とは言いにくい。効きにくいとはいえ、毒だ。何があるかわからないじゃないか。

だけど、ここでは彼女のその持ち得た才能に、頼るしかないのも事実だった。

「それで、何かわかりまして？」

桜雪がおずおずと問うた。

「そうじゃな……毒入りの方が甘いな」

「甘い？」

「ああ……この甘さで、毒のえぐみを誤魔化しているのかもしれないが、香りも僅《わず》かだが違った。が、はっきりと違和感を覚える味ではない……なんだこれは」

そう呟《つぶや》くように言って、彼女は少し思案するように俯《うつむ》いた後、ふと自分の掌《てのひら》を、握ったり開いたりした。

「どうやら気の道に作用があるな。手足の動きが鈍い。茴香を見るに、加えて胃痛などのはらわたに異常がでる……ふむふむ」

そう言って今度は自分の腕を撫《な》でたり、遠くを見たり、どうやら本当に自分の身体に起きている症状で、毒を判断しているらしかった。

確かにそれは一番確実で、一番答えに近いだろうけれど……でもだからといって、自分の身体を犠牲にするその行動に、僕は寒気を覚えた。

これは普通のことじゃないし、なにより彼女が嬉《うれ》しそうに笑っているのも怖かった。怖かったし、こんな事をさせる為に、彼女をここに呼んでいる事に、罪悪感を覚える。元は僕が飲むはずだった毒だ。僕を苦しめるための毒が、彼女の身体を傷つけている事が嫌でたまらない。

だけれども、彼女に頼る以外の術《すべ》はない。毒の前で僕は悔しいほど無力だ。

「……近くに牧場や、馬小屋はあるか？　この華清池に」

「え？」

「家畜を飼っている場所が知りたい」

唐突な質問に、女官と宦官《かんがん》の四人が顔を見合わせた。

「それは……あるかと思います。牛の乳を搾ったり……ここは馬球の試合場もありますし、長安の街から馬を駆って来た方の馬留めも必要でしょう」

桜雪が言うと、また少しドゥドゥさんが腕を組み、悩むような仕草を見せた。

「……何かを、調べてきたら宜《よろ》しいですか？」

だからおずおずと問うた。

「そうだが、説明がうまく出来ぬ。そもそも吾以外で探せるか……」

「なるほど……だったら、一緒に行かれますか？」

「……え？」

ドゥドゥさんがきょとんとした。

「あ、そうか。さすがに駄目ですか……女官や宦官の格好をしても……ドゥドゥさんは特に目立ってしまうか」

そうだった。

そもそも僕達『妃』はここから出てはいけないのだ――たとえ後宮でなくとも。

「でしたら、小翠麗様は女官服、毒妃様は冪羅《べきり》（全身を覆う紗《しゃ》のついた帽子）を被られては？　更に絶牙が護衛に付けば心配無いかと思います」

けれど、そう言ったのは、茴香だった。

「…………」

でも険しい顔をしているのは、やはり桜雪で、彼女は悩んだ末に、ドゥドゥさんの女官を見た。

「……護衛が付くなら、短時間であれば、良いのではありませんか？」

同じように悩んでいたドゥドゥさんの女官が言った。桜雪以上に心配そうな表情ではあったのだが。

「……まあ、広義で言えば、確かに外も温泉宮でありましょうが……」

ドゥドゥさんはともかく、僕は本当は元々後宮の人間ではないのだ。

後宮の外に出るならばともかく、この華清宮であれば、他の女官達にさえバレなければ、多少抜け出す事は問題ないだろう。

その後もう少し悩んで、結局桜雪は、「では、そのように」と言った。

できれば僕は宦官服が良かったが、絶牙のものを借りるには、僕は小さすぎ、他の服はすぐに手配できそうにない。

よって女官の簡素な衣を纏《まと》うことになった。あれだけ寝ているように言っているのに、茴香はそれでも言うことを聞かずに、僕達の着替えに手を出して、その後ぐったりと横になっていた。

それにしても、段々女性の衣装を着慣れていく自分に驚く。

僕自身はまったく変わっていないのに、女性の服は歩き方もなんとなく、しゃなりしゃなりとなってしまって、ほとんど無意識に所作を正してしまう。

本当に不思議だ。人間は自分で思うより、外側に支配されているのだろうか。

僕は美しい衣を纏った翠麗しか知らない。

彼女の内側はどうだったのだろう？　そんな事を思いながら、僕は鏡に映る僕の目の色をした翠麗と、しばらく黙って見つめあった。

唐の太宗《たいそう》・李《り》世民《せいみん》が建てた温泉宮を、貴妃様との逢瀬《おうせ》の為に作り直したのが、この華清宮であって、陛下のお気に入りの場所とあれば、当然ながらここは人気の土地になる。

周囲には沢山の楼閣の他、馬球を行う毬場《きゅうじょう》等の娯楽施設も充実している。

でも僕達は、さらにそれらを越えて、人の往来の少ないエリアに向かっていった。

ドゥドゥさんの女官は、本当に心配そうだったけれど、茴香を診る人がいなくなるのも良くないと、覚悟を決めたように僕達を送り出した。

少し大袈裟《おおげさ》だとも思ったけれど、冪䍦を纏って歩き出したドゥドゥさんの足取りの重さに、僕も急に不安になった。

「あの……どうされました？」

「いいや……ただ、知らない匂いだと思っての。後宮とはまったく違う」

「ああ……そうですね、そうですよね」

考えてみたら、彼女はあまり目が良くないのだ。全く見えない訳ではないにせよ、他の部分――例えば匂いや音を頼りにしているみたいだ。慣れないところは、それだけで恐ろしいだろう。

「すみません。うっかりしてました。道の悪い所は、絶牙に抱き上げて頂くことにしましょう」

そしてそれ以外は、手を繋《つな》ぐのはどうか？　と彼女に左手を差し出すと、彼女は嫌がらずに僕の手を取った。

「すまぬ」

「いいえ」

そうして彼女が希望するように、郊外の厩《うまや》に向かって歩き出した。

正直に言えば、僕もこの時間に歩き回るのは少し不安だ。野の獣や夜盗が出てこなければ良い。

せめて帯刀してくれれば良かっただろうか……と思った。儀王宮では気まぐれに皇子が稽古《けいこ》をつけてくれたけれど、いつも模造刀で、実際誰かを傷つけた事は一度もない。

本当に僕に、それが出来るだろうか。

でもせめて、隣にいるドゥドゥさんは守らなければと思う。彼女は僕の代わりに毒を飲んだも同じなのだから、その恩情には報いなければ。

「……具合は大丈夫ですか？　毒は？」

「今はもう大丈夫じゃ。吾《われ》に毒は効かぬと申した筈《はず》よ」

「そうですが、心配になります」

そう言うと、彼女はふ、と微《かす》かに笑った気がした。

「所詮《しょせん》吾は毒見よ。妃の姿をしていても、それは少しも違《たが》わぬ。吾は毒妃、毒より生まれ、毒で死ぬのが吾《わ》が一族の定めよ――故に、吾に毒の心配など必要ない」

「そうですが……」

「むしろ野心に近いそなたの方が、ずっと危険であろう？　偽華妃」

「それはそうですが……それより、その偽華妃はやめて頂けませんか？」

万が一、誰かに聞かれると、あまり具合のよくない呼び名だ。

「そうか。ではなんと呼べば良い」

「本当の名は玉蘭です。幼い頃は小翠麗と呼ばれておりました」

「玉蘭か。蘭はこの世の数多《あまた》の花達の中では珍しく、なんの毒も持たぬ花じゃ――そなたに似合いだの」

「へえ……蘭に毒は無いんですか」

それは知らなかった。花によっては、なんとなく毒々しいのが蘭なのに。

「吾は今まで通りドゥドゥで良い。『毒毒《ドウドウ》』じゃ。昔陛下が吾をそうお呼びになった。愛らしかろう？」

「愛……あ、ええと、はい」

まぁ……他でもない陛下のおつけになった名前だし、本人がそう思っているなら、僕が何か言う事ではないか。

不意にドゥドゥさんが深呼吸をひとつした。

「こんな風に、外に出たのは……初めてじゃ」

「え？　何年ぶり、という事ではなく？」

「吾は赤子のうちから召し上げられ、八歳になるまで公主達の乳母に育てられたがゆえ」

だからずっと後宮の敷地内から出た事がない、と彼女は言った。

「ああ……じゃあ、だからその話し言葉なんですね」

「古臭いと思うておるか？」

「格式を感じます」

「物は言いようじゃな」

呆《あき》れたように返されたが、気分を害した訳ではなさそうだ。

「そんなことは――あうっ」

その時、つい話に夢中になって、足下のぬかるみに足を取られ、転びそうになった。

「ぬっ⁉」

「～～～～～‼」

僕はドゥドゥさんの手を引いていたので、僕が転び掛けたせいで、ドゥドゥさんまで転び掛けてしまって、咄嗟《とっさ》に僕達二人を、絶牙が支えてくれた。

「…………！」

『気を付けてください‼』と、彼が目ですごく訴えている。ご……ごめんなさい……。

「あ、あの……ここからは道が悪いので、むしろ絶牙にお任せした方がいいような……」

もし何かあった時に、絶牙の両手が塞《ふさ》がっているのは危険だけれど、このまま僕が手を引くよりはずっといい。

ドゥドゥさんも同じく思ったようで、素直に彼に横抱きにされた。

なんなら僕も今ばかりは抱き上げて欲しいくらいだ。

「そ、それにしても、厩に何があるんです？　馬糞《ばふん》に毒でも含まれてるんですか？」

「馬糞に毒は聞かぬな。むしろ薬効があるという。だが馬糞には蝶形花褶傘《ワライタケ》がよく生える」

「蝶形花褶傘《ワライタケ》？　毒キノコですか？」

「そうじゃ。呼吸をするのも忘れるほど楽しい幻覚が見られると言うが、そのまま呼吸出来なくなる可能性もある。試してはならぬよ」

「そんなの試しませんよ」

そんな話をしながら、僕達は厩舎《きゅうしゃ》の灯《あか》りを目指した。

やがて厩舎の一つに着くと、馬丁が放牧を終えた馬たちの世話をしているところだった。

「ここ最近、馬が暴れたり、病気になったりした事がなかったか？」

些《いささ》か唐突な質問に、馬丁も僕達も戸惑ったが、それでも高貴な身なりの女性から問われ、「うちはないですが……北の津陽門《しんようもん》の方でそんな話を聞いた覚えがあります」と答えてくれた。

「北側ですか……」

「ええ。あちらも馬小屋がいくつかあるから訪ねたら良いと思いますよ」

まだ歩かなきゃいけないのか……。

最近はすっかり病人同様の生活なので、正直もう息が上がっている。

だけど隣で、ドゥドゥさんを抱いて歩いている絶牙は、汗一つかいていない。

鍛え方が違うのはわかっているけれど、辛《つら》いというのが恥ずかしくて、僕は必死に歩いた。

履き慣れない女性ものの靴が、足に食い込んでいたかったけれど。

そうして北側の厩舎を訪ねると、一軒目はやはり、困ったように「うちじゃないよ」と言われてしまった。

「うちの馬はみんな元気だよ。でも最近……そうだな、そういう噂を聞いたことはあるが……」

年のいった馬丁は、自分の汚れた白髪頭をなで付けながら、奇妙な貴人にそう言うと意味ありげに会話を途切れさせた。

つまり、これ以上聞きたいというなら、お金をよこせと言っているらしい。仕方なくいくらか手渡すと、彼はにんまりと笑って再び口を開いた。

「隣の厩舎で、馬が冬場に何匹か病気になった話を聞いた。あそこは厩舎の親父が亡くなって、まだ若い息子がほとんど一人で馬を見ているんだ——まあ、馬を病気にしちまうぐらいだから、きちんと世話できているか、怪しいもんだがね」

「あの調子じゃ、冬も飼い葉が足りなかっただろう。苦労してるだろうな」

横で聞いていた他の馬丁が、薄笑いで言った。だからといって手を貸す義理はないのかもしれないけれど、なんとなく胸のすっきりしない話だ。

「なるほど……では、その厩舎の放牧地は知っておるか？」

「放牧地ですか？」

馬丁は二人とも怪訝《けげん》そうだったけれど、更に謝礼をはずむと、機嫌良く教えてくれた。ここから遠くない所のようだ。僕らはまた歩き出した。

「でも……放牧地に何の用が？　この時間に放牧はしていないと思いますけど？」

「わかっておる。正確には、探しているのは放牧地沿いの花じゃな」

「花、ですか？」

確かに華清宮は、貴妃様の為に陛下が沢山の花を植えたと聞いているけれど、元々花の多い地域と聞いたことがある。そんな話をしているうちに、僕達は話に聞いた放牧地にたどり着いた。

馬が逃げないように、木で囲いはしてあるが、所々随分傷んでいて、確かにきちんと管理されていない印象だ。

一応近くにあるという厩舎を訪ねてみたけれど、馬丁は不在らしい。

「まあいい、勝手に探せば良かろう」

ドゥドゥさんはそう言うと、絶牙に「下ろせ」と指示した。

あまり道が良くないので心配だったものの、彼女は空気の香りを嗅《か》ぐようにして、そろそろと歩き始めた。

「な……何をしているんですか？　あの……ドゥドゥさん？」

「ええい！　邪魔をするな！　話せば呼気が混じるではないか！　二人ともできるだけ息もするな！」

「そんな無茶な……」

「…………」

思わず絶牙と顔を見合わせてしまった。けれど僕達二人が他に出来る事はない。

仕方ないので一人で口元を押さえ、できるだけじっとして彼女の邪魔をしないようにした。

そっと冪羅《べきり》をかきわけ、鼻先で何か見えないものを追うドゥドゥさんの姿は、なんだかとても神秘的だ。

もし誰かがこんな姿を見たならば、『触れる物全てを毒に変えてしまう』だなんて、奇妙な噂をたててもおかしくない。

彼女には不思議と呪術《じゆじゆつ》的な気配を感じる。

月の下、白い影が揺れる。天に向かって舞うように――美しいものは畏《おそ》ろしいものだ。

その時、ふいに少し強い風が吹いて、彼女を覆う薄絹と、僕の前髪が揺れた。

その一筋の風になんの啓示を受けたのか、唐突にドゥドゥさんが歩みを早めたので、僕達は慌ててその後を追いかけた。

「……ドゥドゥさん？」

やがて彼女は、何かを見つけたように足を止めた。

それは小さな白い花を沢山つけた、低木の茂みだった。

「……綺麗《きれい》ですね」

ちょうどくぼみのような一角に、群生するその花は、所々茶色く枯れて、花期のピークは終わっているようだった。

とはいえそれでも、まだまだ白い花は房のように枝垂れ咲いて、透き通った芳香が周囲を満たしていた。

微《かす》かに茉莉花《まつりか》に似た香りは、甘いだけではない。微かに翠麗を思い出させた。でもそれよりも――そうだ、菩提樹《ぼだいじゅ》に少し似た香りだ。心を静めてくれる。

ドゥドゥさんもその香りに誘われたのか、彼女はその花たちの茂みに手を突っ込み――。

「ちょ……気を付けてください、蛇でもでたら――」

「蛇毒は確かに厄介だな。ものによっては、吾《われ》も数日寝込むかもしれない、ふふふ」

だから『ふふふ』じゃない。

思わず呆れてしまう僕に、彼女は薄く笑う――と、やがて彼女は「あった」と更に口元に笑みを刻んだ。

「え？」

「多分これだ……二人とも、少し下がっていよ」

そう指示され、言われるまま絶牙と数歩後ずさる。

「それは？」

「壺《つぼ》じゃ」

「それは見たらわかりますが……」

問題はどうしてそんな壺が……と思いながら、僕は何気なく周りに咲く白い花に手を伸ばし――。

「触れるでない」

「え？」

「花に触ってはならぬ。ええい、不用意に何にでも触れるでないわ」

「ど、毒蟻ですか⁉」

咄嗟《とっさ》に手を離した。また、ドゥドゥさんに叱られてしまった。

「蟻ではない。この木、花は愛らしいが、全草に毒がある」

一瞬また蟻がいるのかと思ったけれど、どうやら今度はこの木、そのものが毒らしい。

心配したように、絶牙が僕の腕をそっと掴《つか》んだ――いや、毒があるから触るなって言われたら、もうさすがに触らないですが……。

ドゥドゥさんはやれやれというように溜息《ためいき》を一つついてから、また壺の方に向き直った。

「………」

下がっているように言われたものの、ついつい気になってじりじり近づいてしまうと、ドゥドゥさんはまた溜息をついた。

「わかった……ちょっとこっちに来よ小翠麗」

「なんですか？」

「この壺──蓋《ふた》をしたこの壺に、少しだけ触れて見よ」

言われるまま手を伸ばす。

「……これは？」

壺の冷たくなめらかな手触りの向こう、何かがざわざわ蠢《うごめ》くのを感じ、僕は咄嗟に手を離した。

「な、なんなんですか！」

「おそらく蜂の巣じゃな」

「え⁉」

ぎょっとして後ずさると、僕を庇《かば》うように絶牙が間に入った。

「そこまで警戒しなくても、ミツバチは夜は活動しない──が、確かに離れていた方が良いかもしれぬ。緊急事態ゆえ」

それは確かに緊急事態だった──ミツバチたちの。

ドゥドゥは懐から小さな壺を取り出すと、そのまま無造作に蜂の巣と思《おぼ》しき壺を開き、中に小さな壺ごと手を突っ込んだ。

「ちょ、ちょっとドゥドゥさん⁉」

「大丈夫。少し蜂蜜《はちみつ》をいただくだけだ」

「なっ！」

刹那《せつな》、ぶわっと蜂たちが巣から飛び出した。

蜂に囲まれてもドゥドゥさんは平気そうな顔をしている。でも、そんな筈《はず》ない。ミツバチは確かに大人しいけれど、人を刺さないわけではない。

「ドゥドゥさん！」

とはいえ僕も近づくに近づけなくて、慌てて距離を取りながら彼女を呼んだ。

咄嗟に絶牙を見ると、彼は『わかりました』というように頷《うなず》いて、上着を脱いだ。

勇敢な彼は、そうして上着を振り回すようにして蜂を振り払いながら、ドゥドゥさんに近づくと、軽々と彼女を抱き上げ、走り出した。

それからしばらく、蜂を完全に振り切るまで二人で走った。足の痛みなんか忘れるくらい、焦っていたし怖かった。

そうして充分離れた所で、やっと僕達は足を止めた。

「だ、だいじょうぶ、ですか……ふたりとも」

必死に走ったせいで、すっかり息が上がってしまった。なんだか目眩《めまい》までする。

結局そのまま座り込んでしまって、ぜいぜいと肩で息をしていると、絶牙は己の無事を答える代わりに、自分ではなく僕が蜂に刺されていないか調べるように、僕の衣をあちこちめくって調べはじめた。

「ミツバチは一度人間を刺すと、哀れにも死んでしまう。だからそうそう刺してはこないのだが……やはり巣を暴かれると、こんなにも荒ぶるのだな」

まるで他人事《ひとごと》のようにドゥドゥさんが呟《つぶや》いた。

「そんなの当たり前ですよ！　っていうか、刺されたんですか⁉」

「数カ所じゃ。案ずるな、元々たいした毒ではない。吾《われ》には全然──」

「だからってダメですよ！」

平気だと言いかけたドゥドゥさんの言葉を、思わず遮る様に叫んでしまった。

恐怖の興奮や、彼女のその自分自身への無頓着《むとんちゃく》さに、僕はすっかり昂《たか》ぶって、怒ってしまっていたのだ。

「な、なんじゃ、大きな声で……」

「そういう問題じゃないんですよ！　毒だけじゃなく、刺されたら痛いでしょう⁉　ほら！　喉《のど》の所に血が出てるじゃありませんか！」

「蜂くらい騒ぐほどではなかろう。仔猫《こねこ》に嚙《か》みつかれるのと変わらぬよ。回りくどい方法を省いただけではないか」

大袈裟《おおげさ》な、とドゥドゥさんが顔を顰《しか》める。

「こんなの、違いますよ……」

「何が違うと──」

「これは違います。これはいい方法じゃない！　確かに僕を狙った毒と、その犯人の事は知りたい。でも……だからといって貴女が血を流すのは、それは……それは全く正しい方法じゃないですよ！」

確かにそもそもは、僕が――翠麗が誰かに命を狙われていることで、毒を盛られたのは僕だった。僕は今『翠麗』だから、守られるというのはわかっている。

でもみんな『翠麗』を守っているのだとわかっていても、僕のせいで茴香は毒に冒され、そして今、ドゥドゥさんは蜂に刺された。

誰かを守る為に、時には自分を差し出すのは、それは美しいことかもしれないし、高貴な人は、半ばそれが当たり前なのもわかる。

王族の為に命を落とす事も珍しい事では無いから。

だけど、だとしても、人の価値はどうだ？　命の価値はどうなのだ？

こんな風に誰かの命を蔑《ないがし》ろにして、それが当たり前だなんて、そんな世の中が本当に正しいのか？

「……そんなの、僕は絶対に嫌です」

「間違いであるものか。吾はそもそも毒から妃達を守る為に、後宮に置かれた存在だ。毒を浴びるのは当たり前だし、だから毒は吾にはほとんど無害だと……」

傷口を拭《ふ》いてあげようとすると、彼女は煩わしそうに反論しながら、僕の手を払った。

赤い血が襟元に染みこんでいく様が、月の光の下でくっきりと僕の目に焼き付いた――

――目眩と、吐き気がした。

「だから……そうじゃないんですよ。それだけじゃない……一か十かの話じゃない、毒が有害か無害かどうか、それだけの問題じゃないです！　貴女が傷つく、痛い思いをする、僕のせいで――僕はそんな方法を『正しい』だなんて、絶対に許したくないんだ！」

「…………」

冷静ではない僕を宥《なだ》めるように、絶牙が僕の腕にそっと触れた。

言葉がない彼は、僕に何も言えない。

「ごめんなさい、絶牙は痛くなかったですか？　蜂は？　怖かったですよね？　貴方《あなた》にばかり行かせて、僕は本当に卑怯《ひきょう》者だ」

彼にしがみつくようにして、代わりに僕が言葉を迸《ほとばし》らせると、涙も溢《あふ》れだした。

絶牙は大丈夫だというように、首を横に振って、僕の肩に優しく触れたけれど、涙は逆に止まるどころか爆発した。

そのままおいおいと声を上げて泣き出した僕に、ドゥドゥさんと絶牙が慌てふためく。

だけどもう、自分を抑えるのは無理だった。

「な……何故泣くのじゃ。吾のせいか……」

「だって、ひどいですよ！　これじゃあ僕が貴女を傷つけるのと同じじゃないですか！」

直接か、間接的かの違いだ。そんなの嫌だ、女性を傷つけるなんて軟弱者だ。

「何をそんな、極端なことを――子供でもあるまいに」

僕の気持ちなんて、これっぽっちもわからないように、呆《あき》れ気味にドゥドゥさんが言った。

そんな彼女に、絶牙が何か言いたそうに首を横に振る。

「……ああ、そうか。そうじゃな。そなた、まだ髭《ひげ》も生えぬ男孩子《おのこ》であったな」

そう言ってドゥドゥさんは、どこか納得したように、そして諦《あきら》めたように短く息を吐いた。

「貴人《あてびと》に身を捧《ささ》げるは賤《いや》しき者の道理。吾が毒を飲むのも、賤しき吾《わ》が血の本懐じゃ。少なくとも後宮というのはそういう場所じゃ――だが毒を持たぬ花も咲くか……」

彼女は言いかけて、僕の瞳《ひとみ》の涙を自分の衣の袖《そで》で拭《ぬぐ》った。

「思い出したぞ。もう一人、以前そなたと同じ事を言った貴人がいたのう、小翠麗」

「え……？」

彼女はそこまで言うと、それ以上は話す気がないというように、「もう戻らねば」と言った。

慌てて立ち上がろうと、歩き出したドゥドゥさんを見上げると、いつの間にか大きな月が僕の泣き顔を見下ろしていた。早く戻らなければ。

部屋に帰ると、どろどろに汚れた足に水疱《すいほう》が出来た僕に大騒ぎをして、桜雪と絶牙が着替えやら手当てやらをしてくれた。

そうして今日はもう足の裏に負担を掛けないようにと、絶牙に運ばれてドゥドゥさんの部屋に行くと、彼女は美味《おい》しそうに、長椅子でお酒を傾けているところだった。

「……お酒には、酔うのですか」

僕はまだほとんど飲んだことはないが、仲満《ちゅうまん》はよくお酒を「毒だ、毒だ」と言って、翌日頭を抱えているし、兄達はお酒で何度も問題を起こしている。

「残念ながら常人のつゆほどにも効かぬな。どんなに飲んでもほろ酔いじゃ」

とはいえ、蜂の毒にはやられないものの、刺された傷は痛いのかもしれないと思った。痛みを誤魔化す為のお酒じゃないのだろうか？　勿論《もちろん》、ただ寝る前の楽しみかもしれないけれど。

「明日《あした》でも良いかとも思ったが、話は早いほうが良いかと思っての」

やがて少し遅れて桜雪が部屋に来ると、ドゥドゥさんは待ちかねたように言った。

皆で丸い卓を囲むように、採ってきた蜂蜜と、残った毒入り蒸餅《むしもち》の、最後の一欠片《かけら》に向き合う。

「それで……結局この蜂蜜がどうしたんですか？」

「そうじゃな。最初に言ったように、この蒸餅、毒入りと、毒のないものを比べると、毒入りの方が少し甘い。毒の味を誤魔化す為かと思ったが……見比べてみると、こちらの方が表面に艶《つや》があると思わないか？」

そう言われると、確かに毒入りの蒸餅の方は、上部にしっとりと照りがあるように見えた。

「うむ。だからおそらくこの毒入りの方は、表面に蜂蜜《はちみつ》を塗ったのではないかと思う。表面に塗られていれば、必然的に舌に甘みが触れる。余計に甘く感じたのだろうし――それに菓子の保管場所だ。茴香の話では、衣装部屋の引き出しの中にしまっていたらしいが――ようは誰にでも触れられる場所に置いていたということだ」

「蜂蜜が毒なのですか？」

桜雪が怪訝《けげん》そうに問うた。

「全てではない――が、この蜂蜜には毒がある。これは毒の木の傍に置かれた壺《つぼ》から取ってきた蜂蜜だ」

「では……やはりその蜜にも？」

まだ蜂に襲われた恐怖に、手が冷たくなるのを感じながら、僕は問うた。

「ああ。毒花の傍……たとえば日が当たらず、少し開けた場所に蜜蠟《みつろう》を塗った壺を置いておくと、春になればミツバチが集まってくる。うまく女王蜂がそこに巣を作れば完璧《かんぺき》だ。花そのものよりは多少毒素は弱まるが、甘くて危険な毒ができあがるというわけだ」

全ての毒花の蜜に、毒が含まれるわけではないが、とドゥドゥさんは淡々と語る。でもその顔には明らかに笑みが浮いていた。

「では……犯人がその場所に壺を設置したという事ですか？」

「恐らくは」

「でも、そう簡単に蜂蜜って集まるのでしょうか？」と、聞いたのは桜雪だった。

「それじゃ。一匹の蜂が、生涯集めてくる蜂蜜は、一匙《さじ》ほどという。しかも今回は、まだ採蜜が始まって日が浅く、おそらくは熟成の足りない、水分の多い花蜜《かみつ》という状態で採ったのだと思う。その為に更に毒は薄まり、茴香は一晩寝込む程度で済んだのじゃろう」

「でも、それって……」

だとしたら、蜂壺の存在は、当然偶然置かれた物には思えないだろう。

誰かが意図的に、あそこに蜂を導いたのか。

であるならば、犯人は事前に犯行を計画していたという事か？

「でも、僕が温泉宮に来る事は、事前には決まっていなかったですよね？」

「それはそうだな。だが人目の少ない温泉宮ならば、毒を盛りやすいと計画を急遽《きゅうきょ》早めたのかもしれぬ」

「なるほど。だから慌ててまだ熟成の足りない蜜を犯行に使ったのではないか？　と、そういう事ですか？」

「そのお陰で、茴香が死なずに済んだのだから、犯人が急《せ》いて良かったの」

それは確かに、不幸中の幸いだった。

「吾がまず、毒に倒れた茴香を見て気がついたのは、その肌に粟《あわ》がたっていた事じゃ。それ自体はひどく珍しい事ではない。が……あんなにもくっきりと粟だっていたのは珍しい。まるで仙人掌《サボテン》のようじゃった。更には手足のしびれ、まるで酔うたようにふらつくその様、珍しい毒を使ったとすぐに思うたよ」

淡々と、ドゥドゥさんが微笑みながら並べる毒の効果は、まるで唄《うた》の歌詞のようだ。

「では……その毒が含まれた蜂蜜を、誰かがこっそり衣装部屋に入り、蒸餅に塗った……それが可能なのは、女官か宦官《かんがん》だけですが――今、部屋に出入りしている宦官は絶牙だけです、この者は裏切りませぬ」

桜雪が低い声で、けれどきっぱりと言った。

それを信じて良いのだろうか？と、一瞬猜疑心《さいぎしん》が頭を過《よぎ》った。

だけど僕は、彼の静かな夜の色の瞳を信じたかった。

「とはいえ毒の入手経路の事もある。後宮の女官が簡単に出歩けはしないだろう。華妃の部屋仕えには、よほど口の堅い共犯者がいるのだろう。手駒のような女官か、或《あ》いは女官の手駒になる者か」

「口の堅い共犯者……？」

そこで僕ははっとした。

「桜雪……脅迫状……もう一度脅迫状の事を教えてくれますか？」

毒も飲んでいないのにざわっと皮膚が粟立ち、僕は自分で自分の身体を抱きしめた。

十

結局夕べは明け方まで話し込んでしまって、僕は翌日はまたとろとろと、ほとんど眠って過ごしてしまった。

よほど眠かったせいか、朝方絶牙《ぜつが》が足に薬を塗り直し、ついでに僕の額を心配そうに調べた後、しばらく冷たい布で冷やしてくれたのを、眠ったまま受け入れた。

別に熱はない筈《はず》なので、病人の世話をしてくれているふりなのかと思ったけれど、後から気がついたそこには、青春痘《にきび》が出来ていた。

もしかして、蜂に刺されたのでは？　と勘違いされたのかもしれない。

そんな事を思いながらまた眠りに落ち、誰かの気配にまた目が覚めて、「蜂じゃないわ」と寝ぼけ眼で答えると、軽やかな笑い声が返ってきた。

「あら！　高《こう》華妃様、夢を見ていらっしゃるんですね。うふふふ、お可愛らしい」

「ここに蜂は入ってこないから大丈夫ですよ。もし入って来ても、私達が全部追い出しますから、安心してお休みくださいまし」

そう優しく言ってくれたのは杏々《あんあん》と秋明《しゅうめい》で、僕は改めて、自分が——いや翠麗《すいれい》が、女官達に本当に大切にされているのだと思った。

翠麗は誰からも愛される人だったし、僕も愛している。

でもそれは、姐《ねえ》さんが人を愛する人だからだと思う。彼女は女官達にだって、いつも優しくしていた。

兄さん達だってそうだ。父上も、高力士《りきし》様だって、みな翠麗のことを競うように可愛がっていた。

そうせずにはいられないのが翠麗なのだ――ああ、姐さんに会いたい。

まだ戻って来られないとしても、貴女《あなた》がそうしろというなら、僕はいくらでも貴女の身代わりになるだろう。

無事であるならそれでいい。恨み言も言いたいけれど、でもそれ以上に、ただ愛する貴女の声が聞きたい。

毎日嗅《か》いでいる月下美人香――姐さんの抜け殻の香りが寂しい。だのに、こんな時に限って、夢の中ですら会えないなんて。


「…………」

気がつけば、眠りながら泣いていたみたいで、僕は目を覚まし、むくりと起き上がって、そしてベトベトに濡《ぬ》れた頬を手で拭《ふ》いた。

「お目覚めですか？」

優しく声を掛けてくれたのは桜雪《おうせつ》だった。

「ごめんなさい、眠ってばっかりで……」

「大丈夫です。もう少しお休みになられますか？」

「いいえ、もう起きます。このままでは日が沈んでしまいそうです」

大きく伸びをした後、手足や顔を洗ったり、支度を整える。手伝ってくれる絶牙が、僕のおでこを心配そうに指でかき分けた。

「……青春痘ですよ？」

「…………」

険しい表情が返ってきた。

近くにいた桜雪にも聞いたが、彼女も「青春痘ですね」と言ったのに、彼はその後も納得しきれない様子で、化粧をするギリギリまで、僕のおでこを冷やしていた。

「青春痘ですよねぇ？」

今日も茴香《ういか》は大事をとって休みなので、巧鈴《こうりん》達が、僕を綺麗《きれい》に飾ってくれる。

額を染める額黄は、僕の額が心配でしょうがない絶牙によって、今日は塗らないことになってしまったが。

沢山寝たせいか、色々な事があったせいか、今日はなんだか不思議な気分だ。僕は僕なのに、僕の中に翠麗を感じる気がする。今日はいつもより、女官達と話すのも苦じゃなかった。

そんな風に遅い一日が始まり、けだるい時間が過ぎてゆく。

夕方僕に最後のお茶を淹《い》れに来た杏々と、少しだけおしゃべりを楽しんだ後、僕は杏々に、巧鈴を呼んでくれるように頼んだ。彼女はすぐに来てくれた。

「やはり茴香がいないと不便なの。貴女が迷惑でないのなら、今夜はもう少し遅くまで残ってもらえないかしら？」

僕がそうお願いすると、彼女はむしろ喜ぶように頬を染め、「勿論《もちろん》です！」と快諾してくれた。

「ありがとう。今日は一日気分が優れないから、夜も早く休みたいの。皆がいなくなって部屋が静かになったら、すぐに夜の支度をお願いするわ」

「わかりました、急いで準備をして参ります」

本当に真面目な人だ。彼女はいそいそと僕の夜の準備をしに、部屋を出て行った。


そうして、女官達が続々部屋から出て行って間もなく、余分な仕事にもかかわらず、巧鈴は嬉《うれ》しそうに僕の部屋に戻ってきた。

「お着替えの前に、先にお湯を使われますか？」

「そうね、でもまず、お茶を飲んでも良いかしら？」

「ええ、勿論ですとも」

頷《うなず》いて巧鈴が「お淹れしましょうか？」と言ってくれたけれど、僕は首を横に振った。

「いいえ、大丈夫よ。絶牙に頼むから――ああ、絶牙、お茶を淹れて頂戴《ちょうだい》、そうね、お花のが良いわ、香りが良くて苦いお茶よ。あまり熱くなくしてね」

すっかり夕陽が沈み、暗くなった部屋に灯《あか》りを灯《とも》していた絶牙は、静かに頷いてから、お茶の準備をしに部屋から消えた。部屋には僕と、巧鈴の二人きりになった。

「華妃様。昨日の文も、無事長安まで届けてございます」

「本当に？　ありがとう……貴女には、何かお礼をしなくちゃ」

僕が申し訳なさそうに言うと、彼女は「いいえ！」と笑った。

「こうやって、華妃様のお傍でお仕えさせて頂けることが、私にとって何よりの褒美にございます」

「まあ！　なんて嬉しい事を言ってくれるのかしら……わたくし、貴女のような女官をもって幸せだわ――そうよね？　毒妃」

「……え？」

僕が扉に向かってそう言うと、やがてお茶の用意をした絶牙と、ドゥドゥさんが部屋に入ってきた。

「左様にございますな」

そう言って、ドゥドゥさんが円卓の前の椅子に腰を下ろした。

「貴女もお座りなさい、巧鈴。一緒にお茶にしましょう？」

そう言って僕も席を一つ空けて腰を下ろす。

巧鈴は強《こわ》ばった表情で、僕とドゥドゥさんの間の椅子を、じっと眺めていた。

「そ、そんな……私などが、恐れ多い……」

「ほう？　吾《われ》ならば華妃様直々の誘いを断るような事はせぬが、そなたは勇気があるな、巧鈴」

ドゥドゥさんが冷ややかに言った。

「あら、まさか……貴女まで、毒妃の噂を信じているの？　まあいやだわ……彼女が触れた物が毒になったりするわけないでしょう？」

僕が声を上げて笑うと、巧鈴は渋々といった調子で椅子に腰を下ろした。

その顔は強ばったままだ。

そうして絶牙が三人分のお茶を用意した。馥郁《ふくいく》たる花の香りを嗅いで、ドゥドゥさんが目を細める。

「良い香りの茶じゃが——少し苦いのう」

こくんと一口飲んで、彼女は言った。

「……だが、今日は丁度良いものを持って来た。蜂蜜《はちみつ》じゃ。まだ若いが、花の香りが快いゆえ、華妃様が喜ばれるに違いないと思うての」

そう言って、ドゥドゥさんが、小さな壺《つぼ》を卓の上に置き、蓋《ふた》を外した。

中には金色の液体が満たされている。巧鈴の顔が見る見る青くなった。

「し、失礼ながら毒妃様、こちらはなんでしょうか？」

「蜂蜜じゃよ。北門の辺りで、誰ぞ蜂を育てているらしい。そこの蜜を昨日採ってこさせたのじゃ」

「き……北門の近くの⁉」

巧鈴の額に、脂汗がぶつぶつと浮かびはじめた。

「とても良い馨《かお》りですこと。嬉しいわ、さっそく頂きましょう」

僕は蜜をたっぷり匙《さじ》で掬《すく》い上げ、とろとろとお茶に垂らした。湯気を楽しんでから、茶碗《ちゃわん》にそっと唇を寄せようとする。

「だ、駄目です!!」

巧鈴が悲鳴のような声を上げる。

「どうして？」

「どうしてって……そ、そうですわ、何かを口にされるときは、まず必ず毒見役をお使いくださいませ」

「それもそうね……じゃあ、試しにお前が飲んで頂戴な、巧鈴」

「え……？」

「でも心配しないでも良いわ。だってただの蜂蜜よ。怖がるような物ではないでしょうに」

僕はにこにこと微笑んで、巧鈴の顔の前にお茶を差し出した。

「華妃様……」

巧鈴は怯《おび》えを隠さず、子リスのように震え、茶碗を手に取らない。

「巧鈴？　さあほら……大丈夫、毒なんか入ってないわ？　そうでしょう？」

僕は意地悪く、更に茶碗に蜂蜜をとろとろと足す。

「さあ、飲んで——飲みなさい巧鈴」

とうとう巧鈴は、差し出された湯飲みを震える手でとった——けれど結局彼女はそれを飲む事が出来ずに、逃げるように立ち上がって、そのままへなへなと床に膝《ひざ》を突いた。

「ど……どうして……？」

巧鈴の両目から。涙が溢《あふ》れはじめた。

「どうしてと、聞きたいのは私の方です巧鈴」

部屋に凛《りん》とした声が響いた。桜雪だった。

「ほ……本当に巧鈴が、高華妃様に毒を盛ろうとしたのですか？」

震える声で聞いたのは、茴香だ。扉の前に立つ二人を見て、わっと巧鈴が泣き崩れる。

「違う！　違います！　私は華妃様には毒など盛っていないわ！」

「ほう？　では、これが毒でなくてなんだと言うのじゃ？」

けれどそんな巧鈴を見下ろし、毒妃が声を上げて哂《わら》った。それは美しく。月よりもあでやかに。

「知らなかったとは言わせぬよ、巧鈴。お前が使った毒は『馬酔木《あせび》』。馬や家畜が食し、酔うたように倒れる事から畏《おそ》れられた毒じゃ。その症状は腑《ふ》の異常、手足のしびれ、そして皮膚が仙人掌《サボテン》のように粟立《あわだ》つことよ――酷《ひど》い時は、心の臓や胃《い》の腑から血が噴き出す」

「そんな……」

「本当に恐ろしい毒じゃ！　大きな家畜を殺してしまうほどの毒じゃ！　ようく見よ、こんな小さな身体の華妃であれば、口にすればあっさり血を吐いて死んでしまうところだったのに……そなたはそれでも違うと申すか？」

「ちが……ちがいます、本当に……」

「本来ならば、家畜も避ける毒草じゃ。花や実、葉、根、花粉に至るまで毒がある。獣たちは本能でそれを避けるものよ。だが若駒《わかごま》や、喰《く》らう草のない飢えた獣が、空腹のあまり食することがある。そうしてからっぽの胃袋を、毒で血まみれにして爛《ただ》れさせ、苦しんで死に絶えるのだ」

残酷な毒の唄《うた》。

後宮の毒妃が、唱《うた》うように巧鈴を責める。

巧鈴はガクガクと震え、そして助けを求めるように僕を見たが、ドゥドゥさんはそれを許さずに、ぐいと己の方を向かせた。

昼でも、夜でもない色の瞳《ひとみ》が、微《かす》かな光しか通さない双眼が、巧鈴を捉《とら》える。

「不憫《ふびん》じゃのう、哀れじゃのう……でもそれを知って、そなたは何を思ったのだ？　そこの無垢《むく》なる白山羊《やぎ》が、毒で苦しむ姿を想い、何を感じた？　その邪悪な心にはどんな毒が咲いていたのだ？」

「違います！　華妃様じゃありません！　私が殺したかったのはそこの女官達です！」

とうとう、巧鈴が夜を引き裂くような声で叫んだ。僕は目を伏せた。

「そうね……わたくしにではなかったのよね」

そうだ——巧鈴はわかっていたのだ。華妃が受け取った菓子は、華妃が食べる前に必ず、周りの者が毒見をすると。

それも、脅迫状が出されている今であれば、本当に信用出来る人間が食べるはずだと。

「……茴香に食べさせるとは思いませんでしたわ。桜雪が自分で食べるか、そこの気味悪い宦官《かんがん》に食べさせると思ったのに……本当にどこまでも自分だけが可愛いのね」

そう巧鈴が忌々しげに言うと、桜雪は眉間《みけん》に深い皺《しわ》を刻んだ。

「高華妃様、どうしてこんな卑怯《ひきょう》な女を手元に置いておかれるのですか！　こんな、卑怯な事を繰り返して、のし上がってきたような女を！」

「貴女《あなた》こそ、だからってどうして毒など使おうとしたの？」

叫ぶように問われ、僕は静かに答えを返した。巧鈴は悔しげに唇を噛《か》んだ。

「……理由が何であれ、私は貴女への逆心は欠片《かけら》もございません」

「わかっているわ。わたくしを本当に殺したいのなら、わざわざ脅迫状も、死んだネズミも必要はなかったはずです。でもそうじゃなかった——毒妃様が言っていました。『犯人は派手好き』だと。つまり、わざわざ周囲に、わたくしが狙われていると知らしめる必要があった……最初から狙いはわたくしではなく、わたくしを守ろうとする人間だったのね」

長く後宮で働く巧鈴なればこそ、桜雪が絶対に華妃を庇《かば》うことはわかっていた。

てっきり、犯人は外にいると思っていた。でも逆だった。協力者が外にいたのだ。

そう――僕の手紙を忠実に、秘密裏に届けてくれる、彼女の甥《おい》の存在だ。

夕べも長安まで、馬を走らせてくれたから、彼の厩《うまや》に人はいなかった。

「貴女に命じられて、彼があの毒を準備したのね」

巧鈴は弱々しく頷《うなず》くように俯《うつむ》く。

「昭儀様の衣装の件、そしてわたくしへの殺害予告に添えられたネズミ……。脅迫状には、貴女の気持ちが溢れていた。貴女の憎悪が。貴女が本当に苦しめたかったのは、わたくしではなく『桜雪』だった」

途端に巧鈴は顔をくしゃっとさせると、弱々しく啜《すす》り泣きはじめた。彼女はもう、何も否定はしなかった。

「華妃様に……不満があるとしたならば、貴女が私ではなく、桜雪を傍に置いていることです」

低く、さめざめと巧鈴が吐き出す。

「桜雪は自分が出世する為に、私を陥れたんです。ネズミにわざと昭儀様の衣を囓《かじ》らせて……私が、昭儀様に叱られるようにと――」

「誤解だわ！　私が仕組んだりしたわけでは……」

「貴女の言う事なんて信用出来るものですか！　散々私を踏み台にして!!」

困惑する桜雪と、怒りを弾《はじ》けさせる巧鈴。

絶牙が腰の剣に手をかけて、『いかがいたしますか？』というように僕を見たが、僕は首を横に振った。

その解決法は、他でもない翠麗が許さないだろう。

「だからといって、どうして毒を？　貴女の仕事ぶりなら、いつかわたくしは、貴女を重用したでしょう……何故待てなかったの？」

「充分待ちましたわ！　待って……待ち続けて……もう待てませんでした」

そんなある日、厩舎《きゅうしゃ》を継いだ甥から、冬に飼い葉の中に紛れた毒草のせいで、馬たちが大変な事になったと、巧鈴は聞いたのだ。

「よくよく話を聞いて、『これだ』と思いました。以前にも、祖父から同じような毒草で、家畜が大変な目にあった話を聞いた事があったんです」

馬酔木の花は、美しいけれど恐ろしい。

その毒は蜂たちの集めた蜜《みつ》にまで溶けて、口にした者を冒す——その甘い毒に、巧鈴は縋《すが》った。弱き者の一方的な力に。

「……私が出世したら、長安に呼ぶことを約束に、甥に毒草の蜜を採らせることにしました。その時が来たら、いつでも桜雪に毒を使えるように——そしてしばらくして、桜雪がいつもと違う事に気がついたんです」

「いつもと？」

もしや、姐《あね》の失踪《しっそう》や、入れ替わりに気がついたのか？　と、思わず僕は息をのんだ。

彼女に知られてはいけないと、僕の本能が告げている。

それは絶牙も同じなのだろう、僕の横で、彼が刀を握り直す音がした——その時だ。

「そこの宦官です」

巧鈴が、絶牙を睨《にら》み付けた。

「華妃様。普段は華妃様の威を借りて、常に完璧《かんぺき》なフリをして私達を支配する嫌みな桜雪が、そこの若い宦官と二人きり、夜中に何時間もこそこそ部屋に籠《こ》もるのを目撃したのです」

ご存じでしたか？　と、巧鈴が声を震わせる。

「それは……」

ご存じも何も……多分理由は一つしかない。

でもそれを彼女に説明しようと思う者は、ここには誰一人としていなかった。

「た……確かに宦官と女官の汚らわしい関係は、この後宮でも珍しい事ではありませんが、少なくともまずその話を、わたくしにするべきだったのでは？」

「いいえ。どうせ卑劣な桜雪は、上手《うま》く言い逃れてしまうでしょう。だからもっと巧妙に陥れるしかないと思いました。でも普通に桜雪を脅迫したりした所で、彼女は上手く逃げおおせるでしょう。だから私は、華妃様を狙うフリをしたのです——実際、華妃様の言う通り、貴女を傷つけようとしても、実際に傷つくのは周囲ですから」

そう言って、巧鈴がにやっと笑ったのを見た。それを見て、ドゥドゥさんも笑った。

ああ——これが人の心の毒というものか。

「でも殺そうとまでは思っていません。その恥ずべき桜雪と宦官を、華妃様の隣から引きずり下ろしたかっただけです！」

だから衣装室の引き出しの中、茴香が僕から取り上げたお菓子を見つけ、彼女はこっそり毒の蜜を蒸餅《むしもち》に塗った。食べるのはどうせ桜雪か絶牙だろうと考えて。

「……そんなの、ただの逆恨みとか、思い込みじゃないですか」

それまで、黙っていた茴香がぽつりと呟《つぶや》いた。

「……なんですって？」

ぎり、と巧鈴が怒りに奥歯を嚙むのが聞こえた。

「お前に何がわかるの⁉ 毎日どんなに必死に働いても、華妃様は私を見てはくれない。褒めても、必要としてもくれない。私だってそんなに劣ってはいない筈《はず》なのに、卑怯な女達に手柄を奪われていく……どんなに必死に働いても、私だけいつも報われない！」

真面目すぎて要領の悪い女官——それが周囲の巧鈴の評価だ。

桜雪は巧鈴が言うような卑劣な女性ではないはずだ。

とはいえそつがないからこそ、出世できるのは確かだろう——それが巧鈴の目には、卑怯だと映るのか。そしてそんな巧鈴だから、出世を逃してしまうのだろう。

「私はただ、認めて欲しかっただけです！　貴女に！　今度こそ私が勝ちたかった！」

そう巧鈴が叫んだ。まっすぐに僕を——僕の後の翠麗を見て。

「……貴女の気持ちはわかったわ。だけれど──ねえ巧鈴。たとえわたくしが食べる事はないと知っていても、それでも主人に毒を盛る女官を、どう認めろというの？」

「あ……」

「これがわたくしではなく、茴香でもなく、杏々だったらどうかしら？　彼女は貴妃様の所から遣わされた女官よ。彼女が毒殺されたと知れれば、大変な事になるわ？　それにわたくしの所には、高力士様だっていらっしゃることがある。知らずに彼にお菓子をお出ししたとしたらどうするの？」

「そ……それは……」

ひゅう、と、それ以上の言葉を見つけられずに、巧鈴が細く息を吸った。

「貴女は忠実だったし、真面目で、よく働いた。認められなかったのは確かに不憫だったとは思うわ──でもね、それなのに貴女は自分自身で永遠にわたくしの信頼を裏切った。己の弱さを理由に、卑怯にも誰かを毒で殺《あや》めようとした──貴女がやったのはそういう事よ」

僕の中に、怒りと悲しみがこみ上げてきて、頬を一筋涙が伝う。

巧鈴は必死に首を横に振った。

「そんな……違います！　私は本当に、華妃様を弑逆《しいぎゃく》するつもりは毛頭ありませんでした！　桜雪なんです！　卑怯なのは全部汚らわしいあの女なんです！　なんでもかんでも全部独り占めするあの女が！」

ギイギイと軋《きし》んだ声で叫ぶ巧鈴を見下ろし、僕が絶牙を呼ぶと、巧鈴は「ひぃいい！」と悲鳴を上げた。

「直ちにその者を取り押さえよ。桜雪、茴香、今すぐ衛兵を呼びなさい」

僕がキッパリと言い放つと、咄嗟《とっさ》に巧鈴は蜂蜜《はちみつ》のたっぷり入った、茶碗《ちゃわん》に手を伸ばす。

「絶対に、貴女《あなた》の思うとおりにはならないわ」

そう巧鈴は桜雪を睨んで叫ぶと、お茶を一気に呷《あお》った――ああほら。お茶を熱くしておかなくて良かった。

巧鈴は嗤《わら》った、大声で。彼女は泣きながら笑い、震えている。

ドゥドゥさんが床に転がった湯飲みを拾い上げた。

「何かに勝ったつもりかえ？」

美しい毒妃は、こんな楽しい事はないという風に、巧鈴の耳元に唇を寄せる。

「でもなぁ、巧鈴。華妃が最初から言っておったじゃろう？　お茶に毒なんて入っておらぬよ」

「……え？」

「残念じゃのう。これは、ただの蜂蜜じゃ」

そう言ってドゥドゥさんは拾い上げた匙《さじ》で、自分の唇にとろりと蜂蜜を垂らすと、艶《えん》然《ぜん》と嗤って見せた。

「絶牙」

「あ……そ、そんな……」

「なんと哀れな――お前を殺す毒は馬酔木《あせび》ではなく、お前自身の心よ」

「あ……あ、いやあああああ」

　巧鈴が悲鳴を上げた。

　その声はそれから何日間もずっと、僕の耳に残って離れなかった。

　　　　　終

　巧鈴《こうりん》とその甥《おい》が捕らえられ、厳罰に処されると聞いて、正直僕の心が痛まなかった訳ではない。

　だけどここで、翠麗《すいれい》は絶対に彼女に恩情は掛けなかっただろう。

　巧鈴は確かに茴香《ういか》を傷つけたし、命が奪われるかもしれなかった。

　どんな理由があろうとも、それを許すだけの価値は存在しない――命に勝さるものは、存在しないのだ。

　わかっていても、自分と関わったせいで誰かが罰される事に、胸がざわつく。

　でもすぐに、そんな甘いことを言っている場合でないことにも気がついた。

　翠麗はまだ帰らない。そう遠くないうちに僕は後宮に行かねばならないだろう――高《こう》華妃として。

正体が明るみに出れば、罰せられるのは僕も、そして桜雪《おうせつ》たちも同様だ。だから、自分のやるべきことを為《な》さねばならない。泣き言を言っている場合ではないのだ。

僕に害がないとわかると、ドゥドゥさんは後宮に帰ってしまった。

巧鈴を捕らえた夜の後、結局一度も挨拶《あいさつ》が出来ないままだったけれど、後宮に戻ればその機会もあるだろう。

それに——正直、気が進まなかった。

あの美しくて禍々《まがまが》しい人に感謝を抱くと共に、僕はやはり、彼女を畏ろしいと思っていたのだ。己を顧みず、ただ毒だけに咲《わら》うあの人を。

彼女と何を話して良いかもわからない。

僕はそれから毎日、必死に訓練を重ねた。

何かに取り憑《つ》かれたように——いや、きっと取り憑かれているのだ、『翠麗』に。

もちろんその毎晩の麗人修業が可能だったのは、他でもない桜雪や茴香が、嫌がるそぶり一つ見せず、何時間でも付き合ってくれたからだ。

桜雪は相変わらず厳しかったし、茴香は、麗人の所作だけでなく、美しい衣の合わせ方、百種類を超える髪の結い方、花鈿《かでん》の文様、より美しい眉《まゆ》の描き方までこと細かに、高貴な女性が操るべき知識を、みっちりと僕にたたき込んでくれた。

そうして花満る春から、少し寒い雨の季節を前にして、まだ温《ぬく》い風が僕のうなじを濡《ぬ》らす頃、桜雪が言った。

「もう、私がお教えする事はありませんわね」と。

気がつけば一ヶ月以上が過ぎ、僕はもう鈴を鳴らさずに歩き、美しく床に拝し、翠麗のように笑い、食事も綺麗《きれい》に摂《と》れるようになっていた。

そうなれば、長くここにいても逆に悪い噂が立つだけだ。

いよいよ、後宮に移る時が来た。これから先は、今の何倍もの女官と宦官《かんがん》に囲まれ、後宮三千人の女性達の中で、華妃として暮らさなければならない。

後宮に移る前夜、すっかり見慣れた天井をぼんやり眺めていると、ひょっこり茴香が僕を訪ねてきた。

「小翠麗様、お茶にしませんか？」

「そうですね、頂きます――僕が淹《い》れましょうか」

「えー？　小翠麗様がですか？」

茴香が苦笑いした。笑っているけれど、本気で嬉《うれ》しくなさそうだ。

「なんで笑うんですか。前より少しは上手になったんですけどね……」

「まぁ、でも大丈夫ですよ。翠麗様もお茶を淹れるのはお上手じゃなかったので」

「えええ……」

……正直そこは、似なくても良かったのに。

「じゃあ絶牙《ぜつが》、お茶をお願いしても良いですか？」

そうお願いするまでもなく、絶牙は茶器を広げはじめていた。

彼はいつも、まるで僕の頭の中をのぞき込んだかのように、その時一番飲みたいお茶を淹れてくれる。

そうして程なくして用意されたのは、僕好みの熱々の茉莉花《まつりか》茶だ。お茶はやっぱり、舌を火傷《やけど》するくらい熱いのがいい。

あの日靴の中に小石を忍ばせた犯人は、やっぱり絶牙だった。

けれど彼がやったのは、靴の中に忍ばされていた、もっと鋭い小石を取り除き、角の丸い優しい小石に入れ替えることだった。

取り除いて、彼らが警戒している事を犯人に気がつかれないよう、できるだけ犯人の思い通りになるように、僕が少しは痛がる姿を犯人に――巧鈴に見せつける為に。

茴香と桜雪が僕に謝る姿を見て、巧鈴は嬉しかっただろうか？

花にも毒があるならば、後宮の花である女性達も毒をもつのだろうか……。

でも少なくとも今、僕の周りに毒の匂いはしない。

茴香に呼ばれて、桜雪もやってきた。

お茶請けは、あのイワクツキの蒸餅《むしもち》――ではなく、僕の大好きな貴妃紅だ。サクサクほろほろとして、そしてうんと辛い。

三人でからいからいと笑いながら、それを食べているうちに、急に桜雪の目から、大粒の涙が零《こぼ》れた。

「え、どうしたんですか⁉」

そんなに辛すぎましたか？　お茶が熱すぎましたか⁉　そうやって焦る僕達を前に、ますますこみ上げてくる涙を堪《こら》えられないように、彼女は顔を覆った。

あの、冷静で、時には鬼のように厳しい桜雪が、だ。

「お……桜雪？」

「いえ……ただこれまで、本当によく、毎日耐えてくださいましたなと……そう思ったら、私……もう……我慢が……」

それ以上はもう言葉にならないように、ぼろぼろと泣きはじめた桜雪にびっくりしていると、気がつけば隣で茴香も両目からだばだばと涙を流しはじめていた。

慌てて絶牙を見たけれど、さすがに彼は泣いていなかった。

だけど彼は僕を労《ねぎら》うように、ぎゅっと卓の上の手を握った。

そのせいで、今度は逆に僕の涙腺《るいせん》が崩壊した。

僕と桜雪、茴香は三人、顔を寄せ合うようにして、おいおいと泣いては、お互いを労い、讃《たた》え、そしてこれからの僕達を鼓舞し合う。

茉莉花茶の香りと、日ごとに夏を運ぶ夜の風の中。きっとこれからどんなに辛《つら》くても、この夜のことを思い出すだろうと思った。

第二集

華妃玉蘭、後宮で犬を抱いて走る

一

春のあたたかく心地よい季節が過ぎると、待っているのは水の月だ。

雨が降り続き、色々な物を腐らせてしまう五月の悪月は、後宮に勤める女官達も大変だろう。

そんな季節の禍を払うのが、五月五日の端午節のお祭りで、艾《よもぎ》で作った人形や虎で悪気を防ぐだけでなく、船の競争を眺めたり、ちまきを食べたりする。

陛下が宴《うたげ》の席を設けられるということもあって、華妃である翠麗《すいれい》は出席せざるを得ないという訳だ。

祭りは丁度四日後。

幸い、華清宮での麗人修業が、ギリギリ刻限に間に合った事に、僕達は安堵《あんど》していた。

とはいえ、やはり一ヶ月半以上住んだ場所というものは、なんとも離れがたい。

いままで贅沢《ぜいたく》したいと思った事はあまりなかったし、むしろ質素な方が好ましいと思っていたのに、最高級の物には、こんなにも心奪われるのかと思う。

けれどそれは全て、陛下が貴妃様の為にしつらえた物だ。

最愛の女性の為に、陛下が選び、揃えた物――僕のじゃない。翠麗の物でもない。

寒い季節に訪れる、この美しい部屋の主に、やはり全てをお返ししなければ。

「ああ〜どうしましょう、やっぱりこちらの胡蝶《こちょう》柄の方がお美しいような……でもやっぱり、翠麗様はお花の方が……ううう」

華清宮から長安の後宮、妃嬪達の住む掖庭宮へ戻る日の朝、衣装係の茴香《ういか》は、ひたすら僕の着る衣を悩んでいた。

空は薄曇りで、晴れてはいないが雨も降らなそうな気がする。

そんな空をぼんやり眺めながら、いつまでたっても終わらない着替えを厭《いと》うていた。

「どちらも美しいですよ。でもあまり時間がかかりすぎると、長安に着く時間も遅くなってしまうわ」

と、桜雪《おうせつ》は半ば呆《あき》れつつも、それでも茴香の仕事を邪魔しないように、慎重に言葉を選びながら口を挟んでいる。

他の女官達は、もう先に長安へ旅立っているので、今この屋敷には僕達しかいない。

僕が僕でいられる最後の時間だ。

これから当分――そう、翠麗が帰って来るまで僕は、後宮の華妃にならなくてはならないのだ。

それならいっそこのままずっと、ここで着替えている方がマシだとも思ったけれど、そういう訳にもいかないか。

「まあ……移動するだけなんですし、そう華美でなくても良いんじゃないですか？」

そう聞くと、茴香が眉を寄せた。

「ですが……折々誰かの目に触れることもありますし、後宮の妃嬪達もこぞってお迎えに来るでしょうから……」

馬車から降りた華妃様を見て、人々がはっと息をのむような、そういう美しい姿にしなきゃ……と、茴香が半ば独り言のように呟《つぶや》く。

成程、そういうものか、と桜雪さんを見ると、彼女も頷《うなず》いた。確かに、翠麗はいつも最初の一歩がとても美しかった。

「……わかりました。だったら焦らないで、茴香が納得するまで、妥協せずにお願いします。時間の事は仕方がないでしょう。麗人の身支度に時間がかかるのは当たり前ですから」

「は、はい！　極め尽くします！」

茴香の顔がぱっと輝いた。ここで時間を惜しんで、中途半端では意味がないし、それに人は焦ると視界が悪くなる。

まぁ……待たせてしまう御者や、迎えに来てくれた兵士達には申し訳ないけれど。

そんな腹をくくった僕を見て、桜雪がまたうっすらと目に涙を浮かべていた。

「どうしました？」

「いえ。ただそういう所は、本当に翠麗様によく似ておいでだと思っただけですわ」

「そうですね……むしろ翠麗だったら妥協しないと思ったんです。姐《ねえ》さんならきっとそう言うと思ったから」

似ているという事も否定はしないけれど、僕は姐《あね》をマネているだけだ。

「左様にございますか」

桜雪さんが得心がいったというように頷き——そして「でしたら」と続けた。

「あとは私達の前でも、お言葉遣いは気を付けられた方が宜《よろ》しいかと存じます」

「あ……確かに……そうかもしれないですね、うっかり皆の前で言ったら困りますし」

「その万が一の『うっかり』が、大きな問題に繋《つな》がるかもしれません。敬語も不要です。貴方《あなた》の正体が誰であれ、私達は今、他でもない『貴女様《あなた》』にお仕えしているのですから」

「……そうですね。確かに——確かに貴女の言う通りです桜雪」

彼女達が僕に望むのは敬意ではなく、僕自身の使命を全うすることだろう。

僕が翠麗の代わりを務めるのが最優先。

「では絶牙《ぜつが》、待ってくださっている御者と兵達にお茶や食事を振る舞ってさしあげて。長安までの道、わたくしの命を守ってくださる大切な方達なのですから」

そうだ——ずっと見てきた、幼い頃から。翠麗の傍で。

家で唯一の女性だった翠麗は、十歳を過ぎる頃から十六歳で後宮に上がるまで、ずっと家を切り盛りし、女主人たる手腕を振るっていた。

翠麗がやっていたように、僕もすれば良いだけだ。姐の口調で、彼女の気遣いで。

子供の頃は他愛ない遊びだった。

それでも、彼女の口調や仕草をマネて見せると、翠麗はとても嬉《うれ》しそうに、楽しそうに笑って褒めてくれた。

そんな二人の遊びが、今こんな風に何かの役に立つなんて、人生は不思議だ。


そうしてそれからすったもんだの挙げ句、なんとか身支度を整えた僕は、長安の都まで馬車で揺られていくことになった。

公主や皇子の使われる立派な馬車だ。馬も最上級なのか、足並みは力強く、また揺れも少ない。

この馬車を使えるというのは、高力士《こうりきし》様ではなくおそらくは陛下の計らいなのだろう。

翠麗は確かに、かつて陛下に寵愛《ちょうあい》されていた人なのだと改めて思う。

もし、そのまま陛下が他の妃嬪ではなく、楊《よう》貴妃とも出会わずに、翠麗だけを寵愛して、彼女が皇后になっていたら、今とは全てが変わっていたのだろうか。

でもそんな事を言い出したらきりがない。『もし』なんて意味はないし。

とりあえず揺れが酷《ひど》くなくて良かったと思った。あまり揺れる馬車は、気分が悪くなってしまうから。

途中、休憩を挟みながら、下りの馬車は慎重に進む。

やがて二辰刻《しんこく》程で、懐かしい長安が見えてきた。華清宮を出る時は、あの場所が名残惜しいと思ったのに、街が近づいてくるにつれて、都会が恋しくなってくる。

坊間の喧噪《けんそう》が聞こえると、不意に口の中に屋台の熱々の胡餅《こべい》や羊の串焼《くしや》きの、あの油の味と香りが蘇《よみがえ》り、無性に恋しくなった。

あまい杏《あんず》の砂糖掛けを齧《かじ》りながら、散歩が出来たらいいのにと思うけれど、今はそれは叶《かな》わない。

馬車はまっすぐ、永安門《えいあんもん》を通って後宮へと向かった。

ほどなくして馬車から降りようとすると、足がもつれた。食事を控えてきたせいか、逆に少し気分が悪いような気がする。

けれど幸いふらつく僕を、傍にいた若い宦官《かんがん》が慌てて支えてくれた。

「お足元を気を付けてください、高華妃様」

「ありがとう、お陰で転ばずに済みました」

そう声をかけられたので、笑顔で返すと、「いえ……そんな、勿体《もったい》ない！」と真っ赤な顔で彼はひれ伏した。

すぐさま手を貸してくれた絶牙が、何か言いたげに僕を見る。

「あら、笑顔は有限ではなくてよ？」

お礼と笑顔に限りなんてないだろう。それでも彼は、安く振る舞うなと言いたげに、一瞬眉間《みけん》に皺《しわ》を寄せた。

でも翠麗はいつだって微笑んでいたじゃないか。

そうして、幾人もの宦官や女官達に迎えられながら、掖庭宮に渡ると、華やかな衣の妃嬪達が声を上げて駆け寄ってきた。

「まぁ！　お帰りなさいませ！」

「お加減はいかがですか？　高華妃様」

「随分お痩《や》せになりましたのね……おいたわしい」

妃嬪達が口々に言うのに、僕はまた笑顔を返した。

「ご心配をおかけして申し訳ありません。おかげさまで、随分良くなりましたわ」

気がつけば、道を塞《ふさ》ぐような人だかりになってしまった。

でも本当に心配されていたようなのは、さすがは翠麗の人徳というものか。


「お帰りなさい、高華妃」


けれどその時、凛《りん》と響くような声がしたかと思うと、妃嬪達が慌てたように僕から離れていった。

「あ……」

廊下の向こうから、異様な人達が近づいてくる。

黒い衣を纏《まと》い、帷帽《いぼう》で顔を覆った真っ黒い集団だ。まるで色のない悪夢のような。

ただその中央に、その美しい人はいた。

彼女は唯一の色彩だった。

まばゆいほどの。

華やかな朱金の衣に包まれた身体は豊艶《ほうえん》で、今にも零《こぼ》れそうな胸元と、対照的な細腰、腰から下も艶《あで》やかで、どこか胡風の風が吹く顔立ちは秀麗。

瞳《ひとみ》は大きく、口もやや大きいが――逆にその不完全さも麗しい。

この人はなんと圧倒的か……そう一目見て思った。

そしてすぐにわかった。彼女が貴妃・楊玉環《ぎょくかん》だと。

陛下が、我が子から奪わずにはいられなかったほどの美しさ。

陛下はけして横暴な人でもなければ、家族を大切にしない人でもない――むしろ逆だ。思慮深く、愛情深い。

けれどそんな人が、道徳をも曲げて彼女を選んだその理由を、僕は一瞬で理解した。

この人は、誰もが手に入れたい玉だ。

「高華妃様、華清宮よりお戻りになられたと聞いて、楊玉環がお迎えにあがりましたわ」

思わず呆然《ぼうぜん》と、挨拶《あいさつ》も返さずに見とれてしまった僕に、楊貴妃様が微笑んだ。

「これは……なんと嬉しい事でしょう。わたくしも貴妃様にお礼を申し上げたかったのです」

返す声が上擦ってしまう。楊貴妃様は声もお綺麗《きれい》だ。笑顔は太陽のようだ。

こんな美しい人が、僕に微笑んでくれるなんて。

「礼など必要ありましょうか。不自由はございませんでしたか？　ゆっくりお休みできまして？」

「ええ、勿論《もちろん》ですわ。それに女官までおつかわしくださって……杏々《あんあん》は本当に良い子で、静養中どれだけ慰められたかわかりません」

「それは宜しゅうございました」

ころころと、また楊貴妃が笑った。永遠に聞いていたいような声だ。

そのまま僕達は、華清宮の美しい花や、快い温泉について、つかの間語らった。

楊貴妃は軽やかに唱《うた》うように、囀《さえず》るように語り、笑う。

「ああ……本当に、なんとお美しい。笑う声はまるで芙蓉《ふよう》の花が咲くようです」

思わず本音が口をついてしまった。

瞬間、隣で絶牙と桜雪が、蒼白《そうはく》になったのがわかって、僕も我に返った。

「あ……」

「……まあ！　嬉しい事！」

けれどそんな僕に彼女は少し驚いてから――そして一際パッと弾《はじ》けるように笑った。

「狡《ずる》い方ね。だから私、翠麗様のことだけは嫌いになれませんのよ」

愛想笑いではなく、本当に嬉しそうに、楽しそうに楊貴妃が言ったので、隣の二人がほっと安堵《あんど》の息を洩らす――ああ、本当にごめんなさい。

「恥ずかしいですわ。でもつい溢《あふ》れてしまったの。綺麗な花を見て感動してしまうのと同じように」

思わず洩《も》れてしまった本音を聞いても、幸い楊貴妃は僕が弟の玉蘭《ぎょくらん》である事には気がついていないようで、それよりも僕の姿をまじまじと見て、少し怪訝《けげん》そうに胸元を押さえていた。

わかっている、今の後宮の流行は、貴妃様のように胸元を大きく開いて見せた衣装だ。そこに微《かす》かに紅を差し、香油を垂らす——でも、当然僕にその衣は着られない。

「ああ……これは病のせいで、身体に痕《あと》が残ってしまったのです」

そう、悲しげに答えた。だから今は誰にも素肌は見せられないと、他の女官達にも話してある。

楊貴妃様は少しだけ痛ましそうに眉《まゆ》を顰《ひそ》め、けれどすぐに納得したように頷《うなず》いて見せた。

「お可哀想に……でもこれからまた長雨《ながめ》で少し寒くなりますから、そちらの方が良いかもしれませんわね。良くお似合いですことよ——またきっと、妃嬪達がこぞって真似るようになりますわ」

そこまで言うと、楊貴妃様は不意に薄く目を細めて笑った——或《ある》いは蔑《さげす》むように嗤《わら》ったのかもしれない。

「ただ、陛下はあまりお好きじゃないでしょうね」

それは紛れもなく勝者の笑みだった。でも僕は逆に安堵した。

「……かも、しれませんわね」

そうであれば、間違いなく陛下が僕を召すことはないだろう。

僕はここを追い出されない程度に、気に入られないようにしなければならないのだ。陛下の寵《ちょう》を求める女性達の後宮で、僕は逆を望んでいる。

この後宮でただ一人陛下に寵愛され、独占するだけに飽き足らず、それを少しも手放さずに抱えている人に、僕はむしろ感謝をしなきゃならないのだ。

それに彼女の挑発や牽制《けんせい》を、僕は悪意として受け取れなかった。

だって嫉妬《しっと》心や警戒心が言わせずにはいられなかったのだろう。それはつまり、それだけ翠麗だって魅力的だという事だ。僕にしてみたら、この美しい人に、姐《ねえ》さんが認められているというのは、誇らしい事この上ないのだ。

だから思わず口角が上がってしまった。それは挑発と思われたのか、僕がちっとも応《こた》えていないと気がついたのか。

「けれど、とてもお美しいわ、華妃様らしくてよ。貴女《あなた》はいつもご自身が美しく咲く方法をご存じね」と、楊貴妃様はそう言い直した。

確かに僕も思うのだ。胸元の開いた衣は、楊貴妃様であればこそ艶やかで美しいだろうが、翠麗には今の方が似つかわしいだろう。

そこまで話したところで、そろそろ華妃様はお疲れなので……と、桜雪が恭しく間に入ってきた。

まだ話していたいような、名残惜しさ、離れがたさを感じていないと言えば嘘だ。けれど話して、これ以上ボロが出てしまうのは由々しい。

そして彼女は、陛下と何度も華清宮に行かれている人だ。あの二辰刻《しんこく》近くも、馬車に揺られ続ける辛《つら》さはよくわかっているのだろう。

後で部屋にお菓子を持って行かせると言って、楊貴妃様は僕を解放した。

楊貴妃様の出現で、遠巻きに僕らを見ていた他の妃嬪達も、今は声を掛けるときではないと悟ったように、会釈だけして去って行った。

少しほっとした。貴妃様のお陰で、沢山の妃嬪達に絡まれずに済んだのだから。

同時に改めて、僕は自分の『翠麗のフリ』が板についている事に安堵した。

勿論一番気を付けるべきは、毎日の生活を共にしていた女官と宦官《かんがん》達だ。

それでも楊貴妃様はなんだか『ただ美しいだけの人』には思えなくて、そんな彼女をも騙《だま》せた事に、僕は確かな自信のようなものを得た気になったのだった。

二

今は皇帝の寵が無いとはいえ、翠麗《すいれい》は立派な華妃という身分だ。

この掖庭宮に与えられた部屋は広く、多く、当然働く女官や宦官も多い。

華清宮では限られた人数の女官しかいなかったので、随分簡略化されていたけれど、女官の仕事は六局・二十四司・二十四典・二十四掌と細かく分かれてゆくそうだ。

人の管理をする尚宮局《しょうぐう》、儀や礼を司《つかさど》る尚儀局、衣装の管理などの身につける物に関わる事は尚服局、食事や薬・毒に関わる事は尚食局、日常に関わる家具や備品の管理は尚寝局、衣装を縫ったり織ったりしてくれるのは尚功局。

そこから更に、各局四司と細かく仕事がわけられていく。司膳《しぜん》であれば配膳《はいぜん》する者、薬を用意する者、お酒の準備をする者、毒見をする者といった具合だ。

とはいえ、僕けやはりこの身体を女官達に見られるわけにはいかない。

中でも貴人の傍でお仕えする者は近侍と呼ばれるが、僕は病で痣《あざ》が出来た事を理由に、その近侍の中でも、肌着の着替えや湯浴み、朝夕の支度などは、後宮に戻ってからも全て桜雪《おうせつ》と茴香《ういか》、そして絶牙《ぜつが》の三人だけに任せる事になっている。

茴香はともかく、桜雪さんにとっては本来の仕事ではないものの、桜雪さんの事を以前から翠麗は頼りにしていたし、絶牙さんもただ宦官というだけでなく、彼は高力士《こうりきし》様に師事しているし、護衛役でもある。

後宮内では翠麗は病ではなく、実は毒を盛られたのだという噂がたっているので、彼が常に僕の傍を離れずにいることを、みな訝《いぶか》しむことはないようだった。

特に着替えだけでなく、温泉とは違い後宮では湯浴みに人の手を借りなければならないから。

翠麗の部屋に戻ってすぐに、まず汗を流すことになった。

「……本当に綺麗な方ですね」

お湯に浸かり、髪を解かれながら呟《つぶや》くと、桜雪が苦笑いした。

先ほどの僕の失言を咎《とが》めたい気持ちがあったのだろう。

「キレイだけど怖いですよ。だっておかしいですよ、陛下に浮気させない為だからって、女官だけでなく宦官まで全員顔を隠させるなんて」

茴香が呆《あき》れたように言う。

「それはまぁ……たしかに」

楊《よう》貴妃様が、自分の部屋で働く者達に、みな同じ黒い服と帷帽《いぼう》を纏《まと》わせているというのは、杏々《あんあん》から聞いていたのだけれど、実際に見た時の異様さは、想像の倍だった。

それは女官達から顔を、個性を奪うだけでなく、その色すらも奪っていた。

そしてそれは同時に、己の美しさを高める意味もあったのだ。

「まるで芝居のようでした」

あの中にいたならば、自ずと陛下の視線は、ぱっと楊貴妃だけに向かうだろう。

きっとあの美しい人は、おそらくそこまで考え尽くしている。

翠麗同様、美しいだけでは陛下の寵は得られないのだろう。彼女も賢い人なのだ。

もっと意地が悪く、怖い人なのかと思ったけれど、彼女はそれ以上に美しく、そして可愛らしく笑う人だった。まるで芙蓉の花だ。

「……あの人とは大違い」

不意に、僕の脳裏にもう一人、印象的な笑顔が蘇《よみがえ》った。

夜の下、毒のみに咲《わら》う、あの人の。

「毒妃様の事、ですか？」

「ええ……でも貴女の恩人でもあるし、後で毒妃様の所にもご挨拶《あいさつ》に行かなくては」

結局華清宮でお世話になった後、そのままだ。

だけど。

「…………」

「気が進みませんか？」

「は――ええ」

桜雪がまた困ったように言った。

その時女官の一人が、沸かしてくれた追加のお湯を戸口まで用意してくれたので、僕は『はい』ではなく『ええ』と言葉を正した。

「……あの方のお陰で助かったこともわかっているのよ。でも……毒を見て、あんな風に嬉《うれ》しそうに笑う事こそ、やっぱり普通には思えないわ」

それは女官達に、真っ黒な服を着せるよりも、異様な事ではないだろうか。

「けれど後宮というのは……やはり外の世界とは違います」

たっぷりと香油で僕の髪に香りとツヤを染みこませながら、桜雪が言った。

「早ければ十歳より幼く、陛下に献上される方もおりますし、公主様達も後宮や王宮の中で育たれますが、やはりこの中だけでお育ちの方は、皆様どこか個性的になられます」

「そういうものですか」

「飛ぶことを知らずに育つ鳥に、空の事を問うのは無理というものです」

ここではそもそも『普通』の基準が外と違うという事か。

「私、ちょっとわかる気がするんです」

そんな僕らに、茴香がそっと言葉を挟んだ。

「毒妃様は、ずっと幼い頃から毒のことだけを学ばれてお育ちなのでしょう？　書の中でしか知らない物を、実際目の前で見る事が出来たら、それはとても楽しくて嬉しいのではないでしょうか？」

「え？」

「だって毒妃様は、代々そういう一族で、そのお勉強をされていらっしゃるでしょう？　でも実際にほとんどの毒に、直接触れたことはないと思うんです」

もしかしたら、お腹の中ではあるかもしれませんけれど、と茴香は付け加えた。

「確かに……書で見たものの実物を、この目で見ると感動はしますね」

実のところ、ここ掖庭宮に足を踏み入れた時も、ここが姐《あね》の手紙にあった場所なのかと思うと、少し心が躍ったものだ。

華清宮、飛霜殿も贅《ぜい》を尽くした美しい場所だった。けれどこの後宮という場所は、後宮の寵妃達と歴史を抱えている。華清宮が華麗なら、後宮は重厚だ。美しくない訳がなかった。

「そう聞いたら……少し彼女を見る目が変わりました」

「私もね、純粋な方だと思うのですわ、あの方は」

桜雪が頷《うなず》くようにして言った。

「この毒を孕《はら》んだ後宮で、毒だけ眺めて孤独に育たれたお方です。毒の池に何匹魚を放っても、みな生きていけないのと同じ。きっと毒というものは『独りだけ』で、なかなか他を受け入れけしないのでしょう」

「……だったら、僕もあまり親しくしない方が良いということですか？」

そんなに、積極的に親しくしたいと思っている訳ではないけれど。とはいえ、この後宮で、僕の秘密を知る人は、桜雪達以外で彼女しかいない。

「まぁ……少なくともこの後宮で、毒妃様と親しい妃嬪はいらっしゃらないでしょうね」

茴香が言った。ダメとは言わないけれど……という口ぶりだ。この後宮で、ドゥドゥさんはよくない噂を持つ厄介者なのだ。

「でも、元々姐《ねえ》さんは彼女と少しは交流があったんですよね？」

ドゥドゥさんは翠麗の事を悪しくは思っていないようだったし。

でもその質問は、あまりにも『玉蘭《ぎょくらん》の発言』すぎたようで、桜雪達は咎めるように眉《まゆ》を動かすだけだった。そうだ、つい忘れてしまっていた。

「じゃあ、やっぱり……このままという訳にもいきませんから、一度お礼の品と共にご挨拶に伺うことにしますわ。何をお持ちしたら、喜ばれるかしら？」

「……毒入りのお菓子とか？」

茴香が眉間《みけん》に皺《しわ》を寄せて言う。

「そんな……駄目に決まっているでしょう？　喜びそうだけれど」と、桜雪が言った。

「そうですね、喜ばれそうですが、いけませんよね」僕も笑いをかみ殺しながら頷く。

「前回は毒林檎《りんご》だったから、今度は毒杏《あんず》にしたら良いかと思うんです」

「駄目です」

本気か冗談かよくわからない茴香に、僕も桜雪も駄目とは言いつつ、本当にそれが喜ばれそうなことはわかっている。いや、でも絶対に駄目だけど。

とはいえ杏はいい。僕は辛いものが大好きだけど、甘い物なら杏が好きだ。

実家の庭の大きな杏の木に登って、翠麗と二人でその実をもいで囓《かじ》った頃が懐かしい。

「杏の砂糖掛けを厭《いと》う方はいらっしゃらないでしょう。用意は出来ますか？」

「ええ、宦官《かんがん》に頼めば、きっとすぐ用意してくれますわ」

どのみち、移動してすぐの今日に訪ねるのは騒々しいし、杏の砂糖掛けが届くのを待って、明日《あした》の夕刻以降にドゥドゥさんを訪ねれば良いだろう。

そうして湯浴みも済ませ、寝台の上で一休みしていると、不意にキャンキャンと小犬の吠《ほ》える声がした。

「高華妃様、白娘子《はくじょうし》様をお連れしました」

女官の一人がそう言った。

「え?」

扉を開けるやいなや、白い小犬がぱーっとこちらに駆けてきた。

「あら!」

と嬉しそうに笑ったのは桜雪だ。

実際桜雪には懐いているんだろう、小犬は嬉しそうに尻尾《しっぽ》を振って桜雪の周りを回った後、そうして僕の方にもやってきて——。

「ヴー……」

それはもう低い声で、忌々しげに唸《うな》った。

「う……」

小さくて、真っ白くて、ふわふわしていて、低く潰《つぶ》れた鼻先と、今にもこぼれ落ちそうな大きな瞳《ひとみ》をした犬だ。

そんな愛らしい顔をしっかり歪《ゆが》め、今にも噛《か》みつかんばかりの表情で、その犬は僕を睨《にら》んでいる。

「いやですわ、白娘子ったら、まさか華妃様をお忘れになってしまったの?」

呆《あき》れたように、楽しそうに、連れてきた女官が笑ったけれど、僕はまったく笑えない。

だって実際僕らは初対面だ。見た目は似せていても、鼻の良い生き物にはバレてしまう——そうだ、ドゥドゥさんにもバレたじゃないか。

「ええと……ひ、ひ、ひ、久しく会っていませんし、犬は鼻が大変良いと聞きます。わたくしの身体に染みこんだ、温泉の香が嫌なのかもしれませんね」

僕はにこにこ笑ってそう誤魔化したものの、内心（これは困ったぞ……）と焦りに焦っていた。

「困った子ですね。あんなに高華妃様に懐いていたというのに」

女官が呆れながら、部屋から出て行く。

「殿方の事は苦手なので、絶牙は確かに好かれてはいないのですが……」

と桜雪が困ったように言った。ああもう！　それは駄目って事なんじゃゃ……。

別に僕は犬が嫌いな訳ではないし、実家でも数匹可愛がっていた。

でも、だからこそ、よくわかるのだ――これは一筋縄ではいかないと。

彼女は、ちょっと声をかけて、お菓子を与え、撫《な》でてやれば懐く類《たぐ》いの犬ではない……多分。

案の定そっと手を伸ばそうとすると、素早くカプッと噛みつこうと彼女は飛びはねた。

そうだろうと思っていたので、ギリギリでかわすことは出来たけれど、僕と白娘子の間には、『友情』の一欠片《かけら》も芽生えそうにない。

「まぁ……これぱかりは、少しずつ慣れていくしかありませんね」と、桜雪も困ったように言う。

確かに時折干し肉や焼き菓子を与えたりして、少しずつ懐かせていくしかないか。

「……はぁ」

思わず僕の口から溜息《ためいき》が洩《も》れる。初日からどっと疲れた。移動より待っていた人達に。

絶牙が心配そうに僕を見て、すぐに大好きな熱いお茶を淹れてくれた。

こんな日に限って。お茶はいつもより少し苦くて、僕は前途多難な毎日が待っていることを、改めて湯飲みの中に知ったのだった。

三

慣れない後宮での生活といっても、僕は幸い女官ではない。

周囲に世話をして貰《もら》うだけの身分なので、何から何まで困るという事はないにせよ、それでもやっぱり華清宮にいた頃より緊張感がある。

夕餉《ゆうげ》の後、思わず溜息を洩らしてしまうと、若い女官の一人が「憂鬱《ゆううつ》な時間ですね」と言った。

「え?……ええ」

確かに食後の、なんともいえないゆっくりな時間ではあるけれど、憂鬱という程だろうか……と思っていると、しばらくして殿の中がザワザワしはじめた。

少し離れた所で、誰かが騒いでいる——声からして、宦官だろうか?

何かあったのかと不安になって絶牙《ぜつが》を見ると、彼は大丈夫だというように頷いた。

「甘露《かんろ》殿で札が引かれたようですね」

丁度部屋に来た桜雪が言った。

一瞬なんの事かわからずに、きょとんとしてしまって――けれどすぐに思い出した。

「……ああ、そうね、そういう時間よね」

華清宮にいた頃、一通り聞かされた、後宮のしきたりだ。

後宮では、夜になると陛下が象牙《ぞうげ》の札を引く。そしてそこに書かれた名前の妃嬪がその夜、陛下の寝所に運ばれるのだ。

かつては自分の札が選ばれるように、宦官を買収したり、政治的に選ばれる札が決まるように、高力士《こうりきし》様が細工をしたりする事もあったそうだ。

象牙の札が引かれると、宦官達は後宮内に引かれたその名をふれ回り、選ばれた妃嬪を迎えに行く。

そうして選ばれた妃嬪は、身体を清めた後、衣服を全て剝《は》ぎ取られ、香油だけ纏《まと》って羽毛布団に包《くる》まれ、四人の宦官達によって抱えられたまま、陛下のいらっしゃる甘露殿へと運ばれるのだ。

万が一妃嬪が皇帝を害する物を隠し持っていないか、そしてそれを検査の後にも誰かからこっそり受け取ったり出来ないよう、皇帝陛下の御身を守る為なのだろう。

けれど今、陛下が引く札は一枚きり。そこに書かれた名前は毎晩決まっている。

とはいえ宮中のしきたりとして、陛下は毎晩その一枚の札を引き、宦官達は大声でその名を響かせ、楊貴妃は羽毛布団に包まれ、宦官達に運ばれていく。

滑稽《こっけい》だと思うけれど、その滑稽な方法を選ばなければならないのが後宮なのだと、桜《おう》雪《せつ》が言っていた事を思い出す。

「あーあ」

と女官の一人が溜息をついた。女官とはいえ後宮の女性だ。本来であれば彼女達も、時に陛下に見初められ、妃に上がっていく場合があるのだ。

「昔、妃達はみなこの時間を待ちわび、ある者は祈り、ある者は呪い、ある者は策を張り巡らせ、どうにか皇帝の寵《ちょう》に与《あずか》ろうとしたものですが」

そう桜雪が呟《つぶや》くように言った。

今は静寂の影に、溜息と涙の落ちる音しか聞こえない。

「そんなにも陛下に愛されたいものなのでしょうか」

思わず疑問が言葉になってしまった。そもそも陛下のそのご尊顔を、僕はほとんどまともに目にしたことがない。

「この唐に再び光を呼び戻されたお方です。陛下を愛さない者などおりましょうか……と、言えば聞こえは良いですが、他に生きる道がないのですわ」

結局の所、皇帝から寵を受けられなければ、後宮に召されたとはいえ手当は少ない。妃嬪といえど、それはそのままずっと、死ぬまでこの後宮で貧しく生きていかねばならない事を意味している。

「衣食住には困りませんが……そこに自由はないでしょう。最低限の衣、最低限の食事やお茶、望んだ物を手に入れるのも、娯楽を欲するのも、全ては妃嬪として位を上げ、お手当の額を上げなければなりませんわ」

ここから出る事も許されず、望みを満たされず、ただただ日が過ぎて、老いていくだけの日々。

翠麗《すいれい》のように、何回かの寵を得て、位の高い妃になったとしても、陛下のお召しがない限り、毎日は空虚だ。

妃達の仕事は、せいぜい蚕の世話くらいのもので、後は毎日、己の美しさと技芸を磨くことしかない。

けれどそんな事をしても、そもそも陛下は他の妃を見もしない。

「……一人の妃だけを愛《め》でるというのは、それはそれで美しいことだと思うのだけれど」

皇帝の血を絶やすわけにはいかないというのはわかる。

とはいえ、なぜその為に、三千人もの女性を集めなくてはならないのだろうか。

特に陛下は今まで何人もの妃をもち、すでに沢山のご息女にも恵まれているのだ。今更何人もの妃を侍らせる必要はないとも思うし、むしろ陛下と貴妃、愛し合う二人の間を引き裂くかもしれない場所など、無粋だし、不要だと思うのだが。

「仰《おつしや》る事はわかりますが、後宮は国の子宮そのものです。陛下がおられる限り、後宮もまた存在するのです――それに、後宮は女性が身を立てる唯一の方法です」

「…………」

身分、とは残酷なものだ。

才能のある男であっても、身分がなければ立身できない。だからある者は科挙を目指し、ある者は性を捧《ささ》げる。

だのに兄達のようにどんなに愚かであったとしても、身分さえあれば道は拓《ひら》かれる。

そしてどんなに身分や才能をもってしても、女性は身分を持たない。

女性が身分を得る方法はただ一つ、後宮で高みを目指すことだ。故郷も家族も捨てて。

大唐は開かれた国だ。陛下は類い希《まれ》なるお方だ――それでも人はまだ、己の生まれ出《い》ずる場所に縛られたまま、生きなければならないのか……。

寵のない妃というのは、こと後宮においては、あまりに無意味なものだ。

後宮は陛下に寵をいただき、そしてお世継ぎを残す為だけに存在する。

こうやって宦官《かんがん》達が、楊貴妃の名前を連呼するのを聞きながら、妃嬪達は今何を思っているのだろう。

窓の外を見ると、空は真っ暗で、今日は星も見えない。温い風は重く、まるで空も泣くのを我慢しているようだ。

翠麗はどうだったのだろう。

ここで毎日幸せだったのだろうか。あの凶暴な小犬を愛するくらいしか、喜びのない日々だったのだろうか？

彼女もこうやって、夜が来る度憂いていたのだろうか――ああ、僕はやっぱり、翠麗のことを何も知らない。

幸せであれば、きっと逃げたりはしなかったはずだ。

勿論《もちろん》他に理由があったとしても、ここで満ち足りた生活をしていたのならば。

何も考えずに、彼女がここで幸せに、楽しく暮らしていたのだと思っていた自分に恥じ入り、僕は昏《くら》い空に懺悔《ざんげ》した。

四

高力士《こうりきし》様が必死に捜してくれているのはわかっているけれど、僕だってただここで、翠麗《すいれい》を待つだけというわけにもいかない。

後宮での生活を開始し、本格的に翠麗捜しの手がかりを探そう——と思ったけれど、前日の移動の疲れと、何より長安の暑さに、僕は朝からどんよりしてしまった。

「このところ、例年にない暑さなんです」

と、女官の一人が言った。

いままで山の高い所にある華清宮にいたので、あまり気がつかなかったけれど、どうやら長安は連日夏のような暑さが続いているらしい。

夕べ泣きそうだった空も結局涙は流さずに、五月の悪月はどこ吹く風だ。

ここで本格的に体調を崩して、太医に診察されるのもまずい。翠麗でないことがバレてしまうかもしれない。だから少し身体が順応するまで、無理はしないことにした。

元々翠麗は書が好きだ。それに書を読んでいる間は、女官も宦官も、できるだけ僕の邪魔をしないようにしてくれる。

だから日がな一日、寝台で書を読むことにした。そうすれば、できるだけ人と話す事も避けられるのだ──だのに。

「ちょ……こら！　やめて頂戴《ちょうだい》白娘子！」

そんな時、きゃって暴れ出すのが、白娘子だった。

「ヴー、ぐるるるる」

低く唸《うな》りながら、身代の上で布団を囓ったり、僕の衣の裾《すそ》を噛《か》み千切らんばかり引っ張ったり。

小さな物をくわえて放ったり、前足で転がしたりと、いたずらに余念がない。

退屈を持て余しているのか、それとも純然たる嫌がらせなのか、僕の衣の裾を囓って破ったかと思うと、低く唸りながらそれをあたかも痛めつけるように、ビビビッと振り回して、僕を睨《にら》み付けてきた。

いやいやいや……小さいのに、ものすごく怖い。

これはケダモノ、野獣だ。オソロシイ。

「駄目ですよ、白──ヒッ」

衣の切れっ端を取りあげようとすると、白娘子はすかさず僕の手に噛みつこうとした。

そればかりか、今度は火が付いたように急に激しく吠《ほ》え立てて、寝台に腰掛けていた僕を床に追いやったりするのだった。

僕はただ寝台で優雅に書を嗜《たしな》みたいだけなのに、朝からこの白い怪物に振り回されっぱなしだ。

「この子も退屈なのでしょうね」

と桜雪《おうせつ》が困惑気味に言った。

愛する主人が急にいなくなってしまった不安や、悲しみもあるのだろう。

白娘子にしてみたら、『そこは翠麗様のお席よ』とでも言いたいのかもしれない。

とはいえ、このままでは僕だけでなく、女官達まで頭がおかしくなってしまいそうだ。

小さな怪物は、疲れを知らないように朝から走り回り、吠え続け、暴れ回っている。

「……仕方ない。庭に散歩に連れて行きましょうか」

僕はすっかり辟易《へきえき》として、そう切りだした。

広いとはいえずっと部屋の中でいるよりも、後宮内の庭園を歩く方が楽しかろう。

桜雪も頭痛を堪《こら》えるように額に手を当てながら、そうですね……と低く呻《うめ》くように言った。

散歩するには少々暑い時間ではあるけれど、できるだけ木陰を歩くようにすればいいだろう。

後宮の女達にとって、庭は大きな慰めの一つだ。

沢山の花が植えられ、美しい池では水芙蓉《すいふよう》の葉が浮いている。

やはり暑いようで、最初は意気揚々と庭に駆けだした白娘子だったものの、すぐにその足取りは重く、やがては「もう歩きたくない」と僕を睨んできたのだった。

だけどもう少し歩けば広場に出る。

大きな池の周りには、座って休む東屋《あずまや》もあるし、よく冷えた水瓜《すいか》でも用意させたら、白娘子の機嫌も少しは落ち着くだろうという事で、小犬は桜雪の腕に抱いてもらって、僕らは広場へと向かった。

「今日は暑いので、貴女《あなた》のお友達も沢山いますよ」と桜雪が言っていた通り、やがて広場にたどり着くと、同じように犬を飼っている妃嬪達が、池で小犬を水遊びさせていたのだった。

「ここの池はあまり深くはないので、水遊びに丁度良いのです」

桜雪が言った。

なるほど今日は暑いので、毛に覆われた犬たちは、歩き回るよりは水の方が涼しくて良いだろう。

だから、さっそく白娘子を池に入れようとしたのだが。

「ヴー……」

その小さな身体を水に近づけると、重低音と怒りの振動が、白い怪物から発せられた。

水が嫌いなのだろうか？

白娘子は池に入るのを断固拒否し、全力で身体をくねらせ、うなり声を上げる。

『この毛の先の先でも濡《ぬ》らそうものなら、お前の手を血まみれにするぞ』

グリグリの黒い目がそう訴えている。

僕は彼女の瞳《ひとみ》に、明確な強い怒りを感じ、「ハイ、スミマセン、モウシマセン」と池にいれる事を諦《あきら》めた。

「い、池のほとりはそれだけで少し涼しいですし、そこの日陰で休みましょうか」

しぶしぶ僕と桜雪は、池を諦めて、椅子に腰を下ろすのだった。

他の犬たちは、小さな身体で泳いだり、水の中で跳ねるように走り回ったり、妃嬪達と楽しそうに涼んでいる。

「やっぱり白娘子も、ちょっとだけでも浸かってみたら……」

「ヴヴー……」

「はい、なんでもありません」

まだ言うか？　と怒られた。でもきっと涼しいのに。僕だって入りたいくらいなのに。

それでも吹く風は爽《さわ》やかだし、木陰は気持ちが良い。

ややあって絶牙《ぜつが》がよく冷えた水瓜を持ってきてくれたので、二人と一匹で分け合って食べた。絶牙にも勧めたが、彼は基本僕の前で飲食をしない。

水気の多い瓜は、喉《のど》の渇きを癒《い》やすだけでなく、身体の内側まで冷やしてくれる気がする。暑い日には丁度良い。

やがて白娘子も落ち着いてきて、そよそよと桜雪の膝《ひざ》で風に吹かれはじめた。

大人しくしていれば、綺麗《きれい》な犬なのに……と思った。

性格の方は、翠麗の愛犬でなかったら、他の女官に預けてしまう所だったし、この唐代でこそ、犬を食するのは野蛮な事だと言われているけれど、少し昔は犬はよい薬になったと言われているのだ。

世が世なら、こんなに可愛くない性格の犬は、既に誰かの胃袋の中かもしれない。

もっとも、こんなに可愛げがなくとも、それでも可愛いのが犬というものだ。

「………………」

気持ちよさそうに風のにおいを嗅《か》いでいる、白娘子の丸まった背中を撫《な》でようと、そ……と手を伸ばした、その時だった。

「いい加減になさいませ！」

広場にはっきりと怒気を孕《はら》んだ声が響き渡った。

途端に朗らかで楽しげだった広場の空気が凍り付く。

何かと思えば、女官が一人やってきて、怒った顔で怒鳴っているのだった。

「梅麗妃《ばいれいひ》の近侍ですわ」

そう桜雪が声を潜めていった。

「梅麗妃の？」

「この騒々しい、耳障りな獣の吠え声や貴女達の笑い声が、麗妃様のお部屋にまで響いています。お休みの邪魔です！」

確認するまでもなく、麗妃の近侍と呼ばれた女官が声を張り上げた。

どっちが騒々しいのか？　というくらいの声量だ。

「麗妃様が大変五月蠅《うるさ》いとお怒りです。今すぐ部屋に戻りなさい！　でなければ、その獣を全て挽肉《ひきにく》にしますよ！」

随分横暴な話だと思ったけれど、叱られた妃嬪達が、犬を抱いて蜘蛛《くも》の子を散らすように逃げていった。

その様子を呆然《ぼうぜん》と見ていると、女官はギロリと僕らを見た。

「……今私が何を言ったのか、聞こえませんでしたか？　華妃は耳まで使えなくなりまして？」

女官が高圧的に、僕に言った。

「え……」

「聞こえましたが……だからなんだと仰るの？」

けれど、僕が返事をするより早く、桜雪が答えた。

「先に麗妃に封されたのは梅妃様です。席次も麗妃の方が上、わきまえなさい」

「たかだか華妃さまより一ヶ月早く、数回陛下に寵を賜っただけの妃にございましょう。陛下のご寵愛《ちょうあい》の回数も、家柄もお美しさも、すべて華妃様の方が上です。女官の分際で勘違いも甚だしい、そなたこそわきまえなさい」

ぴしゃりと桜雪が言い返すと、膝の上で白娘子も唸《うな》る。

「なんですって……」

梅麗妃の女官が、ぶるりと怒りに身体を震わせた。

けれどそんな彼女を、桜雪と白娘子は威圧するように睨《にら》んだ。

「あの……お昼寝の邪魔をされるというのも、また辛《つら》い事でしょう。白娘子も暑がっていますし、わたくし達も部屋に戻りましょう?」

一触即発とはこの事だろう、僕は慌ててそう言って、桜雪の袖《そで》を引いた。

「ですが……」

でも、ここで変に目立つようなことにはなりたくない——そう必死に目で訴えると、桜雪もハッと我に返ったように、ぎゅっと唇を横に結んだ。

「梅麗妃にゆっくりお休みくださいとお伝えしてくださいな」

そもそも、僕達は騒いでいたわけではないのだが。

でもそう言って、僕は桜雪と共にその場を離れた。

帰り道、桜雪はずっとプリプリと怒っていた。

「気持ちはわかるけれど、あそこまで言わなくても……」

「いいえ。先に侮辱してきたのはあちらです」

きっぱり、桜雪が怒りを露《あら》わにした。

「ですが、確かに彼女の方が先に、四夫人の座に着かれたのでしょう?」

更には四夫人、みな同じ正一品ではあるけれど、一応順序をつけるなら上から貴妃、恵妃、麗妃、華妃となる。

それでいえば、一応梅麗妃は、翠麗よりも席次が上の妃になるのだが。

「梅麗妃は、武《ぶ》恵妃様が妹のように可愛がられていたのですが、恵妃様が亡くなられた後、悲しみに浸られた陛下にどさくさ紛れのように取り入って、麗妃の座に着いたのです。が、実際に皇露を賜れたのは、実質一ヶ月にも充たないのですよ」

「でも、皇帝が楊《よう》貴妃様の前に寵愛していたのは、武恵妃様なんですよね? ということは、一番悲しみの深い陛下を癒やしたのは、梅麗妃だったのでしょう?」

それを聞いて桜雪がフンと鼻を鳴らした。

「それは、華妃様が選ばれる前は、ですよ。陛下をお慰めするよう、高力士様の薦めで翠麗様が皇露を賜ってからは、それから半年間は陛下は翠麗様が全てだったのです」

梅麗妃は確かに陛下の覚えがめでたかったが、芸術を愛し、文武両道な陛下にとって、共にいて楽しいのは翠麗の方だったのだろう。

桜雪の話によると、梅麗妃は詩文に長《た》けていたものの、音楽や舞の方は全然で、なによりその性格は気位が高く、気立てがいいとはけっして言いがたいらしい。

「一ヶ月早く陛下に侍れたというだけで、華妃様が梅麗妃より劣っている部分は一つも無いのです。よって、こちらが引く必要はひとつもありません」

桜雪が鼻息荒く言うと、足下で白娘子も「ウォッ」と鳴いた。

とはいえ席次は席次だ。そう断言する桜雪の気持ちもわからないではないが、蔑《ないがし》ろにして良いものではいけない。そして愛妃を失って間もない人を、慰めるというのも容易《たやす》いことではなかっただろう。

「でも今日は、そんなに腹を立てるような事ではないでしょう。それにここはその『順序』が大切な場所でしょう？　わたくしだってその『順序』に守られているからこそ、陛下の寵愛がなくとも、今の生活があるのでしょう」

そう僕が答えると、それまで黙って従っていた絶牙がフフッ、と笑い、桜雪がますます顔を顰《しか》めた。

「どうしたんですか？」

なにか間違った事を言っただろうか？

絶牙がそんな風に笑うのは珍しいし、更に不本意そうな桜雪に戸惑う。

「いいえ。ただ麗妃の女官とこうやって揉《も》める度、同じ事をよく華妃様が仰《おっしゃ》っていたからですよ。まったく絶牙ったら意地悪ね」

人目をそっと確認した後、そう桜雪が言った。

「ああ……」

なるほど、今は翠麗の真似をしたつもりはなかったけれど、だからこそ絶牙も笑ったんだろう。

「でも……いつもそうやって、『わたくし』を自分の事のように大切にしてくれていたんですね」

桜雪はいつも、そうやって自分のことのように腹を立てていたのか。翠麗のために。

「貴女が傍にいてくれて本当に良かった。この先も……ありがとうございます」

ここで独り生きてきた翠麗を支えてくれたのは、間違いなく桜雪だっただろう。

「これからも、どうか守ってくださいましね」

僕が言うと、桜雪の頬に朱がさした。

「いやですわ、全ては華妃様のお人柄ゆえ、ですよ。もう、華妃様ったら改まって……」

そう否定しながらも、桜雪は嬉《うれ》しそうに笑ってその怒りを鎮めてくれたのだった。

五

その日の夜も、後宮はなんだかざわざわしていた。

毎晩こんな調子なのかな、と思うと、夜を迎えるのが少し憂鬱《ゆううつ》だ。

だけど遠く、誰かが泣いているような声が聞こえた気がする。

窓辺に座り、夜の風の中にその声を探したけれど、結局よくわからなかった。

陛下はもうずっと、楊《よう》貴妃以外の妃に寵を与えていないと言うけれど、それでもそんな風に、心の疵《きず》は生々しく血を流すのだろうか。

僕はと言えば、華清宮での生活のように、夜ごとの心身共にすり減らすようなあの訓練がなくなって、正直時間を持て余し気味だ。

書を読んだり、白娘子に嚙《か》まれそうになったり、後は香やお茶を楽しんだりするくらいで、本当にこんな風にのんびりしていていいのかなと思う。

今頃、仲満《ちゅうまん》は何をしているだろう？ 儀王《ぎおう》様は元気にしていらっしゃるだろうか？ 翠麗《すいれい》はどうしているのだろう。

飢えたり、傷ついたりしていないだろうか？ 今日の温かく柔らかい寝床はあるのだろうか……。

とはいえ心配すると、心がザワザワして不安で眠れなくなるだけだってわかっているので、僕は意識的にそれを心から閉め出した。

どんなに想っても答えの出ないことだ。翠麗を信じるしかない。

幸いにして、昼間散歩に連れ出したり、さっき絶牙《ぜつが》が紐《ひも》を引っ張り合ったりして疲れさせたので、白娘子は自分専用の寝台で、スヤスヤと寝息を立て始めた。

まったく翠麗ときたら、よりによってなんでこんな犬を選んだんだろう。

明日《あした》もこの白い怪物に翻弄《ほんろう》されるかもしれないと思うと、少し、いやだいぶ憂鬱だ。翠麗の犬じゃなかったら、誰かに押しつけたい所だ。

勿論《もちろん》そんな訳にはいかないけれど。

そんな事を思いながらも、その日の晩は僕も早く眠りについた。昨日の疲れもまだ残っていたし、やはり日中の暑さにまだ身体が順応できていないというのもあるだろう。

そうして目覚めた翌日も朝から暑くて、僕はもう今すぐ華清宮に戻りたかった。

また病人に逆戻りしたっていいじゃないか。どうせ今でもあの酷《ひど》い味の薬湯は、毎日欠かさず飲ませられているんだから……。

なんて思いながらも、朝の支度を済ませ、司薬女官の秋明《しゅうめい》が運んでくる、その不味《まず》い薬湯を待っていると、少し遅れて秋明がやってきた。

「すみません。今朝は薬房も大騒ぎで」

言い訳するように秋明が言った。別に怒ったりすることもないけれど、その理由の中身が気になった。

「大騒ぎ？　何かあったの？」

「ええ……それが、実は昨日庭で遊ばせていた犬に、次々に毒が盛られたらしいんです」

「え？　犬に⁉」

「はい。夜のうちに、何匹も泡を吐いて死んでしまったって」

「そんな……」

「しかも……毒を盛られた犬たちの飼い主達が、みんな昨日梅麗妃《ばい》と揉めていたらしくって。お昼寝を邪魔しただけで、毒を盛られてしまったんだって噂しています」

「………」

それはまさに、昨日、梅麗妃の女官が怒っていた、あの件だろう。

「……白娘子！」

はっとして、僕は慌てて寝台の上でごろごろとしている翠麗の愛犬の下へ走った。

その白くまるっとした背中に触れようとして、また寸前の所で手を噛まれそうになる。

「ヴー……」

重低音が空気震わせた。

「……げ、元気そうね」

どうやら白娘子は無事なようだ。

大嫌いな僕にちょっかいをかけられた事がよほど不快だったのか、自分の寝床だった小さな布団をブンブンと振り回し、ビタビタと床にたたきつけはじめた。

そのケロッとした怪物の姿にほっとする。

「でも……本当に毒なの？　何か病とかではなくて？」

病気だとしたら、やはり昨日庭に連れて行った白娘子の事が心配なのだけれど。

それにしても泡を吹いて死ぬというのは、あきらかに異常な話だ。

「ええ、太医の話では、病気のようには思えないと。ですから、おそらく梅麗妃の命令で、犬に毒が盛られたんじゃないかって……」

「毒……ですか」僕は咄嗟《とっさ》にドゥドゥさんの事を思い出した。

「でも、毒は弱いものが強い者に抗《あらが》う為の武器だと……」

毒妃ドゥドゥ……確かに彼女は、華清宮でそう言っていた。

その理論で言えば、この後宮で位の高い妃である梅麗妃が、その下の妃嬪達の犬に毒を盛るだろうか？

とはいえ、実際に手を下したのは女官かもしれないし、その女官が昨日のあの気位の高い女性だとも限らない。

いや、むしろ実行犯はもっと下級の女官か宦官《かんがん》だっただろう。

「でも、気に入らないと言って、そんな理由で安易に犬に毒を盛ったりするかしら」

「そうですが……ここは妃の食事にも、毒見役が付く場所ですよ？」

秋明が苦笑いした。

なるほど、人も毒殺される場所なのだから、犬が殺されても驚かないという事か。

「そうね。でもだからといって、おおっぴらに妃嬪達の愛犬を、毒殺するなんて恐ろしいことをするとは思えないのよ」

だってそこまでする必要があるだろうか？

昼寝の邪魔をされただけで？

そこまで暴君として振る舞えるほど、梅麗妃の地位は高くないと思う。周囲に反感を買っても、己の地位を盾に一蹴《いっしゅう》出来るほどには。

彼女ももはや、寵を得ていない妃だ。陛下との間に御子もいない。おおっぴらに問題を起こせば罰せられるか、後宮を追われてしまうかのどちらかだろう。

「……もし、後宮から追い出されたとして、梅麗妃は行く場所があるのかしら？」

「ご生家があるとは思いますけれど、あの我儘《わがまま》な方が、後宮以外で生きられるとは思えませんね」

「そうよね……」

美味《おい》しくない薬湯が、ますます苦くなるような話を秋明としていると、桜雪《おうせつ》が部屋にやってきた。

「丁度良かったわ。桜雪、犬が毒殺されているという話、勿論病気という可能性もあります。私達は信憑性《しんぴょうせい》のない噂を立てたりしないように、部屋の女官達に言ってください」

「わかりました。仰せのままにいたします」

桜雪が会釈した。

「病気であっても、本当に痛ましいことですね。どうか白娘子の事は、皆さんでもしっかり気にかけて、守ってください」

わたくしも気を付けますから――そう言うと、肝心の白娘子は僕の視線に気がつき、また怒ったように低く唸《うな》った。

まったくこの子とは仲良くできそうにないし、ちっとも可愛いとは思えない。

とはいえ、この子に何かあったなら、翠麗はきっと悲しむだろう。

正直、本当に梅麗妃が犬を毒殺しているなんて信じられないけれど、実際に小犬たちは死んでしまっているという。

頼んでいた杏《あんず》の砂糖掛けも今日には届くというし、日が沈んだらドゥドゥさんの所を訪ねるついでに、聞いてみた方が良いかもしれない。

一応何かわかったら教えてくれるように秋明に伝えた。

窓の外を見ると、今日は雲一つ無い晴天のようだ、また暑くなるだろう。

そしてその予感は、案の定的中して、昼を過ぎる頃には僕は暑くてへこたれそうだった。


暑いと可哀相なのが、この小さな怪物だ。

舌を出してずっとハッハッハと息を吐いている。

あんまり可哀相で見かねたのか、絶牙が扇で扇《あお》いでやると、今度はその風が身体に当たるのが気に入らない様子で、扇に噛みつこうとしてきた。

おお……なんという凶暴性か。

彼女のためであるというのに、手足を冷たい水で冷やすのも嫌がる。

いったいどうしたら良いというのか。

冷たい水瓜《すいか》を分け与えながら、僕は途方にくれた。また庭に散歩に出たら良いかもしれないけれど、昨日の今日だ。

毒の事も心配だけれど、また梅麗妃の女官と揉《も》めるのが煩わしい。

用事を済ませて戻ってきた桜雪の話では、それでも池では小犬を遊ばせる妃嬪の姿があったそうだ。

「また怒りを買わなければ良いのですけれど……」

梅麗妃の怒りや、小犬の死を知らない者達はまだまだいるのだろうし、気にしない妃嬪だっているのだろう。

麗妃とはいえ、既に寵《ちょう》を失った身。気位の高さから、あまり好かれていない彼女を、最近は軽視する妃達も少なくはないらしい。

その性格から嫌われ者の梅麗妃、後宮から陛下を奪ったことで、後宮、官僚、皇子と公主達からも憎まれている楊《よう》貴妃。

それを考えれば、一昨日《おととい》の妃嬪達の歓迎が理解出来る。

恵妃不在の今、少なくとも後宮で最も慕われている四夫人は華妃なのだ。唯一彼女達を害さない……というだけかもしれないが。

「ですが怒ったとしても、私もさすがに毒は使わないと思いますわ。いくら梅麗妃とその女官といえど、それが高力士《こうりきし》様や陛下の耳に入れば、お咎《とが》めなしというわけにはいきませんもの」

「そうね……」

そう言う桜雪の言葉には同意だけれど、とはいえ真面目さ故に道を違《たが》えた巧鈴《こうりん》のような人もいるから、必ずしも断言は出来ないな……と思った。

僕の横で、シャクシャクと、美味しそうに水瓜を食べる白娘子。

その姿は、たとえ怪物白娘子であってもとても愛くるしい。

この愛《いと》おしい生き物に毒を盛ることも、彼らを愛する人からを奪うのもあまりに残酷で、容易《たやす》く出来るようなことではないと思う。

「本当に、せめてこの部屋の人間だけでも、おかしな噂を広めたりしないようにしなければね」

とはいえ、人の口に戸を立てるのは、容易なことではないと僕もわかっている。

そんなこんなで、結局今日はほとんど白娘子に振り回されて過ごしてしまった……。

まもなく夕暮れの近い空を見ながら、僕は溜息《ためいき》を洩《も》らした。

明日《あした》もこんな風に暑かったら嫌だな。端午節の祭りだって、もう明後日《あさって》に控えているのに……なんて事を思いながら、沈む前に最後に輝く太陽を、薄い雲越しに眺めていると、誰かが大声で泣きながら廊下を走ってくる声が聞こえた。

「高華妃様！」

いったい何事だろうと思っていると、程なくして桜雪が部屋に飛び込んできた。

「どうしました？」

「九嬪《きゅうひん》・修媛《しゅうえん》の柳妃《りゅうひ》様が、華妃様にお話ししたいと……」

「柳妃様……」

当然僕には誰だかわからない人だ。咄嗟に絶牙を見ると、彼は首を横に振った。多分翠麗が、特別親しい妃嬪という訳ではないのだろう。

だったら、いったいなんだというのか……困惑しつつ応接間に移動すると、彼女は女官達に慰められながら、床に伏して号泣していた。

「柳修媛、いったいどうされたのですか？」

「犬が……！　私の小犬が……！」

それだけ言って、また彼女は声を上げて泣き崩れてしまったので、説明を聞くには少しだけ時間を要した。

柳修媛の話によると、彼女は三匹犬を飼っていて、今日は暑さを避けるために、犬を三匹つれて池へと向かったそうだ。

そこでまた、五月蠅《うるさ》いと怒鳴り散らしたのは梅麗妃の女官で、昨日の事を知らなかった修媛は、頭を下げつつもしぶしぶ部屋に戻ってきたらしい。

最近犬が五月蠅いと、随分麗妃がご立腹だと聞いたのは、部屋に戻ってきてからのことだった。

そうして、それから数時間して、小犬の一匹に異変が起きた。

「明々《めいめい》は一番小さいですが、一番元気な子なのです。その子が急に震えだして……」

それはあっという間だったそうだ。

ぶるぶる震えたかと思うと、泡を吐き、気がついたら明々は動かなくなっていた。

慌てて太医の所に連れて行ったものの、既に事切れて、明々は助からなかった。

それればかりか、部屋に戻って来ると、まだ元気だった小犬の一匹まで泡を吹いて絶命していたのだった。

「残った寧々《ねいねい》は、一番大人しく、身体の弱い子なのです……もしあの子まで毒を飲まされたのであれば、あっという間に……」

「そうね、でも……まだ毒と決まったわけでは――」

「決まってます！　梅麗妃です！」

僕の言葉を遮るように、怒気を、憎悪を孕《はら》んだ声が部屋に響いた。

『柳修媛』の名がふさわしい、なよなよとしたその細い身体からは、想像出来ないほどの激しさだ。

彼女の小犬への思いが、僕の胸に突き刺さった。

「柳修媛……貴女《あなた》の気持ちはよくわかりましたわ。けれど言葉は慎重に選びましょう。でなければ、貴女の立場まで危うくなってしまいます」

もしこれで、本当に原因は別なところにあったのなら、逆に今度は柳修媛が処罰される可能性もある。

相手は正一品の夫人。彼女を罵倒《ばとう》し、濡《ぬ》れ衣《ぎぬ》を着せたとしたら、九嬪とはいえ正二品の彼女に勝ち目はないだろう。

けれども怒りに我を忘れた柳修媛は、梅麗妃の仕業だと言って聞かなかった。

それればかりか、皇帝の信頼もあり、高力士の後ろ盾がある高華妃であれば、梅麗妃を糾弾できるだろうと、彼女は泣きながら訴えるのだった。

「柳修媛、貴女の気持ちはよくわかったわ。けれどわたくしでも、きちんと調べずに彼女を責めるわけにはいかないの。勿論《もちろん》この件をこのままにしておきはしませんから……今日はもう部屋に戻って、残った寧々を沢山可愛がって上げて頂戴《ちょうだい》。きっと寂しがっているでしょう」

「ええ、ええ！　華妃様！　三匹同時に私の所に来た、仲の良い姉弟《きょうだい》だったんです！一度に姉と兄を失って寧々はなんと可哀相でしょう！　ああ、私のかわいい小犬たち！」

そう言って再び柳修媛が泣き崩れてしまったので、女官達が付き添って、彼女を自室に戻らせた。

思わずほう、と息を吐くと、僕の横に控えていた絶牙も緊張を解いたのがわかった。興奮した彼女が、いつ暴れてもおかしくないと、彼もそう思っていたのだろう。

「きっと我が子のように愛していたのでしょう」

犬は家族だ。失う辛《つら》さが、僕にだってわからない訳ではないのだ。

とはいえ、これは面倒な話になってしまった。

確かに怪しいのは梅麗妃ではあるが、だからといって彼女の仕業と決まったわけではないのだ。もしかしたら逆に彼女を陥れようとしている人間がいるのかも知れない。

困ったな……ともう一度溜息が洩れた。その時だった。

「高華妃様！　白娘子が！」

そう叫んで女官が応接室に飛び込んできた。

「白娘子!?」

女官のその腕に、白娘子が抱かれている。

あのやんちゃな怪物・白娘子は、いつものあの怪物らしさが微塵《みじん》もないようなおとなしさで丸くなり、震えていた。

「そんな!!」

女官からその小さな身体を受け取ると、白娘子は普段のように嚙《か》みつく代わりに、弱々しく身体を震わせ、きゅうきゅうと鳴いた。

怖いと思っていたし、嫌いだとも思っていたけれど、できるならそれ以上に、この子を抱き上げて可愛がり、慈《かな》しみたかった。

でもそれがこんな形で叶うのは、僕の本意じゃない。

思ったよりも軽い白娘子の身体を抱きしめ、僕は自分の身体が恐怖と怒りに震えるのを覚えた。

柳修媛の気持ちはわかる、なんて偉そうに言っていたけれど、僕はなんにもわかっていなかった。

一欠片《かけら》もわかっていなかったじゃないか！

「どうしてですか？　本当に毒なの⁉　麗妃が⁉」

そんな僕の質問に、小犬が答えられるわけがない。わかっていても口にした言葉だったが、白娘子はまるで返事をしようとするように顔を持ち上げ、僕を見て、そして不意に苦しげにえずきはじめた。

その苦しそうな、可哀相な姿に、僕の全身から血の気が引く。

「華妃様、すぐに太医のところへ――」

桜雪が言った。

「いえ」

「華妃様？」

「いいえ――桜雪、頼んでいた杏《あんず》はどこ？」

「あ、杏？　今ですか？」

彼女が困惑したように僕を見た。

「ええ。頼んでいた杏の砂糖掛けよ。ドゥドゥさんの所に行くわ。他の犬だって太医は何も出来ないでいるのよ。そもそも彼は人間の医者ですもの、彼が名医だとしても、今はそれでは駄目なのよ――でも彼女なら、きっと大丈夫だわ。これが本当に……毒なのだとしたら」

正確には、『大丈夫だと思いたい』なのだと思う。

けれど今の僕に、他の答えは見つからない。

柳修媛の慟哭《どうこく》を見た。きっと翠麗も、あんな風に悲しむはずだ。

何より僕も嫌だ——まだこの子をちゃんと好きになっていない。抱きしめて、撫《な》でて、かわいがれていないんだ。

「絶牙。ドゥドゥさんを訪ねます。ついてきてください。桜雪はすぐにこの件を高力士様にお伝えして頂戴。そして後宮内で犬が何匹も死んでしまっていると、それを調べる許可をいただいて」

「わかりました」

「他の者達は、くれぐれも梅麗妃様の仕業などと騒がないこと。まだ何もわかっていないのよ。でももし他の妃嬪……犬を飼っていらっしゃる妃部屋に、親しい女官がいるなら話を聞いて」

僕はそう女官達に指示を出すと、杏の砂糖掛けを絶牙に持たせ、震える白娘子を紗《しゃ》で包み、部屋を飛び出した。

貴婦人の歩き方なんて知った事か。

一刻も早く、ドゥドゥさんの部屋に向かわなければ。

彼女の部屋は遠かった。

夕日で真っ赤に染まったドゥドゥさんの部屋は、掖庭宮の外れ、まるで離れのように隔絶した所にあった。

そこはまさに、異様な場所だ。

ここだけ誰にも手入れをされていないような、そんな澱《よど》んだ空気というか、みすぼらしさというか……とにかく、草木がやたらと生えている。

良く言うなら小さな森、悪く言うなら廃墟《はいきょ》のようだ。

「本当にここ？」

思わず不安になって絶牙に尋ねると、彼は少し困ったように、けれど頷《うなず》いた。

「……わかりました」

だったらしょうがない。僕は覚悟して、扉を叩《たた》いた。

すぐに返事が聞こえた。華清宮でも会った、少し年のいった女官だ。

「わたくしの犬が、毒を盛られたかもしれないのです。ドゥドゥ様にお力をお借りしたいの」

彼女は最初、どこか迷惑そうに僕を迎えたけれど、そう理由告げるなり、さっと目に光が宿ったように、「どうぞ中へ。今すぐドゥドゥ様の支度を調えます」と言った。

「…………」

中へ、と言われて入ったものの、扉の中もまるで森のように、さまざまな草花で覆われ、いくつもの薬箱や壺《つぼ》がひしめき合っている。

そうすることで、陽光をしっかりと遮っているのだろうが、なるほど……確かにこれでは、他の妃が怖がって関わりたがらないのもわかる。

お供で来た絶牙も、ドゥドゥさんの部屋は少し恐ろしいらしく、眉間《みけん》に深い皺《しわ》を刻んでいた。

どうやらドゥドゥさんはまだ眠っているらしい。

近侍女官が慌てて起こしに行ってくれた。どうやら後宮に戻っても、仕える女官は彼女一人だけらしい。

支度に時間がかかることを心配したけれど、でもすぐにドゥドゥさんは姿を現した。

少女のような下ろし髪に、寝衣に肩布だけ纏《まと》ったしどけない格好だ。

「見苦しいが許せよ、一刻も争うかもしれぬと思うての」

「こちらこそ、お休みの時間にすみません」

「挨拶《あいさつ》は不要じゃ小翠麗。手短にここまでの経過を話せ」

杏を渡すのも、絶牙とドゥドゥさんの女官に任せ、僕はこれまでの経緯をかいつまんで話した。柳修媛の事や、池での事を。

「なるほど……それで、本当に梅麗妃が毒を？　と思っておるのかえ？」

「わかりません……でも貴女《あなた》は以前、『毒は弱い者の武器』と仰《おっしゃ》いました。だとしたら梅麗妃が毒を使う相手は、僕や、九嬪以下の嬪妃ではなく、楊貴妃様ただお一人なのでは？」

「そうじゃな。ただ例外があることもある。それは一度に沢山殺したい時じゃ。もし梅麗妃が後宮の犬を全部殺めようと思うておるなら、毒を使う事もある」

ドゥドゥさんはにやっと笑うと、僕から白娘子を抱き取り、弱った身体の毛を指先で丁寧にかき分け、指先で皮膚の上から何かを聞いているようだった。

「そんなに、昼寝の邪魔が許せなかったという事でしょうか……それより、白娘子はどうですか？　助けられますか⁉」

確かに犯人の事は気になるが、でも今はそんな事より白娘子の事だ。

「大きな声を出すな。耳障りじゃ」

ドゥドゥさんは少し迷惑そうに言って、今度は白娘子のにおいを嗅《か》ぎ出した。

やがて「ふーん」と彼女は思案するように鼻を鳴らす。

「なんの毒ですか？　大丈夫ですか⁉　姐《あね》から預かった、大切な小犬です。この子を失えば、姐はひどく悲しむでしょう。姐《ねえ》さんのそんな姿は見たくはありません」

「姐の為だけか？」

「それは……わかりません。まだ僕に全然懐いてないんです。だからこそ、このまま別れるのは嫌です」

それを聞いて、「成程」とドゥドゥさんは、魔窟《まくつ》のような部屋のいくつもの棚の引き出しを開けて、何やら薬を取り出して調剤をはじめた。

ああ、何か言って欲しい。大丈夫なのかどうなのか。

「それで、小翠羅は健勝であったのか？」

「え？　あ……はい……おかげさまで、あれから華清宮での生活は恙《つつが》なく」

まるで焦《じ》らすような問いかけに、僕はじりじり、ハラハラしながら答えた。

結局巧鈴《こうりん》とその甥《おい》は罰せられる事にはなったけれど、僕の陳情の甲斐《かい》あって、首を刎《は》ねられるまでには至らず、事実上は恩給のない『追い出された』形ではあるものの、無事後宮を後にした。

勿論《もちろん》後宮の女官が後宮を放り出され、行ける場所は多くないとは聞いている。

それでも、これからは後宮の外で、自分の為に生きて欲しいと思うのだ。

その話をすると、ドゥドゥさんはフッと鼻を鳴らした。

「左様か。随分と温情のある采配《さいはい》をしたようだが――犬の飼い方は下手じゃの」

「え？」

「小翠麗。さも心配したようじゃが……これは毒ではないよ。ただの食あたりじゃ」

「……は？」

「うむ。呼気の中に、青い瓜《うり》の香が残っている。昨日、今日と暑かった。どうせ甘やかして、冷たい瓜を沢山与えたのだろう？」

「あ……」

それは……図星だ。昨日も今日も、沢山水瓜を食べさせた。だって暑かったから。

「あ……あ、え？　じゃ、じゃあ僕のせい……？」

「犬は食い意地が張っておるので、与えれば何でも食べてしまうが、本来は肉を喰《く》う生き物じゃよ。少量ならばまだしも、よく冷えた甘い瓜を沢山喰らえば、当然腹を壊す」

僕と絶牙は思わず顔を見合わせ、そして揃って頭を抱えた。

しかもそんな状態だったのに、早く懐かせたくて、干し肉も沢山食べさせた……。

「なんて事でしょう……酷《ひど》い事をしてしまいました……あ、でも、じゃあ、治りますか⁉ 毒じゃなかったんですよね」

しょんぼりして、僕は白娘子の頭を撫でたけれど、当然白娘子はそっぽを向く。とはいえ、嚙《か》みつくほどの元気はない……僕のせいで。（絶牙もかも……）。

「そうじゃな。毒ではなさそうじゃよ。胃苓湯《いれいとう》を犬用に調薬しなおした。これを飲ませて一晩もすれば回復するだろう」

「小姨《叔母さん》、薬を煎《せん》じてやってたも」

そうドゥドゥさんが女官に言った。

「母の義姉妹《ぎきょうだい》なのじゃ。彼女が毒の師でもある」

不思議そうな顔をしてしまったからか、ドゥドゥさんが説明してくれた。

「まあ薬を飲ませ、大人しくさせておれば、腹痛などすぐによくなる。今後は小犬に瓜は禁止じゃな」

「本当ですか⁉ ああ、良かった……本当に良かった……」

それを聞いて、全身から力が抜けた。僕の両目から、大粒の涙があふれ出す。

「ああごめんなさい、白娘子……僕が無知なばっかりに、貴女を苦しめてしまいました」

謝罪と共に白娘子を抱き上げようとすると、弱々しく白娘子が「ヴゥ」と鳴いた。

微振動だ。安堵《あんど》と罪悪感が胸を衝《つ》いた。

抱き上げる代わりに、両手で包み込むように、小さな頭を撫《な》でた。今にもこぼれ落ちそうな大きな目の下、耳元、首を。

珍しく嫌がらずに彼女が目を細めた。心地よさそうに。

その頭頂部に口づけすると、微かに水瓜と何故だか海藻のような匂いがした。

「じゃあだったら……他の犬たちもそうなのでしょうか？　水瓜を食べさせすぎると、泡を吹いて死んでしまう事もあるのですか？」

「泡だと？」

ドゥドゥさんが怪訝《けげん》そうに顔を歪《ゆが》めた。

「ええ、他の妃嬪の犬は、泡を吐いて痙攣《けいれん》して死んだと聞いています」

「みんなか？」

「全てかどうかはわかりませんが……」

「口から出るから、一見はらわたに原因がありそうな気がするが……泡というのはな、実際は心の臓や肺袋に異常があったときに溢《あふ》れるものじゃ。確かに犬は過剰に出た唾液《だえき》を飲み込む事で、口から泡を吐くこともあるが……」

「むう」と、ドゥドゥさんが思案するように腕を組んで唸《うな》った。

「確かに、白娘子は泡を吐いてはいませんね。確かにこの子の症状が軽いという可能性もありますが……なんとなく症状が違うような気もします」

「そうじゃな……」

「だとすれば、やはり本当に、梅麗妃が毒を？」

僕が問うと、彼女は更に顔を険しく歪めてしまった。

「確かに先の時代では食肉でもあったゆえ、中には犬を殺すことに躊躇《ためら》いのない者もいるが……この後宮では、犬は妃達の友であり、子であろう。いくら梅麗妃が犬より猫を可愛がっているとはいえ、昼寝の邪魔をされたぐらいで、毒をばらまくであろうか」

確かに猫と犬、種類は違えど、小さな友を愛する気持ちは同じだろう。

「幸い、もう日が沈む。九嬪の所に行ってみよう……もっとも、吾《われ》はけして歓迎されぬであろう——吾そのものが毒じゃ」

そう言ってドゥドゥさんが薄く笑った。

その笑みは毒を咲《わら》う彼女のどの笑顔とも違い、どこか寂しげに見えて、僕はその時から胸の奥に、彼女に対する小さな罪悪感を飼い始めた。

六

訪れた九嬪・柳《りゅう》修媛の部屋は、悲しみに沈んでいた。

先ほどわかっているような気になって、彼女を追い出したことが酷く悔やまれる。

悲嘆に暮れている柳修媛を見た途端、僕はまた泣いてしまった。罪滅ぼしをしたいその弱々しい背中は、どこか翠麗《すいれい》に似ていた。

僕はその身体を抱きしめてあげたい衝動に駆られたけれど、彼女は翠麗ではない。

それにそんな事をしたら、僕が女性でない事もバレてしまうだろう。だから泣きながら彼女の手をとって、絶対に残っている寧々《ねいねい》は助けること、そして犯人を見つけ出すことを誓った。

こんな僕の無責任な誓いを、それでも柳修媛は真剣に受け取って、僕の手を強く握り返した。熱い手だった。きっと怒りと憎悪の温度だ。

けれど、そんな彼女がドゥドゥさんの姿を見て、凍り付いた。

「大丈夫。毒妃様がわたくしたちの力になってくださいます」

「で、でも、あの人は――」

「生きている犬はこれかえ？」

そんな僕らを、表情のない顔で見ていたドゥドゥさんだったけれど、やがて僕らの足下で、じっと大人しく伏せている一匹の犬を指差した。

白娘子と同じ種類だけれど、色は白と黒のまだら模様で、白娘子より一回り小さく、とても愛らしい犬だった。

「やめて！　この子をどうするつもり!?」

「診るだけじゃ。残っているのはこの子だけであろう？」

ドゥドゥさんが無遠慮に抱き上げたので、柳修媛が慌てた。

「心配無いわ。毒のことなら、彼女は誰より詳しいのです。わたくしが保証します」

やめて、離して、と、泣きながら厭《いと》う柳修媛に、そう説明する。

「本当ですか？　本当にこの子は救えるのですか？」

「わからぬ。じゃが最善は尽くす」

そう言って、ドゥドゥさんはまた白娘子にしたように、丹念に寧々の診察を始めた。

「ふむ……大人しいな。元々病があるようじゃの」

「はい……。静かな子なのです。すぐに元気が無くなりますし、他の二匹と違って、よくハアハアと息が上がるので、あまり走り回らせないようにしています」

「それが良かろう。気の流れと音を指で辿《たど》るに、心の臓があまり健やかではなさそうじゃ。だが、すぐどうこうなるものではない。生まれつきであろう。今まで通りに大切にしておやり」

「では、この子は毒は……？」

「うむ。今の所それらしい兆候は見当たらぬ。あとの二匹はどうした？　もう埋めてしまったのかえ？」

前半の言葉に安堵し、後半に柳修媛が顔を顰《しか》めるのが見えた。もう少し言い方がなんとかならないものだろうか……。

とはいえ、彼女は淡々と、迅速に、答えを探しているようにも見えた。それに彼女には見えないのか。毒の事はわかっても、彼女の瞳《ひとみ》は、人の心を映せないのか。

だったら柳修媛を慰めるのを、僕の仕事にすればいいだけだ。

僕は柳修媛に断り、女官達が見送る支度を調えていた、二匹の小犬を見せてもらうことにした。

可哀相に。二匹ともとても苦しそうな顔で息絶えている。

「仲の良い三姉弟《きょうだい》でしたのよ……」

そう柳修媛が擦《かす》れた声で言った。

黒い子と白い子、寧々はブチ柄だ。でも顔は似ているような気がした。確信できないのは、そのぐらい死んでしまった二匹の顔が苦しげに歪んでいたからだ。

ドゥドゥさんはその表情すら指先で感じ取るように、その顔を撫で、体中に触れる。

「ふむ……肝を毒でやられたようだ。腹に水が溜《たま》っている。そのせいで息が出来なかったようじゃな。己の内側で溺《おぼ》れたようなものじゃ。泡もそのせいだろう」

「己の内側で……？」

「水銀の毒の時などにも、こういった症状は現われるし、先に身体の気の流れを、何かに阻害されたのかもしれぬ」

「気の流れ……が滞ると、そういう事になるのですか？」

「身体が動かなくなるのじゃ。まるで自分の身体でなくなったようにの。そうなれば息をすることすら敵《かな》わぬ」

どちらも恐ろしく、不穏な症状だ。僕の隣で柳修媛が「どうして……」と呟《つぶや》いた。

「ふむ。病である事も考えたが、二匹がほぼ同時に逝《い》くのもおかしいし、一番弱いこの子だけ無事というのも奇妙な話じゃ。故に毒を盛られたことで間違いはないと思うのだが……いつ、どこで、何故かがわからぬ」

「それは……」

きっかけが昼間の庭遊びを、梅《ばい》麗妃に咎《とが》められたことにあると思いはしても、実際そのあといつどこで、何によって毒を盛られ、二匹だけ死んでしまったのかがわからない。

そもそも本当に、彼女がきっかけなのかどうかも不明だった。

部屋の中に、信用出来ない女官が隠れているという事だろうか？

柳修媛は正二品。九嬪は四夫人の下の位の妃なので、翠麗の部屋ほどではないにせよ、それなりの人数の女官と宦官《かんがん》が出入りしている。

「…………」

何かわからないかと思案していると、寧々が甘えるように僕の膝《ひざ》にやってきた。白娘子とは大違いだ。

「本当に優しい子ですね」

「ええ……本当に、この子まで逝かないでくれて良かったと思います」

また柳修媛がはらはらと涙を流す横で、僕は寧々を抱き寄せ、撫でてやって――そしてふっと気がついた。

「……犬のおでこは、みな同じような香りがするのですね。何故でしょう。他の部分は違うのに」

　ふすふすとつい身体を嗅《か》いでみても、どこの香りとも違う。けれどどこの子も白娘子のように、おでこは海藻のような香りがする。

「確かに海藻のようですね……不思議ですわ、別にこの子は池にも入ってもいないのに。犬とはそういうものなのでしょうか」

　こんな時にする話ではなかったのに、柳修媛が応じてくれた。微苦笑だったが。

「……この子だけ、池に入っていない？」

　でもそれを聞いて、ドゥドゥさんの顔色が変わった。

「あ……はい。この子は水が苦手というのもありますが、二匹がはしゃぐので、どうも気後れしてしまうみたいで……」

　いつも遠巻きで眺めているだけなのです、と柳修媛が言い終わるのを待たずに、ドゥドゥさんは死んでしまった二匹に鼻を寄せる。

「確かに……死ぬ前の汚れを洗ってやったり、花を添えたり、内側から腐ってきたりしているせいでわかりにくいが……池の臭いじゃ……ふ、ふふふ」

　そこまで言うと、不意にドゥドゥさんが咲った。とても嬉《うれ》しそうに。

「ドゥドゥさん……？」

「成程、犯人がわかったかもしれぬ。毒なき華の君よ、お手柄じゃ」

「え？……あ、わたくしがですか？」

毒なき華の君？

きょとんとしてしまった僕に、ドゥドゥさんが嗤《わら》う。毒の妃が。

「のう修媛……犯人を見つけたところで、失われた命は帰ってこない——が、それでもやはり、真実を知りたいか？」

突然の問いだった。

それまで、悲しみに沈んでいた柳修媛の目に、はっきり憎悪の炎が揺れるのが見えた。

「当たり前です。そして……出来る事なら、償わせたいです。或《あ》るいは同じ思いをさせたいわ……愛する子を奪われる痛みを」

「左様か……」

その答えは、ドゥドゥさんの望む物ではなかったのだろうか。彼女は少し答えに迷うように視線を落とした。

「真実を知った所で、怒りや憎しみの毒が、綺麗《きれい》なだけの花に変わることはない。毒は毒じゃ。それはいつまでも毒のままじゃ——でも、そうじゃな。胸の中に抱え続けた毒は、その周りも侵していくだけでなく、いずれ己自身も壊してしまう。心の毒の前で、人間は無力じゃ。無力に壊れ、腐り、変わっていく」

「それが私だというのですか？」

柳修媛が震える声で答えた。ドゥドゥさんが静かに頷《うなず》いた。

「その毒を解く方法を持たぬ限りは。人の心にも、解毒剤は必要なのじゃよ」

そう言ってドゥドゥさんは僕に「行くぞ」と言った。

「慰めではない。鼓舞でもない。ただ修媛の毒を解くために、吾が答えを探してこよう」

ドゥドゥさんが力強く言う。不敵な笑みを浮かべて。

確かにこれ以上長居をしているのは、柳修媛の心に良くない。僕は控えの絶牙を連れ、ドゥドゥさんと柳修媛の部屋を後にした。


「犯人がわかったら、それはそれで憎悪がもっと、明確な攻撃性に変わるのではありませんか？　それとも、それが解毒剤なんですか？」

部屋を出て、思わずそう聞いてしまうと、ドゥドゥさんは薄く微笑んだ。

「そういう場合もあるが――まあ、行き場のない水は腐るだけだ。それなら流れ続ければ、いつか干上がる」

「ただ争いの火種になるのでは？」

取り返しの付かない憎悪の花を、一輪、また一輪と増やしてしまうだけではないのだろうか？

「……毒なき華の君は優しいのぅ」

でもそんな僕に、どこか呆《あき》れたようにドゥドゥさんが言う。

「馬鹿にしてるんですか？　そして、なんですかその呼び方」

「不満かえ？　小翠麗と呼んで、もし何かあったら困るじゃろう。だがそなたは本物の華妃ではない。そなたを華妃や翠麗と呼ぶのは好かぬ」

「ちょ……」

確かに周囲に人はいないけれど、誰かに聞かれていたら困る。僕は慌てた。

「……まぁ、それなら、いいです、けど」

好かぬ、と断言されてしまったら、どうしようもないし。

「それより、今回の件ですよ。梅麗妃が毒を使ったのだと、そんな噂で後宮内が揺れています。もし犯人が彼女でないにせよ、『毒』というものが当然のように通用するのだという事になれば、後宮の者にとって、毒は身近な武器になってしまう。他に同じような事をする者が現われるかもしれません」

であれば、これはやはり今回は内密、内々に片付けるべきではないだろうか？　犬は他にも死んでいる。大騒ぎにならないように、ここは高力士《こうりきし》様に指示を仰いで、秘密の内に――。

「吾《われ》がいる後宮で、容易《たやす》く毒は使わせぬ！」

けれど、ドゥドゥさんがきっぱりと言った。

「誰がどの毒を使おうと、吾は絶対にそれを暴き、陛下の下で償わせ、一人残らず処す！　吾《わ》が一族はそうして陛下を守ってきた。後宮で毒を使えば、すぐに毒妃がやってくる──それが吾じゃ。吾がここにいる意味じゃ！」

「あ……」

口角を上げて彼女は言った。毒蛇のように。

それは笑みのようであり、怒りの発露でもあった。或いは自負、或いは決意──けれどそれが完全に破裂してしまう前に、絶牙が冷たい刃《やいば》でそれを制した。

「…………」

絶牙の一本の刀が、毒で咲う妃と、毒をもてない僕の間を別つ。

それはそのまま、僕と彼女の世界を表しているような、そんな気がした。

「ご……ごめんなさい……」

でも、ドゥドゥさんを怒らせてしまうつもりじゃなかった。僕は本当に、僕なりに毒から、後宮を守りたいと思っただけだ。

「絶牙、もう良いです」

そう言ったのに、彼は動かない。鈍い輝きが、困った顔の翠麗を──僕を映している。

「絶牙！」

もう一度強く言ったけれど、それでも彼は僕を守るように刀を引いてくれない。

ドゥドゥさんがチッと舌打ちした。

「……小犬を飼うのは下手じゃが、大きな犬を飼うのは得意なようじゃの、毒なき華よ」

呆れたように溜息《ためいき》を洩《も》らし、「怒鳴って悪かったの」とドゥドゥさんが小さな声で言う。

漸《よう》く絶牙が刀を鞘《さや》に戻した。

「ち、違います。貴女《あなた》は悪くない——絶牙もなんでそんな酷《ひど》い事をするんですか⁉」

前半はドゥドゥさんに、後半は絶牙に言ったけれど、二人は釈然としない表情で睨《にら》み合っている。

結局彼は僕ではなく、翠麗の忠犬なのだ。僕の言う事なんて聞いてくれない。

「そ、それより……これからどこに行くんですか！」

こんな居心地の悪い空気を振り払おうと、僕は二人の間に入った。

内心、やはり先に高力士様の指示を……とも思った、早く犯人を食い止めないと、犠牲者が増える可能性がある。

それに彼女の叫びを聞いた今、この人を信じたいような、そんな気持ちになったのだ。

「毒の話題については、慎重に扱うべきだとは思いますが、とはいえ柳修媛や、他の犬を失った妃達が可哀相です。それに昨日、今日と小さな命が奪われています。また明日《あした》も悲劇は続くかもしれない。まずは犯人を捕まえないと。復讐《ふくしゅう》はその後でしょう」

「そうじゃのう。悲劇は続く。そして復讐は時によき解毒剤にもなる——が、今回は違うと思うがの」

「復讐ではない？　でしたら、犯人はいったい？」

僕の問いに、ドゥドゥさんはにっと笑うと、まだ温い外気の流れる廊下から、少しだけ身を乗り出す。

「犯人は——夏じゃ」

七

ドゥドゥさんに言われるまま、僕らは後宮の庭園を進んだ。

やがて開けた場所にたどり着く。

そこは梅《ばい》麗妃の部屋から近い……という程近くはないけれど、まぁ大声をあげれば聞こえてしまうかなぁ……というくらいの場所にある、例の東屋《あずまや》のある池の畔《ほとり》だった。

「ここか？」

「ええ、確かにここですが……気を付けてください、暗いですから」

僕は絶牙《ぜつが》から灯籠《とうろう》を受け取り、彼女の足下を照らす。

ドゥドゥさんは池をしげしげとのぞき込み、匂いを嗅《か》いでいた。

「犬。桶《おけ》を持っておいで」

ドゥドゥさんが絶牙に言った。

絶牙が一瞬顔を顰《しか》めた。

「なんじゃ、犬以外に誰に言う？　毒なき華に言えと言うのか？」

けれどドゥドゥさんにそう言われ、絶牙は渋々頷いて、身振りと口の動きだけで『ここから絶対に動かないでください』と言った。

「あ、いえ……僕が取りに行っても……」

歩き出した背中に言ったけれど、彼はぶんぶんと首を横に振って、駆け足で行ってしまった。

「主《あるじ》以外に反抗的というのも、まさに忠犬じゃのう」

褒めているのか、けなしているのかわからない口調でドゥドゥさんが呟《つぶや》く。

「僕の傍から離れないというのが、高力士《こうりきし》様からの命なんですよ。これは多分命令違反なんです」

まったく、彼には本当に悪い事をしてしまった。

仕方ないのでヵチコチに動かないで待っていると、彼はすぐにまた駆け足で戻ってきた。なかなかの健脚だ。息も上がっていない。

「それで、桶をどうするんですか?」

桶を彼女に手渡すと、もう片手で彼女は灯籠を手にした。

「ドゥドゥさん? ドゥ——あ、ちょ! 駄目ですよ!」

確かにそんな予感はしていた。

でもそこまで思い切った行動をすると思っていなかった僕は焦った。だのに彼女は僕の制止も聞かず、濡《ぬ》れる事も厭《いと》わずに、池の中にざぶざぶと入ってしまった。

「案ずるな。小犬が溺《おぼ》れない程度の深さゆえ!」

「それも確かに心配ですけど! そういう問題じゃないですよ!」

慌てて連れ戻そうとすると、絶牙に断固阻止された。

「それが良い。犬、そのまま華を捕まえておれ」

ドゥドゥさんまでそう言うので、僕は渋々彼女を待った。いや、はらはら、の間違いか。

彼女は視力もよくないし、今は桶と灯籠で両手が塞《ふさ》がっている。

しかもゾロゾロッと長い衣を着ているのだ。

万が一転びでもしたらどうしよう……本当に大丈夫なのか？

「ドゥドゥさん……ちょっと……本当に……」

「五月蠅《うるさ》い！　口を閉じておれ！」

うう……。

そんな心配をする僕なんてそっちのけで、彼女は何かを桶で掬《すく》って捕まえているようだ。

池に魚か虫がいるのだろうか？　灯《あか》りは彼女の手にあるので、よく見えない。

「…………」

一瞬、絶牙が僕を見た。

しゃべらないでもわかる——『置いて帰りましょうか？』

「だ、駄目ですよ！」

「…………」

「絶対駄目です」

ふん、と絶牙が不満げに鼻を鳴らした。

いやいや、駄目に決まっている。

「ドゥドゥさん……」

とはいえ、一見水遊びをしているような彼女を眺めて途方に暮れていると、やっと水を掻《か》きながら彼女が戻ってきた。

「やっぱりだ、みつけたよ」

そう言って、彼女は咲《わら》っていた——そうだ、笑っているのだ。

「まさか、それが毒なんですか？　池の中に毒が仕込まれていたって言うんですか⁉」

「仕込まれていたというのは正しくないな」

そう言いながら、彼女はたっぷり含んだ衣を手で搾る。

手伝おうとすると、彼女が池の水を「触れるな」と僕を制した。

とはいえ水に濡れた衣が張り付いて、彼女の下半身の線がくっきりと浮かび上がっている。

見ていられなくて、僕は自分の肩布を脱いで彼女の腰周りに無理やり結び付けた。

「いったいどういう事なんですか」

「どうもこうもないよ、犯人はこれだ」

彼女はそう言うと、嬉《うれ》しそうに僕に桶を見せる。

「……池の水？」

そこには何か生き物だとか、そういうものが入っている訳でもなく、どろんと濁って藻の浮いた水が入っているだけだ。

「この汚い水が何だと言うのですか？」

「藍藻《らんそう》じゃ」

「らんそう？　よくある藻のように見えますが……」

「ああ藍藻――藻というが、これは正確には藻ではない。これは植物のように緑色に染まって、光を餌に増えていくが植物ではない、姿の見えない病の元、怪物じゃ――そして強い毒素を持っている」

「この藻がですか⁉」

それを聞いて、絶牙が慌てて僕に数歩下がらせた。

「そうじゃな。犬が正しいよ。人間に全く無害とも言い切れぬ」

「この藍藻は主にはらわたや気の通りに作用する。さっきの小犬も、肝をやられていた。そのため呼吸が出来なくなって死んでしまった。毒には死に至らしめるに必要な量があるものだが、身体の小さな生き物は、それだけ少ない量で逝ってしまう」

「そんな……いったい誰がそんな危険なものを池に⁉」

「言ったであろう？　犯人は夏じゃ。誰かがばらまいたわけではない。この所雨もないし、恐らく連日の暑さのせいで湧いたものだ。犬たちはおそらく昼間の水遊びで、この水が口に入ってしまったのだろうね。特に犬は、濡れた自分の身体を舐《な》めて綺麗《きれい》にする」

それを聞いて僕はぞっとした。

もし白娘子が嫌がらなかったら、僕はあの子をこの池で遊ばせていただろう。柳《りゅう》修媛の所の小犬も駄目だったのだ。いくら怪物のような白娘子だとしてももしかしたら……。

僕の頰に涙が伝った。

なんてことだろう……。それにもっと……もっと早く気がついていたら、柳修媛の犬たちも……。

「こ……このままにはしておけません。すぐになんとかしなければ」

慌てて僕は絶対に人を呼ぶように言った。衛兵と、そしてドゥドゥさんの近侍を。

女性と宦官《かんがん》しかいない場所とはいえ、このままの格好にはさせておけない。

「この毒、どうにか消してしまう事は可能ですか？」

「そうじゃな。高温と池の水が肥沃《ひよく》すぎるのが原因なのじゃ。まあ池の泥を綺麗に浚《さら》って、水草と小魚や沼貝でも放ってやれば良い。そうすれば水も攪拌《かくはん》されて温度が下がるし、水もきれいになる――あとは当分、人も犬もこの池には入らないことよな」

小さな動物だけでなく、子供は特に危険だが、幸か不幸か、今の後宮に幼子はいない。

ここ数年寵愛《ちょうあい》を独占している楊《よう》貴妃と陛下の間に、まだ赤子は生まれていないからだ。

人の被害がなかった事は良かったとも言えるけれど、犬とはいえ、愛する命を失うことは、己の魂の一部を喪《うしな》うと同じ事だと思う。

「動かない水は腐り、毒になる――池だけではない、全てがそうだ」

ドゥドゥさんがぽつりと言った。

「水が少しでも動くようにすれば良いと言うことですね。すぐに手配するように高力士様にお伝えします。同じ気温なのです。他の池の方も確認した方が良いですね」

失われた命は戻らないが、せめてこれ以上犠牲を出すことは食い止められる。

「でも……まさか犯人が『後宮の池』だなんて」

僕は改めて池と、桶の中をのぞき込み、呆然《ぼうぜん》と呟いた。

「驚くことではないよ。毒というものは、どこにでも潜んでいる。それが強いか、弱いか、人を害するか害さないか、ただそれだけだ。陽光ですら、時には人を傷つけるのだから——それに、実に後宮らしい毒ではないか」

「後宮らしい、ですか？」

「閉じ込められた女達は流れもなく、みな澱《よど》んで腐っている——違うか？」

ドゥドゥさんがにったりと嗤《わら》った。

違うと言いたかった僕は、もとより後宮の花ではない。

「……だから翠麗は消えたのか」

そう思わず独りごちたけれど、僕の呟《つぶや》きは吹く風にかき消された。

「何か言うたかえ？」

「いいえ……何でもないです」

ひんやりとした風だった。もしかしたら雨が降ってくるのかもしれない。

雨に季節が来れば、姐《ねえ》さんは帰ってくるだろうか？

だけど悪月を呼ぶ風は、僕の質問に答えてはくれなかった。

終

池に発生した藍藻の件は、すぐさま高力士《こうりきし》様に伝えられただけでなく、陛下のお耳にも入ったという。

広場だけでなく、宮内全ての池を調べて綺麗にするという事になったそうだ。

結果的に雨の季節の作業になってしまうものの、小さな命を奪う毒の病は、これで全て洗い流されてしまうだろう。

これでひと安心だ。

よく見つけ出したと、陛下は僕とドゥドゥさんに褒美をくださるだろう、と高力士様が言っていた。

でもそれならばと、僕は陛下に犬を喪ってしまった妃に、陛下から新しい犬を……とお願いした。

彼女達の喪失の日々を想うだけで、僕の心が痛んだのだ。

その願いはすみやかに叶《かな》えられ、小犬を亡くした妃達には、陛下からすぐに新しい犬が贈られた。

喪われた命は返ってこないけれど、それでも一匹ずつ陛下が名付けた小犬たちが、これから彼女達の悲しみを、少しずつ拭《ぬぐ》い去ってくれる事を祈る。

そして僕達の立ち回りに感謝してくれたのは、どうやら陛下や高力士様だけではなかったようで、翌日、あの高慢ちきな女官が、ぷりぷりと不機嫌そうに、「麗妃様からの贈り物です」と、上等な砂糖菓子を持って現われた。

話はそれだけで、結局梅《ばい》麗妃からも、そしてその女官からも、お礼の言葉の一つもなかったけれど。でも届けられた砂糖菓子は、びっくりするほど美味《おい》しかった。

白娘子は翌日には元気になって、僕はなによりほっとした。

可愛がるあまり、知らずに酷《ひど》い事をしてしまったのだ。

それどころか、彼女が水を厭《いや》がってくれていなかったら……と、想像するだけでぞっとした。

「本当に……貴女《あなた》が水嫌いで良かった」

日中健やかに暴れるようになった白娘子を見て、僕は思わず呟いた。

「怪物でも良いから、どうか元気でいてくださいね」

暴れん坊でも、凶暴でもいいから。

賢いこの怪物は、大好きな翠麗《すいれい》が姿を消してしまった悲しみの中、偽物の僕が現われて、彼女の場所に座っていることを、きっと怒っているのだろう。

「君の主人になろうだなんて言わないから……二人で一緒に本当のご主人様を待とう」

そっと白娘子の耳元で囁《ささや》く。

だから――どうかせめて、僕が『翠麗』である間だけは、友達のフリをしてください。

そう静かに白娘子に語りかけると、まるで話を聞くように、つぶらな瞳《ひとみ》で彼女は僕を見つめた。

僕はそっと手を伸ばした。彼女の額に。あの海藻の香りがする部分に。

白娘子は大人しく撫《な》でられ――たかと思うと、僕が手を離す瞬間に、がぶっとその手に噛《か》みついた。

「嘘でしょ!? 聞いてくれてたんじゃないの!? ねえ!!」

姐さんの愛犬は、やっぱり一筋縄ではいかない怪物だ。

今の流れは、絶対大丈夫な方だったじゃないか!! 僕らは和解した所だったんじゃないのか!?

それでも囓《かじ》られた手はあくまで甘噛《あまが》みで、痣《あざ》になってはいるものの、血が出るほどではなかったし、それから白娘子は人前では時々、僕の膝《ひざ》に自分から来るようになった。

本当に人前だけ、女官達のいる前でだけだけど。

そうして賢くてわがままなこの怪物は、女官達の前でだけかわいい忠犬のフリをして、二人きりになった途端今まで通り、しっかり僕に噛みついてくるように進化したのだった。

第三集

玉蘭、青い実に愁う

一

五月の祭りは盛大で、ある場所では水害に、ある場所では日照りで嘆くこの時期、悪気から身を守るために、艾《よもぎ》で人や虎の人形を作り、ちまきを食べ、競渡——つまり船の競争をしたりして水の神を鎮める。

毎年この祭りで、舞を捧《ささ》げていたのは翠麗《すいれい》だった。

翠麗の舞はいつも冷艶清美《れいえんせいび》。三日月のようにしなやかで、水面《みなも》を揺らすような静寂と、波紋のように心に響く美しさがあったから。

けれど今年は。翠麗——つまりは僕の体調を考慮して、楽の才能もさることながら、舞の名手であるという楊《よう》貴妃様が、夜に奉納の舞を捧げた。

貴妃様は煌々《こうこう》と輝く満月で、水よりは炎だ。木々を震わせる風だ。

圧倒的な美——有無を言わせぬ程の。

力強く、けれど指の先、薄絹のひらめきまで計算され尽くしたような舞。艶然と投げられた笑みに心は貫かれ、震えた。

同時に僕はどこか敗北感のようなものを覚えていた。

僕自身ではなく、翠麗のことだ。姐はこの人に負けてしまったのだと——人に優劣なんてつけたくないのに。

そんな風に心に小さな痛みを感じもしたけれど、同時に自信も付いた日だった。

その日の日中、競渡を眺める人混みの中に、仲満《ちゅうまん》を見かけたからだ。

彼は僕を——翠麗を見ていた。嬉《うれ》しくて、そして可笑《おか》しくて、にっこりと笑いかけると、彼は真っ赤な顔でふにゃふにゃになっていた。

中身は君の憧《あこが》れの翠麗ではなく、友人の玉蘭なのに。でも彼が間違えてしまうくらい、やはり僕の変装は完璧《かんぺき》なのだ。

人前に出る事という恐怖で、朝から気持ちが悪くなるくらい怖かった。そんな緊張が仲満のお陰で随分解けた。僕は友人に、心の中でものすごく感謝した。

そうして祭りも過ぎた、しとしとと雨の降り続く五月。

今年は春の終わりがあんまり暑かったから、このまま雨の季節は来ないんじゃないかって思ったけれど、そんな心配はあっさり杞憂《きゆう》に終わってしまった。

女官達はみんな声を揃えて、雨が嫌だ嫌だと言っているけれど、畑を耕す農民達は適度な雨がなければ困ってしまう。

それに僕は窓を開け、草木の上にポツポツと当たる雨を眺めるのが好きだ。

その規則正しいようでバラバラな音を聞くのは楽しいし、サラサラとした細い雨も、バタバタいう騒々しい豪雨も嫌いじゃない。

でもそれは、僕がただ雨を眺めるだけの立場だからなんだろう。

毎日、『やらなければならない』事が何もないのだ。

女官達は、僕の世話をするという仕事がある。でも僕には何もない。

誰かが待つわけでもなく、何かが用意されているわけでもない。誰にも求められず、
誰を求める事も許されず、何かあるとすれば、七月七日の七夕、乞巧節《きっこうせつ》だ。

庭に乞巧楼《やぐら》を立て、穿針乞巧……つまり誰が一番早く針に糸を通せるか競って、針上手を決めるのだが、翠麗はもともとあまり針仕事が得意な人ではない。

というか、単純にあまり好きではなかったのだと思う。桜雪《おうせつ》に聞いても、毎年そこはそんなに頑張っていなかったというし、二ヶ月も先の事だ。

それまでには翠麗だって戻ってきてくれると信じたい。

だけどそうなってしまうと、僕には本当にやることがなかった。

何かやろうとすると、どうしても女官達が動かなければならなくなるし、後宮内を散歩しようにも、かならず近侍――だいたいは絶牙《ぜつが》と桜雪の二人だ――に付き添って貰《もら》わなければならない。

そんな迷惑を掛けてしまうのも……と思うと、散歩もなかなか腰が重くなってしまう。

手間をとらせないように、毎日書を読んだり、ぼんやりしたりするばかりだ。

何もしなくてもいいというのは、大変恵まれたことだ。

飢えたり、傷つかないで済むのも。

けれど何も出来ない、許されないというのも、なんだか自分の価値が失われていくよ

うな、身体の中が少しずつ空っぽになっていくような、奇妙な感覚に囚《とら》われてしまう。贅沢《ぜいたく》な病と言うには心が痛い。時間がどろどろと粘度をもって流れていく。

それでも書を読んだり、茴香《ういか》の着せ替えになったり、怪物・白娘子に振り回されたりしながら日々をやり過ごしていると、ある日お菓子を手に、高力士《こうりきし》様が訪ねてきた。

『わたくし、まだ身体が本調子ではないんです』とでも言いたげに、人と顔を合わせるのを厭《いと》うて、僕は一日の大半を寝室で過ごしていたけれど、いくら宦官《かんがん》とはいえ高力士様を寝室で出迎えるわけにもいかず。

そして麗人の寝室というものは、決まって縁起良く赤く、窓がとても大きいものだ。あまりひそひそ話に向いている環境ではないのである。

高力士様が、僕と世間話をしに来たわけではないというのはわかっているので、僕は近侍の二人を伴い、高力士様と小雨が降る庭に向かった。

空気は温《ぬく》いが、時々吹く風は快い。

濡《ぬ》れた土のにおいがする。

庭を歩く間は、他愛ない世間話だったが、池の畔《ほとり》の東屋《あずまや》に腰を下ろし、近侍の二人が周囲をうかがう中、高力士様は静かに翠麗について話し始めた。

もっとも、彼女の行方はいまだ杳《よう》として知れないままで、それらしい人物の噂もない。

とはいえ、いくら才知に富んだ優れた女性といえど、翠麗はやはり麗人だ。良家に生まれ育ち、そのまま後宮に上がった。

最初から位が高いまま、華妃になった彼女が、果たして坊間の暮らしに耐えられるだろうか？

だからおそらくは、誰か援助している人間がいるはずだ、彼女に協力し、かくまう人物が。

「思い当たる人物がいない訳ではないが……その誰もが決定打には欠ける。陛下に対しては逆心とも言える行為だ。確信を持って、あの子を庇《かば》う人物を、私は知らぬのだ」

そう高力士様が苦々しく言った。

「例えばお前の父親だ。娘を想うあまり、その逃亡に手助けすることもあり得るが……」

「そうですね。とはいえ父が本当にそんな事をするかといえば……『絶対にしない』と断言は出来ないまでも、『するだろう』とも言いがたいです」

「そういうことだ。他にも野心を持つ宰相の李林甫《りりんぽ》、貴妃の又従弟《いとこ》である楊国忠《こくちゅう》、飛ぶ鳥を落とす勢いの安禄山《あんろくざん》――みな、貴妃や私を引きずり下ろしたい連中ばかりだ」

『口に蜜あり腹に剣あり』と言われる宰相の李林甫様は、陛下の覚えは良いが、高力士様とは折り合いが良くない。けれどそれ以上に楊貴妃様をよく思ってはおらず、翠麗を皇后に望んでいたという。

皇族の血を引く所謂《いわゆる》『宗室』出身で、貴族派の代表とも言える方なので、翠麗を匿《かくま》う事は造作もないだろう。

そんな李林甫様が目下争っているのは、外戚《がいせき》――つまり貴妃様の縁で重用されている楊国忠様だ。

李林甫様同様、眉目秀麗《びもくしゅうれい》で弁の立つ彼は、めきめきと頭角を現している。時には思い切ったことをする人だ。彼が翠麗を利用する事も考えられる。

そして安禄山氏は、ソグド人と突厥《とっけつ》系の血を引く勇猛果敢な節度使で、陛下と貴妃様にたいそう気に入られているのだが、『公直無私』な人物と謳《うた》われるものの、これまた得体の知れない人物だという。

「勿論《もちろん》気丈なあの子のことだ。市井に溶け込んでいる可能性もない訳ではない……何はともあれ、私も手は尽くしている。だからもうしばらく代わりを務めておくれ」

苦々しく高力士様が言ったので、僕は恭しく頭《こうべ》を垂れた。

快諾は出来ないが、そうするより他にないことはわかっている以上、必死に己の役目を全うするしかないのだ。

「……時に此度《こたび》の池の毒の件、無欲なそなたに、やはり褒美を取らせるようにと陛下が仰せだ」

「あれは僕じゃなく、ドゥドゥさんの手柄ですよ。褒美ならどうぞ全て彼女へ。女官も一人しか付かず、不自由も多い事でしょう」

そもそも、僕は本当にたいしたことをしてはいない。白娘子のお腹を壊させたほどなんだから。

けれど高力士様は、ゆっくりと頭《かぶり》を振った。

「陛下はそなたに、と言っておられる。確かに毒の噂が更に広がれば、毒妃も動かざるを得なかったであろうが、まだ被害も少ない状況で解決し、梅《ばい》麗妃の名誉も守ったのだ。素直に受けよ『翠麗』」

「……では、高力士様にお任せいたします」

もう一度僕が女人拝すると、高力士様は満足げに頷《うなず》いた。と、そこで絶牙《ぜつが》が静かに現われた。

「人払いをせよと申しておいたはずだが？」

高力士様が眉間《みけん》に皺《しわ》を刻んだ。けれど絶牙は頭を垂れ、真っ青な表情の宦官を僕らの前に通した。

「高力士様、大変でございます……陛下が貴妃様にと用意した茘枝《れいし》に毒が入っていたと尚食女官《としかさ》から報告が」

年嵩の宦官は、その青い顔を地面にこすりつけるように跪《ひざまず》くと、ざらっとした甲高い声でか細く言った。

「そんな筈《はず》はない、あれを用意したのは私だ」

高力士様が眉《まゆ》を顰《ひそ》めた。

「はぁ……ですが、毒見役が三人命を落としたと、尚食局から連絡が……」

「それはまことか？」

「は……」

　肯定するように、頭頂部を地面に押し当てるような深い拝で宦官が答えた。

「茘枝、ですか？」

　聞いた事がある。確か南の方で採れるという小さな果実だ。汁がたっぷりで甘いと聞く。

「貴妃様の好物なのだ」

「この辺りでは採れないとか」

「ああ。だから陛下が実の生《な》った木ごと、華南《かなん》からこの長安に運ばせているのだ」

　それはまた、貴妃様を溺愛《できあい》する陛下らしい話だ。

　そこまで言うと、高力士様は老宦官を下がらせた。

「陛下からの贈り物ではあるが……手配はこの私だ、翠麗、すまないが今日は――」

　本当はまだ話したい事があったのだろう。僕も話したかった。たとえば翠麗の事だとか。けれど自分が手配した茘枝から、毒が見つかったとなれば、一大事なのはわかる。

「わたくしの事はお気になさらず、叔父《おじ》上様はお仕事に戻り下さいませ」

　そう女人拝すると、高力士様は「うむ」と頷いた。

「華妃、貴女《あなた》も無理はせず、ご自愛ください」

　彼は叔父ではなく、後宮に仕える宦官として、僕に礼した。けれど本当に身を労《いたわ》れという意味ではなく、釘《くぎ》を刺されたのだと思った――できるだけ大人しく、部屋に籠《こ》もっているようにと言いたいのだろう。

——まあ、気持ちはわかる。

確かに今の所、結果的に良い方向に手柄を立ててはいるけれど、僕に求められているのはそういう事ではないのだ。

とはいえ、心配されていることには変わらない。

温く湿った空気の中に僕を残し、高力士様が足早に庭を後にする。

僕はその背中を眺めながら、胸を衝《つ》いた寂しさを飲み込んだ。

二

そんなどうしようもない寂しさのせいか、まるで手柄を横取りしているような、そんな気持ちの罪悪感か、僕は結局いただいたお菓子を手に、あの恐ろしい毒妃の部屋を訪ねていた。

「それは高力士《こうりきし》殿も多忙なことだ」

何処か呆《あき》れたような薄笑いでドゥドゥさんがお茶を啜《すす》る。

結局彼女は、お菓子をほんの少しだけ受け取ってくれた（「二人だけじゃ、こんなにあっても食べきれずに虫が湧く！」と言われてしまった……）だけで、手柄の件も、自分が目立つ方が嫌だと言われてしまったのだった。

手当の少ない妃嬪の不遇は、女官達からも本当によく聞かされている。少しでも彼女が評価され、生活が良くなれば良いのにと思うけれど、肝心の本人に言わせれば、もう充分なのだそうだ。

そうやってはっきり断られてしまうと、僕もそれ以上ごちゃごちゃと言うのは、逆効果だと気がついた。

「じゃあ……何か困ったり、必要な物がある時は、遠慮なく僕に言ってください。すぐに手配しますから」

「本当に律儀なお人じゃの。であれば、それよりもその、茘枝の話が聞きたい。毒が入っていたのだろう？」

そこでにっこりとドゥドゥさんは笑って、僕にずいっと身を乗り出してきた。

話が聞きたくてしょうがないと、全身で表す彼女に苦笑いを返し、首を横に振る。

「毒が入っていたと、その報告を受けているのを聞いただけです。確かお毒見が三人亡くなったと。陛下の命で高力士様が手配した茘枝だったので、そんな筈はないと彼が驚いているのを見ただけなんです」

「なんじゃ。それだけか？　もっと色々知りたかったのにのぅ」

心底ガッカリしたというように、ドゥドゥさんが肩を落とした。

不謹慎な人だと思う不快感と、彼女は悪意で言っているわけではないのだと、二つの気持ちが僕の中でせめぎ合った。

「でも茘枝に毒とは……身近な人間も信用できないという事なんでしょうかね」

仕方ないので話題を変える。

「少なくとも宰相達は彼を嫌っているだろう、仕方があるまい」

案の定、彼女は途端に話題に興味を失ったようにお菓子をかじり、女官にお茶のおかわりを欲しがった。

「とはいえ、陛下も召し上がるかもしれないのに……」

「巧鈴《こうりん》同様、事前に毒見役がなんとかすると思ったのか……陛下を弑《しい》する気はなくとも、貴妃を殺《あや》めたい者もごまんといるだろう」

「……………」

「まあ、気にすろな。縦《よ》しんば貴妃や陛下が弑されたとしても、そなたには関係あるまいて」

「そうはいきませんよ。それに……もしそういう事になったら……華妃にお召しがあるかもしれなくなる」

もし貴妃様だけに何かあれば、悲しむ陛下をお慰めする人物が必要だろうし、この機会に翠麗《すいれい》を皇后に……という声が高まってしまうかもしれない。

「そうじゃな。その時は、陛下の陽物が使い物にならなくなる薬を用意してやろうよ」

案ずるな、とドゥドゥさんが嘘とも本気ともつかない真面目な表情で言った。

「……そんな毒もあるんですか」

ない訳ではない、と彼女は言葉を濁した。とはいえ実際に使ったことがないから、出来れば用意はしたくないそうだ。

確かに事前に試そうにも、この後宮にいる『男』は、僕と陛下以外宦官《かんがん》なのだ。

「まあ……その時には、華妃も戻ってくるやもしれぬ。起きてもいない事を心配しても仕方があるまいて」

「確かにそうなんですが……」

パキパキ、ポリポリと、甘くて固い寒具を囓りつつ、苦いお茶を啜る。ドゥドゥさんの部屋で飲むお茶は、いつも僕には濃すぎて苦く、そしてちょっと温《ぬく》い。

絶牙《ぜつが》に淹《い》れて貰《もら》いたいな……と思いながら、僕の斜め後ろで控えている絶牙を見ると、不意に彼は驚いたように立ち上がった。

「絶牙？」

「あ、あの……高力士様が！」

僕が呟《つぶや》くのと、ほとんど同時にドゥドゥさんの女官が、慌てたように部屋に飛び込んできた。

その後から、高力士様が歩いてくるのが見える。

「このようなむさ苦しいところに、よくもわざわざ」

ドゥドゥさんがそう言って彼を出迎えた。

「ここに来ていると聞いて、丁度良いと思いましてね。二人に力添え願いたい」

「私にもですか？！」

高力士様が頷く。

「茘枝《れいし》の毒の件かえ」

ドゥドゥさんの問いに、高力士様は僕を一瞥《いちべつ》してから頷いた。

「それが……詳細を調べようにも、八方塞《はっぽうふさ》がりなのだ……」

呻《うめ》くように絞り出された、高力士様の話はこうだ。

茘枝に毒が含まれている、毒見役が三人死んだ——と、後宮内で『食』と『薬』を管轄する尚食局の方から連絡があった。

それは陛下の命により、高力士直々が手配したもので、実の生《な》った木ごと、華南から運ばれてきたという。

いままで過去にも数回、同じ手順で木を取り寄せ、それは勿論《もちろん》信頼できる人間だけを経由して運ばれてきたものの筈《はず》だった。

が、貴妃様にお出しする準備をしていた尚食から、今回毒という物言いが付いて返却され、慌てて高力士様の方でも毒見役をたて、実際に数個確認した。

けれど、帰ってきた茘枝から、毒は見つけられなかったのだ。

「故に何かの間違いではないか、茘枝ではなく、尚食局の方の別の問題なのではないか？

と問いただしたところ、尚食局の統括をする呉《ご》尚食がすっかり怒ってしまってな……問題は尚食局ではない、すべて私の方の問題だと言って、取り合ってくれないのだ」

「尚食とはいえ……随分不遜《ふそん》な女官でございますな」

苦々しく吐き出した高力士様に、ドゥドゥさんが怪訝《けげん》そうに言った。

「それが……呉尚食は貴妃様の縁《ゆかり》の者で、何かあれば貴妃様本人の逆鱗《げきりん》に触れてしまう」

「つまり、貴妃の女官には、高力士といえど大きくは出られぬと仰るか」

「貴妃様は私がお嫌いだ――が、それも当然のこと」

高力士様が深く溜息《ためいき》を洩《も》らした。

「……今でこそ、あのようにお二人仲睦《なかむつ》まじくされておいでだが、寿王《じゅおう》様から引き離した時は、随分苦しんでおられた。一度俗世から離れていただく為に、道士としての修行もして下さったが……その実、毎日泣きはらしておいでだったと思う。だが、それでも陛下は彼女をお望みだったのだ……」

武《ぶ》恵妃様の子息、寿王様に嫁いだ貴妃様を陛下が見初めてしまったのが始まりだった。

あまりに人の道に外れている話とはいえ、相手が皇帝ともなれば、おおっぴらに周囲は否定も咎《とが》めることも出来ない。

なにより、陛下は武恵妃様を失い、生きる気力も政治への興味も、全てなくしてしまっていたのだ。

梅《ばい》麗妃が、そして翠麗が、それでも少しずつ陛下を癒《い》やしていた――その矢先の出会いだった。

愛とは、生きるという事なのか。

陛下の想いはあまりにも、暴力的なほどにまっすぐだった。

陛下の悲しみは、もはや楊玉環にしか癒やせないのは、周囲にも明白だったのだろう。

そうして楊玉環《ようぎょくかん》様は、表向きは亡くなられた義母である武恵妃様を弔うため、道教の道に身を捧《ささ》げたと言われているが、実際は『御祓《みそぎ》』のようなものだ。

皇子の妻であったという事実を、うやむやにする為の。

それから数年道士として過ごした後、彼女は後宮に召し上げられ、貴妃に冊封された。

同時に寿王様には新たな妻が嫁がれたという。

そういったあれこれを、すべてお膳《ぜん》立《だ》てしたのは高力士様だったのだ。

「その為、今がどうであれ、彼女はいまだに私を憎んでいる。もちろんこの怒りが陛下ではなく、全て私に向けられているのだから、これで良い、良いのだが……」

「けれど、今回はそのせいで、毒が見つかった事を、おおっぴらに調べられないという事ですね」

彼が表に出ることで、波風が立ってしまうことを、高力士様は恐れているようだった。

「尚食の話では、茘枝を食べた者が実際三人とも死んだというのだ。私に対する嫌がらせとして、毒入りだと嘘をついてるならばまだ良いが……実際に毒が入っていては困る。あの茘枝を貴妃様に食していただくわけにはいかぬ」

とはいえ、急遽《きゅうきょ》新しい物を取り寄せようにも、また同じように毒を盛られては意味がない。犯人を捕まえなければ同じ事を繰り返されるだけだ。

しかも、陛下は貴妃様に茘枝を早く、と言っている。

だからといって毒の話を陛下にすれば、彼もカンカンに怒るだろう。

それもまた由々しいし、誰の首が飛ぶかも彼の機嫌に左右されてしまう。

少なくとも、まだ不確かな状況でお伝えする訳にもいかないのだ。

故に高力士様は四面楚歌《しめんそか》、八方塞がりの状況なのだろう。調整役の苦労という事か。

「なんの毒だ？　三人も殺めるとは弱い毒ではあるまい。ヒ素か？」

ドゥドゥさんの問いに、高力士様が頭を抱えた。

「それすら私は知らせて貰えないのです——だから困っている」

少なくとも、確認でもいだ茘枝の実からは、いまの所一つも毒が発見されていないのだという。

「そこでお願いしたい。幸い貴妃様は、翠麗のことだけは嫌っておらぬと言う。本心はどうであれ——おおっぴらにそなたの来訪を拒みはしないだろうし、尚食も私ほど当たりが強くないだろう。何よりそなたは弁が立つ」

弁が立つかどうかはさておき、確かに翠麗は貴妃様から嫌われていないようだ。

「では、その茘枝の件について、僕が尚食局の誰か——できれば尚食か、貴妃様のお部屋に関わる司膳《しぜん》達から話を聞けば良いという事ですね」

尚食局といえば、丁度、華清宮で親しくなった女官が元々尚食局の女官だ。貴妃様のお膳を担当しており、貴妃様が気に入って、毎年華清宮までお連れしている。

その縁あって、彼女は僕が華清宮で静養する際も、わざわざ同行させてくれた。明るくて優しい、杏々《あんあん》。

彼女からであれば話が聞けるだろう。

「うむ。そして、出来ればそれがどんな毒だったか……毒妃、貴女《あなた》に調べていただきたいのだ」

つまり、僕が調べられるだけ調べ、情報を集め、それを毒妃様にお伝えし、彼女がその毒を調べ出す——そういう計画だ。

「承ろう。三人も殺《あや》めたという毒を、そのままにしておくのは吾《われ》もたいへん気分が悪い」

ドゥドゥさんがむしろ嬉《うれ》しそうに、にっこりと笑って快諾した。

「一応、その毒が見つからなかった茘枝を食べてみたいのだが？」

「そう仰《おっしゃ》っても良いように、茘枝を数個持ってきた——が、強い毒かもしれませぬ。慎重に」

そう言って高力士様が、まるっとふっくらとした、美味《おい》しそうな茘枝を数粒差し出した。

「ほう……大きな、立派な実じゃ。陛下——いや、探したのは高力士殿、か。苦労されたであろうに、毒のせいで食べていただけぬとは、貴方《あなた》も不本意であろうな」

ドゥドゥさんに言われ、高力士様が苦笑いした。

「では、私はせめて、この茘枝を運んで来た者達、関わった者達を改めて調べようと思います——絶牙、何もないよう、しっかりお二人をお守りせよ」

高力士様が前半は僕らに、後半は絶牙に言った。彼は神妙な面持ちで頷《うなず》いた。

「では宜《よろ》しくお願いいたします。毒妃、この事はくれぐれも——」

「心配せず、ご自身の仕事を全うされよ。まったく……まるで親子のように、同じ事をいうのじゃな」

ドゥドゥさんが眉間《みけん》に皺《しわ》を寄せた。

「案ぜずとも誰にも話さぬよ。茘枝の毒のことも、華妃のこともじゃ。そもそも吾と話をしようとする物好きは、そこなる君と高力士殿ぐらいであろう」

「……そうですか」

そう言われて、何故だか高力士様は微笑んで、僕を見た。

「僕もこの事は、慎重に取り扱います」

勿論話を聞くために、尚食局の杏々に話を聞く必要はあるけれど、彼女が周囲に言いふらすような人にも思えない。

そうして、高力士様がドゥドゥさんの部屋を後にすると、僕らの前には褐色の果実が数個残された。

珍しい果実という事もあって、ドゥドゥさんは少し嬉しそうだ——もしかしたら、それに毒が含まれているからかもしれないが。

「少しだけ、少しだけで！　沢山食べたら駄目ですよ⁉」

僕が心配でそう声をかけるのをどこ吹く風、ドゥドゥさんはピッと厚くて固い皮に爪を立て、ペリペリとその皮を半分剝《は》いだ。

ぷるん、と半透明で妖艶《ようえん》な実が顔を出した。甘いとても良い香りがする。

ドゥドゥさんはそれをちゅる、と半分囓《かじ》った。毒入りかもしれないのに、思わずごくん、と僕の喉《のど》が鳴った。

「んむ……」

「どうです？　大丈夫ですか？　毒入りですか？」

一瞬彼女が険しい顔をしたので、僕はとても不安になった。

「だ、大丈夫ですか？　しびれだとか……痛みはないですか？　苦しいとか、苦いとか——」

つい黙っていられない僕を、煩わしそうに押しのけてから、彼女はちゅるともう半分も押し出すように食べ、ぺ、と茶碗《ちゃわん》に種を吐き出す。

「どうですか⁉」

「ふむ……」

「うーん……まだ熟したりないが、汁気も多くて美味じゃの」

「いやそういう事じゃなくて……」

「そうじゃの、無作為に収穫したというが、このどれもにも毒は入っておらぬよ」

そう言って味をしめたように、ドゥドゥさんは続けてもう二つ、茘枝《れいし》を食べた。

けれど確かに、その二つにも毒は入っていなかった。

高力士様も、数人の毒見役が数個の茘枝を確認したと言っている。

「……では、貴妃の毒見役は偶然毒入りを引き当てたと言うことですか？　それも三人とも？」

いくらなんでも……そんな偶然があるのだろうか？

「もしくは別の何かに仕込まれていたと考えるべきかもしれぬ。たとえば、その時使った皿などに……だが、それで三人も殺せるほどの毒か……」

けれど死に至る量は、毒によって変わる。でも一つだけ確かなのは、どの毒も死に至らしめるだけの量が決まっており、命を奪うには、その必要な分の量を摂取しなければならない――と、ドゥドゥさんが言っていた。

大抵の毒は、食べると違和感がある。苦みや傷み、強烈な違和感があり、身体の方が拒否をする。

だから通常は、知らずに食べた一口で殺せるほどの毒でなければならない。

故に味も変えず、違和感を持たせないヒ素が、こんなにも警戒されているのだ。

「そのものの体重でも変わるのだ。毒見役がどんな体軀《たいく》であったかだけでもわかれば、また違うが……なんにせよ、今の情報だけでは何もわからぬ」

お手上げじゃ、とドゥドゥさんが言った。

確かにあまりにもわかる事が少なすぎる。

毒見が亡くなった状況や、食べた量など、少しでも何か確かな事がわからないと、推測することすら敵《かな》わない。

「じゃあ、やっぱり僕が杏々に聞いて参ります」

そう申し出る。

大変な事になってしまったと思いながらも、何もやるべき事のない毎日を抜け出す、確かな緊張感を覚えていた。

三

厨房《ちゅうぼう》を訪ねると、杏々《あんあん》の姿はなく、ちょうど貴妃様の部屋に行っているという事だった。

待っても良かったけれど、できれば二人だけで話がしたいので、近くまで出向くことにした。

とはいえ、貴妃様のお部屋まで訪ねるつもりはなかったのだが。

近くまでいった所で、貴妃様の部屋の女官に見つかってしまった。

貴妃様と一緒にお茶はいかがかと、無理やりに貴妃様に通されそうになるのを、丁重にお断りして、訪ねたいのは杏々なのだと伝えた。

ほどなくして、どうやら貴妃様のお茶の支度を終えたと思《おぼ》しき杏々が現われたので、すぐ近くの庭に彼女を誘う。

「仰ってくだされば、私からお伺いいたしましたのに」

貴妃様の部屋に行く女官は、みな黒い服、黒い紗《しゃ》で顔を覆わなければならない。杏々は紗を上げ、ぱっと僕を見て微笑んだ。

「貴女の仕事の邪魔したくないと思ったのよ」

「邪魔だなんて！　何かありましたら、いつでもご遠慮なさらずに、お声がけくださいませね」

杏々は話がしたいという僕を、本当に嬉しそうに受け入れ、応じてくれた。僕もずっと会いたかった。

「え？　茘枝ですか？」

さっそく茘枝の件を問うた僕に返ってきたのは、まずは杏々のそんな驚いた声だった。

「ええ、高力士《こうりきし》様が手配されたんですって」

「ええと……少なくとも、私達はそのお話、聞いていません」

確かに陛下が貴妃様に、茘枝をご用意されるのは初めてではないですけれど――と、彼女は怪訝《けげん》そうに言った。

「掌膳《しょうぜん》の方まで話が降りてきていないという事は、おそらくお毒見の方が亡くなられた時点で、貴妃様にお出しする事はなくなったという事だとは思う……のですが」

「どうかして？」

杏々が妙に歯切れが悪い言い方をしたので、僕は問うた。

「いえ、ただ、お毒見役が亡くなられたという話を聞いたのも初めてなので」

「……どういう事かしら」

「確かに私は、貴妃様のお部屋のお料理を運ぶ担当しています。貴妃様は陛下と一緒にお食事されることも多いですし、貴妃様だけのお料理などもございます。先嘗《毒味》も念入りに数人で、きっちりと行うのですが」

「亡くなった者はいないと？」

「そうですね……私の知る限りでは」

普段はそういう事があれば、当然尚食局がざわつかない訳がないし、新しい毒見役を誰が担うかという事になる。

食事は毎日お出ししなければならないのだ。すぐさま後任を選ばなければならないけれど、当然命をも危ぶまれるそのお役目を、進んで務める者は多くない。

厨房で話題にならない筈《はず》がないのだと、彼女は怪訝そうに言った。

「ただ、新しく尚食に就かれた方は、特に貴妃様のお食事を気に掛けていらっしゃいますし、慎重な方なので、あまり下手なことは仰《おつしゃ》られないかもしれません」

「と、いうと……？」

「実は前任の尚食の首席女官が、貴妃様に腐った食事をお出ししてしまって、それが原因で後宮を追い出されてしまったんです。ですから、現尚食首席の呉茗若《ごめいじゃく》様は、非常に慎重だし、とにかく貴妃様のお怒りを買わないように必死だと思います」

「つまり……そもそも万が一貴妃様の耳にも入らないように、毒の事は秘密裏に解決しようとすると、そういう事でしょうか」

「私のような司膳以下が噂にしたりしないように、厳重に扱われているのかも」

とはいえ、それでもやっぱり変だと思いますが……と、杏々は首をひねった。

「……こう言ってはなんですが……高力士様は騙《だま》されてるとか、意地悪されてるんじゃないでしょうか……」

彼女は少し思案するように宙を仰ぎ、そして僕におずおずと言った。

「だとしても、それを証明できない事には、新しい茘枝を用意する事も出来ないわ」

「それは……そうですよね……せめて厨房の友人に話を聞けるように頼んでおきましょうか？」

「お願い出来るかしら？」

「勿論《もちろん》です」

「助かったわ。貴妃様はあまり高力士様の事を好いていないから。わたくし、今日はこれから毒妃様の所にお邪魔しているから、訪ねてくれるように伝えてくれる？」

「え、毒妃様ですか⁉」

驚いたように、一瞬怯《おび》えたように、杏々が身を竦《すく》ませた。

「ええ毒の事ですもの……大丈夫、お優しい方よ。触れた物を毒になんて変えないから。わたくしも時々お茶をご一緒しているのよ」

そう言ったけれど、杏々の顔は引きつったままだ。けれど、それでも彼女は少し考えたようで――やがて、短く息を吐いて頷《うなず》いた。

「とはいえ、本当に毒で何かあったら大変ですものね。貴妃様の事もですが、他の妃嬪、そして尚食の人間も間違いなく咎《とが》められてしまいます」

「ええ。だから協力して欲しいのよ」

「わかりました。すぐに向かわせます」

杏々がそう応じてくれたので、僕は先触れとして、絶牙《どくが》に毒妃様のところに伝言をさせにいった。女官とは言え、あまり知らない人間が部屋を訪ねて来る事を、ドゥドゥさんが好まないのがわかっていたからだ。

「後は、やっぱり貴妃様ですね。貴妃様の部屋の女官が何か知っているかもしれません。本当に毒で亡くなった人がいるなら、危険があると、女官には伝えられているかも」

「それは確かに――」

と、そう言いかけた僕は、不意にふわりと鼻先をくすぐる香りに、思わず言葉を失った。

「……華妃様？」

杏々が不思議そうに僕を見上げた。

でも、僕は震えた、この香り、香の馨《かお》りだ。

これは——この馨りは。

慌てて周囲を見回すと、丁度廊下を黒い服の人影が角を曲がっていった。

「い、今の方は⁉」

「え？」

「今の、とても佳《よ》い香りの！」

「あ……すみません、わかりません。貴妃様のお部屋の宦官《かんがん》のどなたか……という事しか」

「そ、そうよね、それはそうだわ」

確かに宦官服のようだった、漆黒の。

それはあの、貴妃様のお部屋を行き来される宦官達が着ている服だ。顔も隠しているし、ここから誰かという判別は難しいだろう。

だけどこの、風にのって届いた香りを、そのまま無視できない。

僕は杏々に、「とにかくお願いするわね」と伝え、廊下に走った。不躾《ぶしつけ》だし、失礼だとも思ったけれど、このままにはできなかったのだ。

衣の裾《すそ》を手でたくし上げ、宦官を追いかけた。

走ったお陰で、廊下の先にあの黒い宦官を見つけた。残り香が胸を強く締め付ける。

絶対に忘れない。あの香り、この月下美人の香は翠麗《すいれい》だ。翠麗が纏《まと》う馨りだ。

けれど無情にも、宦官は廊下を過ぎ、門の方へ向かってしまった。

これ以上は妃嬪である僕は追いかけられない――くそ、こんな時に限って絶牙が傍にいないなんて。

「あ……あの！」

声を張り上げたけれど、宦官には聞こえなかったみたいだ。

彼は門番と何か言葉を交わした後、こちらに振り返ることもなく、門を通り過ぎてしまった。

「ああ……」

思わず僕は、廊下に崩れた。

だって――だってあの香は、翠麗の香に間違いない。どうしてあの宦官が？　翠麗の残り香だろうか？　彼が翠麗の居場所を知っているのだろうか？

急に走ったせいで目眩《めまい》がした――いいや、ただ酷《ひど》く驚いたからかもしれない。

今すぐそばに、触れられそうな程近くに、彼女に繋《つな》がる細い糸か何かが、僕の前に垂らされていたかもしれないのに。

僕はそれを摑《つか》むかもしれなかったのに。

摑めたかもしれないのに……。

「華妃様」

思わず廊下でうなだれてしまうと、不意に後から声を掛けられた。

「何かございまして？　ご加減が悪いのですか？」

心配そうに駆け寄ってきてくれたのは、黒い女官を数人従えた貴妃様だった。

「あ……」

「お顔が真っ青だわ……近侍はいらっしゃらないのですか？　部屋の者をお呼びしましょう。わたくしの部屋でお休みください。太医もお呼びした方が宜《よろ》しいですね」

彼女は僕を本当に心配したように、けれどテキパキと女官に指示する。

「い、いいえ、大丈夫です、ちょっと目眩がしただけですから」

「それはなにも大丈夫ではありませんわ」

「それよりあの……今そこにいた、その門から出て行った宦官の方なのですが」

「宦官が何か、華妃様のお気に障るようなことをしでかしましたか？」

「い、いいえ！　そうではなくて」

貴妃様がきゅっと眉《まゆ》を顰《ひそ》めた。

「いますれ違った宦官が、わたくしとよく似た香を使っているなと思って……」

「似た香……？　であれば、おそらく李猪児《りちょじ》でありましょう。華妃様は月下美人香、李猪児は確か茉莉花《まつりか》の香を使っています。どちらも香りが似ているでしょう」

「ああ……そう、なのですか」

位の高い宦官は、みな佳い香を使う。その多くが腰の下に不自由があるため、よい香りを使う事で、土人に不快な思いをさせないようにするのだ。

「勿論、それでも許せぬと仰るなら、李猪児に私から他の香にせよと申します。華妃様のお気持ちの方が大事ですから」

きっぱりと貴妃様は言った。

「え？　い、いえ、そういうことではないのです。そうではなくて……」

「ただ李猪児はもう、ほとんどこの後宮にはおりません。元は私の部屋の宦官でしたが、今は安禄山《あんろくざん》に下賜し、彼の近侍を務めている者です。故に滅多にここには来ないですから、華妃様を不快にさせることも少ないかと」

「安禄山に……？」

「ええ。ただこうやって時々、安禄山から土産などを持ってきてくれるのです。安禄山は陛下と私を喜ばせるのが大好きな、優しい男なのですよ」

安禄山といえば、陛下が目を掛けているという節度使だ。

もともと家柄が良いわけではなく、唐人でもない彼が地位を得たのであれば、その不自由を埋めるための近侍が必要なのだろう。

陛下に期待されているのであれば、貴妃様の有能な宦官を下賜するというのもわかる。

でもそこに、翠麗がいるというのだろうか？

それとも、ただ香りが似ているだけなのか？

「そうでございましたか……」

「それでももし、あの香が不快ならば仰《おつしや》ってください」

「いいえあの……大丈夫……お心遣い感謝いたします」

そんな話をしていると、戻ってきた絶牙が、貴妃様達に囲まれる僕を案じたように、大慌てで駆け寄ってきた。

できれば彼女の女官に、茘枝《れいし》の毒の件について聞きたかったけれど、僕はとても動揺している。

もし万が一、ボロを出してしまっては困る。

だから一度出直す事にした。

ドゥドゥさんの部屋に、尚食の女官が来てくれるかもしれないし。

それに僕はあんまり青い顔をしていたようで、絶牙は僕を女性のように抱き上げた。

今日ばかりは抵抗する気にもなれなかった。

彼は何があったか聞きたそうだった。でもここでは言えない。

「ドゥドゥさんの所へ……そこで全て話します」

そう伝えると、彼は何か言いたそうに眉間《みけん》に皺《しわ》を寄せた。

でも彼は何も言えないし、僕も今は何も言って欲しくない。彼の視線を断つように、彼の胸に顔を埋める。彼の香りをかぎながら、僕は自分が——自分自身が大切な機会を逃してしまったことを許せなかったし、激しく後悔した。

四

先触れとして絶牙《ぜつが》を向かわせた甲斐《かい》あって、ドゥドゥさんの女官は少しだけドゥドゥさんの部屋を片付けていた。

別に散らかっていたわけではないけれど、みるからにおどろおどろしいものを、目に触れないようにしてくれていたのだ——例えば干からびた虫や蛇だとか。

「どうしたのじゃ？　気分が悪いのか？」

絶牙に抱かれた僕に気がついて、ドゥドゥさんは驚いたようだった。

「いつもより呼吸と心の臓の音が早い。弱い毒を用意しよう。強いと逆に心の臓が止まってしまうが、少量であれば——」

僕の腕をとり、心配そうに言うドゥドゥさんに、逆に慌てたように絶牙が僕を彼女から引き剝《は》がした。

「二人とも平気です……ただ……ただ、香りが」

「うん？」

そこまで言うと、僕の両目からぼろりと大粒の涙が溢《あふ》れた。

そんな僕に驚きつつも、ドゥドゥさんが鼻をクンクン鳴らす。

「……この馨《かお》り、華妃によく似ておるな」

「そ、そうなのです、実は貴妃様の所の宦官、李猪児《りちょじ》がこの馨りを纏《まと》っていたので、もしかしたら翠麗《すいれい》と何か……関わりが、あったかもしれないんです、なのに……」

「ふむ……だがこれは、宦官《かんがん》が纏うには高級な香ではあるまいか」

「それが、安禄山《あんろくざん》氏に貴妃様が下賜した宦官だそうです」

「なるほど、であれば禄も待遇も良いじゃろう。宦官が香を纏うのは珍しい事でもないな」

「ただ、これは茉莉花の香だそうです。翠麗は月下美人の香。よく似ていますが、たまたまという事もありえます……」

だから本人に聞きたかったし、香りも確かめたかった。なのに。

「……それより、茘枝の事ですね」

ただの茶だ、と言われて出されたお茶を飲むと、少し冷静さが戻ってきた。

「なるほど……尚食局の者では知らぬというか」

「杏々《あんあん》が嘘を言う事はないと思います。とはいえ彼女は膳《ぜん》を運ぶ係ですから。もう少ししたら、厨房《ちゅうぼう》の女官をこちらによこしてくれることになっています」

勿論《もちろん》断られるかもしれないと思っていたけれど、幸い杏々はきちんと女官をよこしてくれた。

怯《おび》えたようにやってきたのは、杏々より少し年齢は上で、くっきりとした目鼻立ちが聡明《そうめい》そうな印象だ。

名前を芹英《きんえい》と言った。

怯えつつも、彼女は質問にはきちんと耳を傾ける冷静さを持っている。杏々の人選に僕は感謝した。

「え？　茘枝ですか？」

そんな彼女も　僕らの質問には杏々同様、不思議そうな表情だった。

「そうですね、陛下から贈られるという話は聞いた事があります。以前もあったそうですが、貴妃様と陛下で木からもいだあと、皮を剝《む》き、種を抜いてお出しするようにしています」

おおきな種が真ん中に入っているので……と彼女は言った。万が一喉《のど》につかえては困るし、綺麗《きれい》なその手を汚してしまう。

「ただ、最近茘枝をお出ししたことはないですね。旬の時期ではあるのですが」

旬とはいえ、この近くでは採れない茘枝だ。華南から運ぶのは容易《たやす》くはない。

「ですので、当然毒見の事は聞いておりませんが、杏々も言うように、貴妃様にお出しする料理は更に入念に確認するし、万が一、そんな危険な物を出すところだったと知られただけでお怒りをかってしまうので、呉《ご》尚食はとても慎重に扱われていらっしゃるかと」

「だったら、安全が確認出来ていないので、茘枝の存在自体表に出してなくても、珍しい事ではないと？」

それについては、芹英は少し首をひねりつつも、「しない、とも言い切れないんです」と答えた。

「……とくに呉尚食は、元々貴妃様が幼い頃から、貴妃様のご生家で働かれていたと聞いています。それを貴妃様がわざわざ後宮に呼び寄せた方です。貴妃様の事を大切に思っていらっしゃるかと」

「ご生家から。じゃあ親しい間柄だったのかしら」

「はい。貴妃様の幼い頃の話を時々されます。乳母の友人だったそうで、奥様に内緒でこっそりお菓子を差し上げたりしたそうです。だから……実は前任の尚食が解任されたのも、実は呉尚食を新たにお呼びするためだったんじゃないかって、みんな噂していて――」

その時、乱暴に扉が開き、ドゥドゥさんの女官が小さな悲鳴のような制止の声を上げた。咄嗟《とっさ》に絶牙が、腰の剣に手を掛けたのが見えた。

「茘枝のことをご報告する義務はございません！」

そう言って部屋に飛び込んできたのは、四角い顔の年配の女性だった。

いかにも頑固そうな太い眉《まゆ》と、深い眉間の皺、きつく結ばれた唇に、彼女の確かな怒りが見えた。

彼女は芹英をギロッと大きな目で睨《にら》んだ後、そのまま僕を睨んだ。

「陛下や貴妃様にお出しするもの――もちろん華妃様のお食事も同じですが、それに適さない物を、わざわざ妃嬪の方にご報告する必要はないかと存じます」

大きなよく通る声だった。

彼女は威圧的な口調で、僕らにそうきっぱりと言い放った。問うまでもなく、この人が尚食首席女官・呉茗若《めいじゃく》だろう。

「そ……そうですね、けれど宦官が知る権利があるのでは？　特に高力士《こうりきし》様は知りたいと仰っています」

「お言葉ですが華妃様、あれは高力士殿が用意したものです。毒の茘枝を用意した人物に、その話をしろと仰るのですか？」

「そ、それはそうですが、高力士様が毒を盛るわけなど――」

「…………」

ぴり、と空気が張り詰めていた。

いくらここが、妃嬪としてそう位は高くない、正四品のドゥドゥさんの部屋だとして、これはあまりに不躾《ぶしつけ》ではないだろうか？　と思った。

けれど咎《とが》める雰囲気ではなかった。そんな事をすれば、彼女は更に態度を硬化させるだろう。彼女は敵と味方を、一本線でくっきりとわけてしまう人に思える。

だからここで敵と思われてしまいたくなかった。

「……そうですわね、呉尚食の仰ることも当然ですわ。でも――」

「とにかく！　あの茘枝《れいし》には毒があります。ゆえに貴妃様にお出しする訳にはいきません。それだけです。それで話は終わりです。ただ高力士殿が、毒のない安全な茘枝を貴妃様にご用意すれば良いだけのことです。尚食局にはなんの関係もありません」

「それは確かにその通りです。ですが、高力士様もその毒の事は寝耳に水。おそらく毒を盛った人間はとても狡猾《こうかつ》なのでしょう。犯人が何処の属であれ、貴妃様が狙われているのは事実。わたくし達は犯人を絶対に見つけなければなりません。ですから、その為に貴女《あなた》に協力をしていただきたいのですわ」

僕はできるだけ感情的にならないよう、呉尚食が少しでも気を荒立てないように、慎重に言葉を選んだつもりだった。

「お言葉ですが――それは高力士殿がご自身の身辺を、きちんと正されてはどうか？」

けれど、彼女は僕が想像していたよりもずっと態度を硬化させていた。

「ですがお互いに己に非はないと思い込んでいるだけでは、何も変わりませんし、やはり貴妃様の御身の安全を思うならば、ここは啀《いが》み合うより――」

「啀み合うのではありませぬ。己のことは己で解決せよと申し上げているだけです。それに貴妃様に危険など、私が許しません！」

呉尚食はきっぱりと吠《ほ》えた。

僕はつい怯《ひる》んでしまって、それ以上の言葉を見つけられなかった。

「…………」

そんな僕を侮蔑《ぶべつ》するように睨んでから、呉尚食は部屋を後にする。その背中を追いかけようと僕らに背を向け、けれどやはり思い直したように、芹英が僕らに深く拝した。

「あの……も、申し訳ありません。あのように厳しい方ですが、呉尚食がいらしてから、実際に問題はとても減っているんです」

けっしてただ口だけの人ではないのだと、慌てて彼女は僕らに弁解する。

「特に貴妃様は魚鱠《ぎょかい》が大変お好きなので、毎日のように召し上がるんです」

そういえば前任の尚食が解任されたのは、確か腐った食事が理由だったはずだ。

「貴妃様は昔、羊の鱠《なます》を食べて、具合が悪くなった事があるそうで、お肉の鱠は食べられないのですが、でもお魚の鱠には目がなくて。お膳にない日はガッカリされてしまうんですよ」

「生のお魚がお好きなのね」

「はい。でもやっぱりナマモノですから、事前に食べた毒見役がお腹を壊されることも多かったんですけれど。でも彼女に代わってから、そういうのが随分減ったんです」

「有能な尚食ということか。確かにあの様子では、鼠も逃げていくじゃろう」

ドゥドゥさんが顔を顰《しか》めて言った。

「それだけじゃありません。いつも誰よりも早く厨房に来て、誰よりも遅くまで働かれていらっしゃる方です」

細部まで他人《ひと》任《まか》せにせず、責任を持って働くという呉尚食の事を、芹英は尊敬しているのが見て取れた。

どうかご理解くださいと言って、芹英は呉尚食を追いかけるように出て行った。

「やれやれ。毒なき華の忠犬が、いつあの猛虎に嚙《か》みつくかとハラハラしたわ」

溜息《ためいき》交じりにドゥドゥさんが言った。

「……ダメですよ？」

思わず僕も釘《くぎ》を刺してしまう。絶牙がくしゃっと顔を歪《ゆが》めた。

「それにしても……呉尚食の言い分も、わからないではないですね」

ふ、と思わず溜息を洩《も》らしてしまう。でもそんな僕の言葉には、誰も応《こた》えてくれなかった。

絶牙は当然だ。ドゥドゥさんの女官もいつも影のように控えている。それはわかっているけれど、話しかけたつもりのドゥドゥさんは、どうやら僕の話を聞いていないようだった。

「ドゥドゥさん？」

「鱠か……」

彼女はそう呟《つぶや》いて、ごろんと床に転がった。古風な言葉遣いのわりに無作法で、そして不覚にも可愛らしいと思ってしまった。不本意なことに。

「鱠にもやはり毒のようなものがあるのですね」

魚にせよ肉にせよ、この唐代で鱠はよく食べられているが、確かにたまにお腹を壊す話を聞く。

「肉も魚も、はらわたに食いつくような毒虫がいたり、腐ったりしている事もあるからのう」

「は……」

はらわたに食いつく毒虫とはなんとも怖い。

でもそこまで言うと、ドゥドゥさんはまた考え事するように黙った。

「…………」

「……どうかしましたか？」

「いや、毒見役が腹を壊さなくなった、というのが奇妙だと思っただけだ」

「それは……できるだけ腐っていない食材を使われているという事では？」

「必ずしも鮮度の問題ではないのだが……」

目に見えないくらいの小さな毒虫が潜んでいることもある――と、彼女は言った。

「毒見役を増やした事で、事故が減ったというならばわかる。だが、毒見役ですら当たらなくなったというのは……彼女も吾《われ》のように毒に賢しき女官という事か？」

「さぁ……」
それが納得出来ない、というように、ドゥドゥさんは呻《うめ》いた。
彼女の自尊心を傷つけたのか、純粋に疑問なのか、その判別が付かない表情のまま、
彼女が黙り込んでしまったので、僕は絶牙と二人、ドゥドゥさんの部屋を後にした。

五

ドゥドゥさんの部屋を出て歩き出すと、吹き抜けの廊下に湿った風が吹いていた。

ひんやりとした、雨の上がったあとの風だ。

「いつの間にか降り始めて、やんでいたのね」

そう絶牙《ぜつが》に言うと、彼は静かに頷《うなず》いて、僕の頬の辺りに触れ、そしてしっかりと肩掛けを掛け直させた。

「寒くないわ」

苦笑いして答えると、彼は首を横に振る。確かに本当の事を言うと、吹く風は少し冷たかった。

「困ったわ。高力士《こうりきし》様になんて言えばいいかしら」

頼りにされたのに、結局、今日一日状況を改善させるどころか、悪化させてしまったような気がする。

空を見上げると、憂鬱《ゆううつ》なほど厚い雲に覆われているようだ。

いっそまた降り出せば良いのにと思った。

「……わたくし、雨が好きだったのよ——ふたりとも。ふたりで雨の日に、一緒に本を読み、未来のことを話したりしたの。『彼女』は歴史が好きだった。それも戦争の歴史がね。わたくし以上に兵法に沸き立つ人なのよ」

そんな彼女が逃げた先が、安禄山《あんろくざん》だとしても、驚くことはないのかもしれない——と、ふと思った。

でも、そうだとして、そんな事をしてどうなるというのだろうか。

「…………」

強い男になりたいという願いは、いったいどこから芽生えた物だったんだろうと、ふと思う。

丁度廊下ですれ違った女官に、わざわざ肩布を借りてきた絶牙が、僕に絶対に風邪をひかせないという強い意志で、僕を柔らかい布で包む。

宦官《かんがん》は柔肉《やわじし》になってしまうので、鍛えても身体が堅く引きしまらず雄々しくなりにくい。

それなのに絶牙は、服の上からでもよく鍛えられているのがわかる。

僕もそんな風になりたかった筈《はず》だ。

ずっとそう思っていたけれど、それはもしかしたら、翠麗《すいれい》の為だったかもしれない。

或《ある》いは高家に生まれた事への反発か。

翠麗はどうだっただろう。彼女も本当は、後宮以外の所に行きたかったのだろうか？

「ねえ絶牙。あの――」

「華妃様」

その時、小さな声が僕を呼び止めた。

「華妃様……あの……おまちくださいませ」

か細い、少し震えた幼い声だ。

「まぁ！」

振り返った先にいたのは、まだ幼い女官見習いだった。

年齢は十歳かもっと若い。痩《や》せているところを見ると、あまりよい待遇ではないのかもしれない。

下働きとして使われている、所謂《いわゆる》『奴婢《ぬひ》』と呼ばれる、罪人の子供だろう。

絶牙が警戒したように間に入ろうとしたので、掌《てのひら》で制した。

「どうしました？」

「あ、あの、これを」

どうやら緊張しているらしい少女に、努めて柔らかい声をかけると、彼女は僕に可憐《かれん》な花をつけた一枝を差し出してきた。

「綺麗《きれい》な花ですね。これをわたくしに？」

「はい……あの、宦官様が、華妃様にお渡しするようにって」

「宦官……いったい誰ですか？」

僕に花を届けたい宦官なんているだろうか——いや、翠麗ならいても珍しくはないか。

せめて名前が知りたかったけれど、彼女は首を横に振った。

「ごめんなさい、お名前がわかりません……」

「そう……他に何か言付かっていて？」

「いいえ。でも、お渡しすればわかるって」

「…………」

渡せばわかる？　この木の枝を？

「あの……」

「ああ、そうね。ありがとう——そうだわ、ちょっと待って」

受け取らないのも、少女が困るだろう。

僕はすぐにその枝を手にし、そしてお礼がわりに少し悩んで、そして髪に挿していた簪《かんざし》を一本引き抜いた。

「お駄賃よ。これを持ってお行きなさい。誰にもとられないように、内緒にね」

「あ、ありがとうございます！」

驚いたように震えた手で簪を受け取ると、彼女は大事そうにそれを胸元でぎゅっと握りしめ、ぱっと駆けていった。

「まだあんなに幼いのに、後宮で下働きだなんて……」

呟くと、絶牙は何か言いたげに目を細めた。

甘いと思っているのだろう。

でも僕だって正妻の子ではない。一歩間違えていれば母を早くに亡くし、一人路上で暮らしていたかもしれないのだ。

幼く傷つきながら働く少女を、けして他人とは思えない。

「……綺麗な花」

手渡された花は少し茉莉花《まつりか》の花に似ている。けれど花びらがもっと細い。

なんの花だろう。

そしてこれを何故僕に。


——小翠麗。秘密よ、わたしたちの秘密のあいことば。

その時、不意に翠麗の言葉が脳裏を過《よぎ》った。

いいこと？　わたしのかわいい小翠麗。秘密よ、わたしたちの秘密のあいことば。

おじさまと考えたの。わたしはきっと、大きくなったら陛下のところに行ってしまうから。

今みたいに会えなくなるからね。

そうしたらあなたに秘密の伝言を送るわ。

わたしたち、どんなに離れていても一緒だからね。


「秘密の合い言葉……」

そうだ。秘密の伝言、花に秘めた秘密の合い言葉。

「赤い花は是《はい》、或いは本当。白い花は否《いいえ》、或いは嘘……」

白い花は、嘘。

「……嘘？」


とたんに背中がザワザワして、僕はドゥドゥさんの部屋に引き返した。

「……小翠麗？」

どうやらそのまま居眠りをしていたらしいドゥドゥさんが、驚いたように飛び起きた。

「な、なんじゃ、どうした」

「この花です。何か毒はありますか？」

そう言って、ずい、と花を差し出すと、どこか寝ぼけていた彼女の表情に生気が戻る。

「どれ」

ドゥドゥさんは枝を受けとり、それを指先で撫《な》でるように念入りに調べ、匂いを嗅《か》いだ。

「ふむ」

「この辺りでは珍しいのう。金銀花《すいかずら》かと思うたら、瓢箪木《ひょうたんぼく》の花じゃ」

やがてそう言った彼女の顔に、ぱっと笑み咲いた。

「つまり……毒があるのですね」

「左様。毒草で、特にその実を食べると、大人でも場合によっては死んでしまう」

幸いまだ枝が実ではなく花だし、少し舐《な》めた程度で死に至るほど強い毒ではないそうだ。

「綺麗な白い色をしているが、この花は時間経過によって黄色に変化するという。この花はまだ白いから、まだ若い花なのじゃろうね」

「黄色い花……は、良い意味ではありません」

思わず僕は呟《つぶや》いた。

「何？」

「黄色い花は危険、その場で待て、注意せよ……です」

「どういう意味だ」

怪訝《けげん》そうにドゥドゥさんが言った。そうだろう、彼女がわからないのは当然だ。

「わかりません。でも……もしこれが翠麗からの伝言なのだとしたら、無意味だとは思えない。そして彼女が黄色い花に込める言葉は警告です」

「これが……華妃からの？」

僕は頷《うなず》いた。

恐らくあの宦官——李猪児《りちょじ》に託した、翠麗からの警告。秘密の合い言葉。

「でも……だとしても、どういう意味でしょうか？　僕に何を注意しろと？」

見当もつかなくて、額を押さえた。

「そうじゃのう……この瓢簞木、別名は嫁殺しともいうが、実際に死ぬのは子供が多い。これの実は美味《おい》しそうでの。苦みがある物も多いが、見た目通り甘くて美味い実の時もある。もう一つ、もう一つとつまみ続け、気がついた時には死の量じゃ……」

死を誘う、甘い木の実、か。

「黄色い毒の花、未熟な白い花、嘘、警告……まだ若い白い花、子供を殺《あや》める実……そういえば届けてくれたのは、まだ幼い女官見習いでした」

奇妙な一致だ。そう思って呟くと、ドゥドゥさんがハッとしたように僕を見た。

「未熟な子供……青い実……まさか……は……あはははは！」

急に彼女が声を上げて哄った。

白い花が揺れ、ぱさりと床に一房落ちた。

六

それは遅い時間だった。

日中ではなく、夜に起きているドゥドゥさんにとっては昼間のような時間だけれど、僕にはもう、充分に眠い時間だ。

さっきまでまた降っていた雨は上がって、雲間からは細い月が覗《のぞ》いている。

僕はそっと、廊下の欄干に手を突いた。

「うおっ」

その濡《ぬ》れた感触に、掌《てのひら》が滑り、うっかり転びそうになってしまう。

それをすんでの所で絶牙《ぜつが》が支え、無様に転ぶのを防いでくれた。

(す、すみません！) と声を抑えて答えると、ゴスッと横で同じように息を潜めているドゥドゥさんが、わりと強めに肘《ひじ》で小突いてきた。

「う……ッ」

静かにしろというなら、もう少し優しく小突いてくれても良かったのではないか……。

だけどおおっぴらに痛いフリをしてしまうと、後ろに控えている僕の狂犬が、彼女に何をするかわからないので、できるだけ平気なフリをした。

それにしても、本当にこんな事に意味があるのだろうか。

僕は隣で影のように静かに周囲を窺《うかが》うドゥドゥさんを見た。

一応暖かい格好はしているけれど、何時間も屋外にこうやって隠れているのは寒い。このまま夜が更けてしまったら、凍えてしまうんじゃないだろうか——なんて事を思っていると、不意にドゥドゥさんの口の端に薄い笑みが浮かんだ。

（ドゥドゥさん？）

と思ったけれど、声に出さずに飲み込んだその時、少し離れた廊下を、足早に歩く女官の姿があった。


それはまさしく、ドゥドゥさんの部屋に乗り込んできた呉《ご》尚食だった。

そんな彼女に、小さな影が四つ駆け寄っていく。

「尚食さま」

月明かりがさして、彼らを照らした。

それは幼い宦官《かんがん》や、簪《かんざし》をあげた女官見習いの少女のようだった。

「よく来たわね。お腹が空《す》いているでしょう？　今日も沢山持ってきたのよ」

そう言って彼女は、どうやら子供達に残り物か何かを与えているようだった。

「…………」

あの怖くて四角い強面《こわもて》に微笑みを浮かべ、呉尚食は痩《や》せた子供達の前に、次々に料理を並べる。

「焦らないで大丈夫。お腹いっぱいお上がりなさい」

がっつき、お互いに取り合うように、料理に群がる子供達に、にこにこ嬉《うれ》しそうに笑いながら、彼女は子供達が美味しそうに食事を平らげていくのを眺めていた。

「明日《あした》は夕方に持ってくるから、他にもお腹を空かせた子供達がいたら教えてあげるのよ。ちゃんと沢山用意するから心配いらないわ」

それは天女のような慈愛に満ちた表情にすら見える。

「美味しいでしょう？　それに、今日は素敵な果実を持ってきたのよ」

そう言って、彼女は更に包みを開けて、中から小さな何かを取りだし、子供達に配ろうとした。


「待て」


薄暗がりの中、ドゥドゥさんの凛《りん》とした声が響いた。

「童《わらわ》達、それを喰《く》ろうてはならぬ。毒じゃ」

子供達が一瞬、驚いたように料理を貪《むさぼ》る手を止めた。

「茘枝《れいし》は駄目だ、他の物もどうかわからぬ……飢えているそなた達に言うのは心苦しいがの」

ドゥドゥさんが低い声で言う。

微笑んでいた呉尚食の顔が歪《ゆが》んだ。

「なるほど。よく考えたのう。道理で毒見役が無事なわけじゃ——二重で確認しておったのだな」

「何のことです。これは……これはただ、飢えた子供達が可哀相で見ていられなくて——」

「いやいや、まことよく考えた……長く厨房《ちゅうぼう》で働いていたそなたらしいよ。確かに身体が大きく、頑強な者は毒にも強い。毒見が平気でも、か弱い妃には害がある事もあっただろう。だから、あてに出来なかったな？　逆に身体が小さく、痩せている子供達は、少量の毒でも身体を壊す。毒見役に食させる前に、気になる食材を先に子供達に食べさせ、より毒見の精度を高めたということか」

まったくよく考えたのうと、ドゥドゥさんが笑って手を叩《たた》く。

それまで微笑んでいた呉尚食の顔から、急に表情が消え、彼女は冷たい顔でこちらを睨《にら》んでいた。

「特に鱠《なます》のような、生の魚、生の肉は、少しでも害があれば、弱い子供達は腹を壊すだろう。それであれば、貴妃の腹も安全じゃな。そなたまっこと尚食の鑑《かがみ》であるの」

にやにやと、嫌みなのか本気の賛美なのか——いや嫌みか。

「……それに、何か問題がありますか？」

呉尚食が答えた。

「問題はあるだろう。その茘枝、今日また高力士《こうりきし》が貴妃の為に用意したという、新しい茘枝の木の実の筈《はず》だ。既に前回三人死んだのだ。また死ぬ可能性のあるものを、わかって子供達に食べさせるのは、それは善意ではなく悪意というものだ」

「悪意ではありませんわ。殺したいと思っているわけではありませんもの。ただ、高力士殿が信用出来ないだけです」

そうか……。

毒かもしれないと思いながら、食べさせたことは否定をしないのか、と、僕の心に大きな失望が走った。

聞いていた筈なのに、それでも先ほど子供達に食事を振る舞う呉尚食の姿に、本当の優しさのようなものを見た気がしたのだ——僕はお人好《ひとよ》しなのだろうか。

「そもそも妃嬪に何かあってからでは遅いからです。その時は鞭打《むちう》ちどころでは済まずに私の首を刎《は》ねられます」

そんな僕の気持ちを知らずに、呉尚食が答えた。

「この痩せた身体を見ればわかるでしょう？　放っておいてもどうせ飢えたり、気まぐれな妃嬪や凶暴な宦官共に、罰されたりして死ぬでしょう。であれば、こうやって食べさせて貰《もら》えるだけ、幸せだと思いませんか？」

「だからといって、このように幼い子供に危険な事をさせていたのですか!?　飢えるより幸せ？　毒を食べさせられ、死に至らしめられることが!?

「私は幼い頃、疫病で父母を失いました。楊《よう》家で仕事を得るまで、ただ食べるという事だけでも苦労したのです。毒が含まれているから何だと言うのでしょうか？　今飢えている子供に、毒など意味はありません。むしろこれが善行でなくてなんでしょうか！」

「意味はあるでしょう⁉　一歩間違えたらどうなるか」

「恵まれている方にはわかりませんわ。飢える痛みと苦しみは」

そうして彼女は、天女ではなくギロギロと大きな目を剝いた鬼の形相で、さあお食べ、と子供達に茘枝を差し出した。

当然僕達のやりとりを見て、聞いていた子供達は、既に食べるのをやめ、怯《おび》えて震え上がるように身を寄せ合っている。

呉尚食の顔が更に怒りに歪んだ。

「何が善行か。子供達の顔がそなたのやった事の意味ではないか」

ドゥドゥさんが呆《あき》れたように言う。

「だ……だからなんだと言うんです⁉　どうせ私が子供達に毒見をさせ、殺した事など、誰にも証明できないはずですわ」

「——いいや、出来る」

きっぱりと言ったドゥドゥさんが咲《わら》った。

「先日の茘枝、食べた子供は可哀相に死んだのじゃろう。それを見てそなたは慌てて、高力士に報告した。貴妃を守る為だけでなく、あの男が用意した茘枝だし、貴妃や陛下の耳に入れる前に、彼に教える事で、彼に恩を売るか、陥れようとしたのだろう。じゃがのう、茘枝は限られた状況でしか、毒には変わらぬのじゃ」

そう言ってドゥドゥさんは茘枝の実を一つ手に取り、ぷるりと剝いて口に運んだ。

「あ……」

と焦った呉尚食の顔に嘘はなく、彼女は確かに、茘枝は毒を持つと信じているようだ。

その表情に、更にドゥドゥさんの笑みが深まる。

「茘枝はこの長安では希有《けう》な果実。口に出来るのは限られた者のみ——つまり、富んだ者たちだけの果実じゃ。だからすぐに気がつかなかった——茘枝というものはな、貧しく飢えた子供だけに牙《きば》を剝くのじゃ」

茘枝そのものに、誰しもを害する毒はない。

健康なものが食しても、ただただ美味《おい》しいだけの果実だ。

けれどそれは、ごくごく限られた環境で、人を殺《あや》める——と、ドゥドゥさんは教えてくれた。

全ては推測だった。だから今夜、再び茘枝の木が尚食に持ち込まれたのだ。

「茘枝の毒は、身体がまだ完成していない年頃の童が飢えている時、それもまだ実が青い内だけ肉体を害する。この実はな、身体が食べた物を活力に変えるのを邪魔する毒なのじゃ」

通常ならば、何かを食せばそれが活力となって、身体に満ち渡り、人は生きていく。

だが茘枝の毒の効果は、それを著しく阻害してしまう。

だから既に身体のできあがった大人や、元々活力のある子供が食べても、ただ甘くないというだけで済む。

既に身体に余力な活力が溢《あふ》れているから。

けれど身体も小さく、精気の少ない子供が食べたなら、僅《わず》かなその活力すら身にならず、意識を失ったりするという。

「そなたが与えた茘枝は、まことに残酷だったであろう？　童は大粒の汗をかき、心の臓はけたたましく胸の下で暴れ、手足、身体が震え出す。そうして、気を失い、そのまま死んでしまっただろう――なんと残酷な事じゃ。おぞましい事じゃ。そしてそなたはそれを見ただろう⁉　哀れな子供達が死ぬのを間の当たりして、それでもまだそなたは子供らに、毒の実を与えるのか⁉」

「黙れ！　飢えを知らぬものが偉そうに！　陛下の恩寵《おんちょう》がなければ、毒見の娘だったお前だって、どうなっていたかわからない筈よ！」

呉尚食が叫ぶように言った。

「……だから？」

途端に、僕の中で怒りが弾《はじ》けた。

「え？」

「だから？　だからなんだというの？　飢えたことがないのに偉そうに？　では、飢えを知っている貴女《あなた》は偉いというの？　わたくしよりも？」

　呉尚食の顔から、急速に怒りが冷えた。僕はそのまま負けじと言葉を畳みかける。

「今飢えていない貴女はどうなの？　飢えている子供達に、飢えを理由に毒を与える貴女の、どこが偉いというの？　ねえ、何故言い返さないの？　わたくしは貧しい生まれではないから？　貴妃様同様に貴人《あてびと》だから？」

「…………」

「何故わからないの？……関係ないわ。この世に生を受けたならどちらも同じよ。命は同じよ。どんな命も、貴女も、私も、毒妃も、貴妃も、そしてこの子供達も」

「で、ですが――」

「おだまりなさい！」

　僕はぴしゃりと言った。呉尚食がわなわなと唇を震わせた。それでも僕は許さなかった。

「たとえ貧しく生まれようと、幼き日に飢えていようと、皇帝の妃になれるのがこの後宮。この世で最も高貴な方の母、陛下の御子《みこ》の母になるところよ。毒見役の娘が美人になり、親のない貧しい貴方が尚食になれる。それこそが、命の重さが一律だという事を証明しているのではなくて？」

　本当は、呉尚食の言う事がわからない訳じゃない。

　僕だって、ドゥドゥさんだって、ここにいる絶牙《ぜつが》だって、一歩間違えば飢えた子供だったかもしれないのだ。

寄る辺なき飢えた子供達を、こんな風に利用する事は、『賢いこと』でも『都合の良いこと』でもない。

『彼らのため』なんかじゃない。

「呉尚食。貴女がやっているのは、弱い者から奪う行為よ。子供達を利用し、搾取する、最低の行為よ」

これを、善行だなんて言う事を、僕は絶対に許さない。

「左様じゃ。飢えているから拒めぬ子供達から命を吸い上げるように、毒を喰《く》わせるそなたの行いを人助けなどと言わせぬ――それはただの子殺しじゃ。そなたは自分を守る為に、心の毒に冒されて、子供達に真の毒を喰らわせたのじゃ。そなたこそがまさに『青い茘枝《れいし》』そのものじゃ」

ドゥドゥさんが言う。

呉尚食はそれでも納得がいかないように、ぎゅっと顔を顰《しか》めて僕らを睨《にら》んだ。

「絶牙、衛兵を――」

「くそ！　お前達のせいで！」

僕が絶牙に指示するより先に、呉尚食が震えていた子供達に拳《こぶし》を振り上げる。

――が、それを絶牙が素早く阻止した。

ほっと胸をなで下ろした僕は、とにかく早く衛兵を呼ばなければと立ち上がった。

その時だった。

「え？」

ばたばたと十人ほどの衛兵が、一斉に呉尚食を取り囲んだ。

「ど……どういうこと？」

「華妃様、ご無事でありますか？」

混乱する僕に、衛兵の一人が声を掛けてきた。

「え、ええ、わたくしは……でも、どうして？」

「宦官《かんがん》様が、こちらへ向かえと仰せでありました」

それを聞いて、僕の心の臓がどくん、と跳ねた。

「宦官……だれですか!?」

「は？　え、ええと、李猪児《りちょじ》さまですが――」

「どこです!?　彼は一体どこに!?」

「これから庭に向かわれると……」

衛兵が指を指しながら言い終わる前に、気がつけば僕は走り出していた。

雨で湿った夜の庭は走りにくい。

足が滑り、膝《ひざ》を擦り剝《む》き、衣がどろどろになるのも構わず、僕は必死に走った。

今度こそあの宦官と話したかったのだ。

彼は絶対に何かを知っている筈《はず》だ――翠麗《すいれい》のことを。

そうして、衛兵に教えられた庭にたどり着いた僕は、一瞬で言葉を失った。

「ここは……」

初めて来る場所だ。

だけど一目見てわかった。

「この杏《あんず》の木……似ている」

それは丁度、杏の古木の生えた場所で、どこか生家の庭の杏の木に似ていた。

懐かしい風景に。

慌てて飛びつくように枝に手を掛ける。

けれどそれを制するように、追いかけてきた絶牙が、僕の手を後ろから摑《つか》んだ。

「止めないで、離して、登らせて！　邪魔をしないで！」

思わずそれを振り払うように叫ぶ。

「あ……」

だけど絶牙け、そんな僕に「肩を貸します」と、身振りで示してしゃがみ込んだ。

「……ありがとう」

確かに杏の木は僕の背には少し高く、雨で濡《ぬ》れて、登りにくい。

特に濡れてすっかり重くなった衣を引きずっている僕には。

それでも絶牙の助けを借り、なんとか身体を木の上に押し上げる。

濡れた木の匂いの中に、微《かす》かに翠麗の香の匂いがした。

「……庭の杏の木は、姐《ねえ》さんと僕の秘密の場所だったんだ。泣いて隠れていても、必ず彼女は僕を見つけてくれた」

僕は呟《つぶや》くように言った。

そうして太い枝を這《は》うようにして、探った。灯《あか》りはほとんどない。

「あ……」

けれど僕の手に、異質な物が確かに触れ、ぱさ、と地面に落ちた。

慌てて降りようとする僕を、絶牙が抱き留めた。いや、降りると言うより、落ちそうだったのかもしれない。

そうして音のした方を探ると、濡れた土の上に、一輪の赤い花が落ちていた――いや、正確には蕾《つぼみ》だ。まだ開いていない、赤い蕾。

「花だ。杏の花じゃない。玫瑰《そうび》花だ」

翠麗の好きだった花。蕾の赤い花――赤い花は是《はい》、そして玫瑰花の蕾は『秘密』。

ここに、宦官・李猪児の姿はもうなく、彼から直接話は聞けない。

聞けないけれど――それでも。

翠麗はきっと、安禄山《あんろくざん》の所にいるのだ――そしてその事は、僕たち二人だけの秘密だ。

いつ帰って来るのかはわからない。

なんでそこにいるんだ？　とか、どうして僕にこんな事をさせるんだ？　って言いたいことは沢山あったけど。

でも、それ以上に僕の目に熱い涙がこみ上げてくる。

「……姐《ねえ》さん……良かった」

きっと無事なのだ、本当に彼女は元気にしていて、そうしてこうやって、僕に何かを伝えられるくらいには傍にいる。

とにかく――ああとにかく、姐さんは危険な状況じゃないんだ。

怒ってるよ。本当は。

こんなに僕に心配させて。

でもいいよ――それでもいいよ、貴女《あなた》が無事でいてくれるなら。

それが本当に嬉《うれ》しくて、僕はわんわんと声を上げ、杏の木の下で泣いた。

七

翠麗《すいれい》のことは僕と彼女の秘密だ。

でも夕べはそれだけでなく、大きな捕り物劇があったのだが。

「尚食局が大混乱だ。貴妃もどういう事かと言っている。さすがに呉《ご》尚食の拘束はやりすぎだ」

そう翌朝すぐに、困ったようにやってきたのは、他でもなく高力士《こうりきし》様だった。

「けれど彼女は、幼い女官見習いや、宦官を毒見と称して殺《あや》めていたのですよ？」

「そうだが、あの子達は主に奴婢《ぬひ》――つまり罪人の子であったり、親に売られた存在で――」

「だからなんだと仰るのですか⁉　罪人の子であれば、殺されても良いと仰るの⁉」

寝不足もあるせいか、昨日の興奮がまだ僕の中でくすぶっていたせいか、自分が思っている百倍くらい、大きくて乱暴な声が出た。

そんな僕に、高力士様はびっくりしたように目を見開いた。

怒ると誰より怖いのは、翠麗の専売特許だったけれど、小翠麗の僕は逆にいつも大人しく、弱々しく従順だったはずなのだから。

だからよっぽど、高力士様は驚いただろう。

でもいい――いいんだ。今、僕は翠麗なんだから。

「とにかく、わたくしは現尚食の更迭を希望いたします。子供に毒を食べさせるような女性がこの後宮で、三千人の妃達の食と薬を管理するという事を、絶対に許容は出来ません」

きっぱりと答えると、高力士様が短く息を吐いた。

「そなたの言いたいこともわかる。が、それが弱い者の定め、慣習というものだ」

「慣習ですって？」

「そうだ。私であっても、幼い頃から宦官としていきるのは容易《たやす》くなかった。実際兄の金剛《こんごう》は若くして死んだ。幼いというのは弱い。そしてこの後宮で、弱い者は誰も守ってはくれぬ」

「だとしたら、どうして？　それが正しい事だと、高力士様は本当に思ってらっしゃるんですか⁉」

「阿麗、そうではない。そうではないが――」

「わたくしにそれを受け入れろというなら、今すぐこの衣を脱ぎ捨てて、この後宮から出て行きます‼」

我ながら、乱暴な事を言っているのはわかっている。

さすがに心配になったように、桜雪《おうせつ》が僕にそそっと近づいて来た。

「華妃様……」

「落ち着きなさい、阿麗、そなたらしくない。女官達が案じている」

高力士様も必死だ。

でも――僕は絶対に引きたくないし、引く必要だってないと思った。

だってそもそも、子供達の事を教えてくれたのは翠麗なのだ。

「わたくしらしくないと仰《おっしゃ》るならば、叔父《おじ》上様こそ、貴方《あなた》らしくないのではありませんか⁉」

「何を言う、私は――」

「ご自身だって、お辛《つら》かったのでしょう⁉　お兄様を失ったのでしょう⁉　なぜご自身が辛いと思ったことを、これからの幼子に背負わせるのですか⁉　何故変えようとしないのです！　貴方はこの国の過ちを正すために、陛下とこの大唐にご自身を捧《ささ》げられた筈では⁉」

「小翠麗……」

高力様が、擦《かす》れた声で僕の名を呟いたのが聞こえた。

小翠麗、ではなく、阿麗と呼ぶべきだ。僕は今翠麗なんだから。

でも、それでも僕の言葉が、高力士様に響いたのがわかった。

「お願いします、高力士様。痛みを知る者が苦しむ者を増やし、傷つけるような世の中、わたくしは嫌いです。更迭の件は、きちんとわたくしが貴妃様にお話しして参ります。せめてその機会は下さいませ」

そっと床に膝《ひざ》を突き、僕は深々と拝した。

「ああ、いけない、華妃様。本来は貴方が私に膝を突く必要はないのです。私がするべきだ、私が貴方に従うべきなのだ」

そう言って彼は僕に頭を上げさせると、「私の負けだ」とぽつりと呟いた。

「貴妃様に陳情に上がられるならば、私もお供させていただきます、華妃様」

高力士様は恭しく、僕に向かって宦官《かんがん》らしく礼をした。

そうして、すぐさま身支度を整えた僕は、まだ朝の早い時間から、楊《よう》貴妃様の部屋に向かった。

尚食局は食と薬を管理する所だ。恐らく現場は大混乱だし、それは妃嬪達の健康に直結することだ。

だから早く方向性を決めなければ。一刻も早く。

楊貴妃様は、あまり朝がお早くないようだ。それも当然か、夕べも陛下と一緒だったのだろう。

でも不躾《ぶしつけ》は覚悟の上だ、叱られるかもしれないけれど。

でも彼女は賢い人だ、きっと怒っていたとしても、それなりに対応をしてくれるだろう、笑顔の仮面を被って。

そうして案の定、僕が思ったとおり、彼女は眠そうに、女官達が明らかに迷惑そうな空気をたっぷり漂わせている中、あの艶然《えんぜん》とした完璧《かんぺき》な笑顔で僕を迎えてくれた。

「こんな朝早く申し訳ありません」

僕が恭しく礼すると、彼女はゆったりと首を振ってみせる。

「そんな、お気になさらないで。華妃様でしたらいつでも歓迎するとお伝えしましたもの、朝だろうと嬉しゅうございますわ」

にこにこ、にこにこと貴妃様が笑う。

そこに嘘の気配は一欠片《かけら》もなくて――僕はぞっとした。

この人の本心は、いったいどこにあるのかと。

「それで、ご用は何かしら？　お茶を召し上がりに来ましたの？　それとも……夕べの呉尚食の事かしら」

白々しい問いだ。それでも彼女は笑顔を崩しはしなかったが。

そっと後に控えた高力士様を窺《うかが》うと、彼は深く深く拝したままだ。

勿論《もちろん》仲が悪いという二人が、直接話をするのは逆効果だとはわかっているし、僕もそれは望んでいない。

けれど改めて、彼が貴妃様相手に緊張しているのがわかって、僕は改めてこの美しい人のご機嫌が、この大唐を支配しているのだと思い知った。

彼女の望みは陛下の望み、彼女の希望が陛下の希望——彼女の笑顔が、涙が、この国を変えてしまうのだ。

でも——だから、なんだというのだろう。

だったら、彼女を納得させれば良いだけだ。

僕は一瞬怯《ひる》みそうになった気持ちを奮い立てた。

「呉尚食は貴女のために、この後宮の幼い飢えた子供達を毒見として利用していました。そして陛下が貴女に捧げようとした茘枝《れいし》ですが、あれはわたくし達大人が食べても害はありません。けれど青い実を、弱った子供達が口にすると、その命を奪ってしまうのです」

「…………」

話を聞く楊貴妃様の顔から、ゆっくりと笑みが剥《は》がれ落ちていくのが見えた。

「幼い子供が死んだのですか？」

「はい。茘枝を食べて三人。その前から、貴女《あなた》がお好きだという鱠《なます》の安全を確かめるために、子供達を使っていたようです。そのせいで身体を害した子供がいるだろうと、毒妃が申しておりました」

「それは……つまり私のせいで、子供が死んだと、そう言いたいの？」

「貴女が選び、貴女を想う尚食が、です。物事の上流を辿《たど》った先に、貴妃様がいらっしゃるのは確かではありますが」

「…………」

そこで初めて、僕は彼女の怒りの顔を見た。

一瞬だけだったけれど。

彼女はほんの一瞬だけ、美しい柳眉《りゅうび》を逆立てるように、確かな怒りをその顔に宿した。

高力士様が、後でごくりと喉《のど》を鳴らしたのがわかった。

「子供達は幼い宮官や、罪人の子でした。多くの者達が、彼女達を冷遇し、時には道具のように扱う事は知っています――ですが、それが本当に正しい事なのでしょうか？　彼らは国を恨みませんか？　憎悪の先にある未来は、いったいどのような色をしているでしょうか？」

「…………」

楊貴妃様が僕を見た。

燃えるような瞳《ひとみ》だと思った。或《あ》るいは僕を飲み込むような――けれど、僕は引かなかった。

「貴女の有能な女官である事はわかっています。ですがそれは、弱い子供達の命の上に成り立っているものです。このようなことを『弱い者の定め、慣習』だなどと言って、許しておく事が本当に正しいのでしょうか？　ですから、どうか貴女の女官を更迭する事をお許しください」

そこまで言うと、それまでゆらり、ゆうらりと揺らしていた扇を、彼女はパチン、と閉じた。

「もう結構よ、華妃様」

「え？」

「もう結構だと言ったの。わかったわ」

冷ややかな声だった。

「で、ですが」

貴妃様の顔に笑顔がない。表情がない。氷のようだ。

だけど、それでもやっぱり、僕は絶対に引けなかった。

「く……国の子宮である後宮が、貧しさを理由に子を守れずして、本当にこの国に未来はありますか!?　弱さを愛さず許さない、わたくし達の次の命が、本当に幸福なのですか⁉　わたくしは……わたくしは、そんな世界は嫌いです！」

そう叫ぶように言うと、貴妃様はぎり、と扇を握り、そしてそれをパキリと折った。

「そうね……私もですわ、高華妃」

「……え？」

「だから、もう結構だと言ったの。わかっているわ……そうよ。何が慣習だというのか、まったく馬鹿馬鹿しい」

貴妃様はそう吐き捨てるように言うと、「高力士」と冷ややかに彼を呼んだ。

「聞いておったてであろう。国の胎《はら》であるこの場所で、子を傷つけて『慣習』などと言う事を、妾《わらわ》は好かぬ。そもそも子を傷つけぬからこそ、陛下は公主と皇子に恵まれている事を忘れたか？　子は宝じゃ。後宮の子供達くらい養えずして、何が富国であるか！　即刻改めよ！」

「は……」

そう言って、楊貴妃様はすみやかに、呉尚食を厳重に処罰すること、そして年若い女官や宦官の待遇の改善を高力士様に指示した。

なにより子供達が、絶対に飢えることなどないように。

必要なら自分の手当を減らしても構わないと。

そう指示する彼女の横顔には、今まで見たあの嘘つきの笑みでも、鬼のような怒りでもなく、確かな優しさがあった。

僕は不意に、翠麗を思い出した。

まったく似ていない二人の中に。

でもそれはきっと――母への思いだ。僕には母の記憶がない。

でも同じように、翠麗は僕を愛してくれた。そういう時の優しい顔が、楊貴妃様の横顔にあった。

陛下との間に、長らく御子を授からずにいる貴妃様ではあったが、それはまさしく、国の母のようだと、僕は思った。

かつて息子の妻であった――その一つの罪が、許されぬ過去が、彼女から未来を奪ってしまったが、そうでなかったらきっと……彼女はこの国の皇后になる人だったのではないだろうか？

それを思うと、僕の目から一筋涙が伝った。

それに気がついた楊貴妃様がふわりと微笑んだ。寂しげな――今までのどの笑みとも違う笑顔だ。泣き顔にも似ていた。

「私のせいで、尚食に恐ろしいことをさせてしまった事は、できる限り私も償います……華妃様、陛下も子供が大好きよ。きっとすぐに動いてくださるでしょう。本当によく気づき、教えてくださいました」

「でもそれは、わたくしではなく毒妃様や、李猪《りちょ》――」

そう言い終わる前に、彼女は僕の唇に指を押し当てた。

「……わかっています。ですが地位とはそういうものです。高華妃。大きな言葉を伝えるには、大きな口が必要なのよ」

「大きな……？」

はっとした。彼女達の手柄を奪うのではない。少し違う。つまり——僕の方が傀儡《かいらい》なのだ。

彼女達の代わりに表に立ち、伝え、壁になる——そんな傀儡のような僕にしかできない事がある。

「…………」

自分はここに必要として配された、駒の一つなのか。それに気がついたら、急に気が楽になると共に、不思議な使命感のようなものが沸き上がってきた。

「本当によく言ってくださいました高翠麗様。この大唐の未来を憂い、想う貴女の事を、陛下もさぞ誇りに思う事でしょう」

そう楊貴妃が改めて言った。

「陛下のお役に立てて何よりでございます」

翠麗にうり二つの笑顔と完璧《かんぺき》なお辞儀。

少年玉蘭《ぎょくらん》である僕は、高華妃の偽物の姿で、楊貴妃様の言葉に応《こた》えたのだった。

終

夕べからずっと降り続いていた雨は、夕陽が沈む頃に静かに上がってしまって、僕はほんの少し寂しかった。

毎日なんの代わり映えもせず、やりたい事も、やらなければいけない事も見つからない生活では、雨音さえも愛《いと》おしい。

また激しく、音を立てて、荒ぶるように沢山降ってくれたら良いのにと思うけれど、昨日はその大雨のせいで、控えの部屋が雨漏りして大変だったと聞くから、きっと雨が上がって喜んでいる者も多いのだろう。

庭に咲く花が、一輪一輪違う形をしているように、人の心もひとつ、ひとつ違うのだ。

僕の喜びが誰かの悲しみになり、僕の苦しみに誰かが安堵《あんど》をしている。

誰しもが厭《いと》い、恐れるものを——毒を、こんなにも慈しむ人がいるように。

杏《あんず》の砂糖掛けを囓《かじ》りながら、ドゥドゥさんが、それはそれは嬉《うれ》しそうな顔でにっこりと笑う。

先日のお礼に、また杏を手に毒妃の部屋を訪れた僕の顔は、対照的に引きつっている。

「——じゃから、杏の種は食べてはいけないのだ。茘枝《れいし》のように、腹の中で毒に変わるものも少なくはないのじゃ」

「はぁ……」

ずっと毒の話をして上機嫌なドゥドゥさんの横で、僕はすっかり辟易《へきえき》として、自分の手の中の杏の砂糖掛けを見下ろした。

「種の話じゃ。実は問題ないよ――ああ、青梅はよくないがな」

「そんな風に言われると、怖くて食事が出来なくなりそうです……」

「なぁに、無害なものなど、本当は世の中多くはない。怯《おび》えても仕方がない事じゃ――見よ、そこな庭の草花に、毒のないものがいくつあるかわかるか？　この後宮に、毒の花がいったい何輪咲いているか」

「やめてください、考えたくもないです」

まだ濡《ぬ》れた匂いのする庭を二人で眺めながら、僕はぼやいた。とはいえ、そうやって花の中に毒を嗅《か》ぎ分けるドゥドゥさんのお陰で、救われた命があったのは事実だ。

曇り空の隙間から、くっきりと細い月が顔を出した。

濡れた毒のある木々を、銀色の光が微《かす》かに照らす。儚《はかな》いように美しくて、だけどけっして月はなくならない――それはどこかドゥドゥさんによく似ている気がする。

「……本当に感謝しています。高力士《こうりきし》様も――多分、姐《ねえ》さんも」

「そうか？」

「勿論《もちろん》です。貴女が後宮にいてくれて、本当に良かった」

杏の最後の一口を食べ終わり、お茶を飲み干すと、僕は早々にそう言って腰を上げた。

　これ以上長居は無用だ。

　僕に余分な毒の知識を授けようとするドゥドゥさんの事を、どうやらあまりよく思っていないのか、絶牙《ぜつが》の機嫌も限界のようだし。

「それでは……」と言いかけて『また来ます』という言葉を僕は躊躇《ちゅうちょ》した。

「まあ、毒を見つけたらまたおいで」

　それに気がついた毒妃は、三日月のようににっこりと笑った。

参考文献

『毒の歴史—人類の営みの裏の軌跡』ジャン・タルデュー・ド・マレッシ　橋本到、片桐祐訳　新評論
『[図説] 毒と毒殺の歴史』ベン・ハバード　上原ゆうこ訳　原書房
『アリエナイ毒性学事典（アリエナイ理科別冊）』くられ　薬理凶室監修　三才ブックス
『毒草を食べてみた』植松黎　文藝春秋
『野外毒本 被害実例から知る日本の危険生物』羽根田治　山と溪谷社
『中国の歴史6　絢爛たる世界帝国　隋唐時代』氣賀澤保規　講談社
『楊貴妃 大唐帝国の栄華と滅亡』村山吉廣　講談社
『世界の歴史〈7〉大唐帝国』宮崎市定　河出書房新社
『新・人と歴史 拡大版 15 安禄山と楊貴妃 安史の乱始末記』復刊版　藤善真澄　清水書院
『酉陽雑俎1〜5』段成式　平凡社
『図説 中国 食の文化誌』王仁湘　鈴木博訳　原書房
『中華料理の文化史』張競　筑摩書房

本書は書き下ろしです。
この物語はフィクションであり、実在の人物・地名・団体等とは一切関係ありません。

後《こう》宮《きゅう》の毒《どく》華《か》

太《おお》田《た》紫《し》織《おり》

令和４年 12月25日　初版発行

発行者●山下直久

発行●株式会社KADOKAWA
〒102-8177　東京都千代田区富士見2-13-3
電話　0570-002-301（ナビダイヤル）

角川文庫 23470

印刷所●株式会社暁印刷
製本所●本間製本株式会社

表紙画●和田三造

●お問い合わせ
https://www.kadokawa.co.jp/（「お問い合わせ」へお進みください）
※内容によっては、お答えできない場合があります。
※サポートは日本国内のみとさせていただきます。
※Japanese text only

ISBN 978-4-04-113269-2　C0193

◇◇◇

角川文庫発刊に際して

角川源義

第二次世界大戦の敗北は、軍事力の敗北であった以上に、私たちの若い文化力の敗退であった。私たちの文化が戦争に対して如何に無力であり、単なるあだ花に過ぎなかったかを、私たちは身を以て体験し痛感した。西洋近代文化の摂取にとって、明治以後八十年の歳月は決して短かすぎたとは言えない。にもかかわらず、近代文化の伝統を確立し、自由な批判と柔軟な良識に富む文化層として自らを形成することに私たちは失敗して来た。そしてこれは、各層への文化の普及滲透を任務とする出版人の責任でもあった。

一九四五年以来、私たちは再び振出しに戻り、第一歩から踏み出すことを余儀なくされた。これは大きな不幸ではあるが、反面、これまでの混沌・未熟・歪曲の中にあった我が国の文化に秩序と確たる基礎を齎らすためには絶好の機会でもある。角川書店は、このような祖国の文化的危機にあたり、微力をも顧みず再建の礎石たるべき抱負と決意とをもって出発したが、ここに創立以来の念願を果すべく角川文庫を発刊する。これまで刊行されたあらゆる全集叢書文庫類の長所と短所とを検討し、古今東西の不朽の典籍を、良心的編集のもとに、廉価に、そして書架にふさわしい美本として、多くのひとびとに提供しようとする。しかし私たちは徒らに百科全書的な知識のジレッタントを作ることを目的とせず、あくまで祖国の文化に秩序と再建への道を示し、この文庫を角川書店の栄ある事業として、今後永久に継続発展せしめ、学芸と教養との殿堂として大成せんことを期したい。多くの読書子の愛情ある忠言と支持とによって、この希望と抱負とを完遂せしめられんことを願う。

一九四九年五月三日

櫻子さんの足下には死体が埋まっている

太田紫織

骨と真実を愛するお嬢様の傑作謎解き

北海道、旭川。平凡な高校生の僕は、レトロなお屋敷に住む美人なお嬢様、櫻子さんと知り合いだ。けれど彼女には、理解出来ない嗜好《しこう》がある。なんと彼女は「三度の飯より骨が好き」。骨を組み立てる標本士である一方、彼女は殺人事件の謎を解く、検死官の役をもこなす。そこに「死」がある限り、謎を解かずにいられない。そして僕は、今日も彼女に振り回されて……。エンタメ界期待の新人が放つ、最強キャラ×ライトミステリ！

ISBN 978-4-04-100695-5

涙雨の季節に蒐集家《しゅうしゅうか》は、

太田紫織

切なくて癒やされる、始まりの物語!!

雨宮青音《あまみやあおと》は、大学を休学し、故郷の札幌で自分探し中。そんなとき、旭川に住む伯父の訃報が届く。そこは幼い頃、悪魔のような美貌の人物の殺人らしき現場を見たトラウマの街だった。葬送の際、遺品整理士だという望春《みはる》と出会い、青音は驚く。それはまさに記憶の中の人物だった。翌日の晩、伯父の家で侵入者に襲われた青音は、その人に救われ、奇妙な提案を持ち掛けられて……。遺品整理士見習いと涙コレクターが贈る、新感覚謎解き物語！

角川文庫のキャラクター文芸

ISBN 978-4-04-111526-8